维·苏·奈保尔作品的后殖民生态解读与地方政府生态治理
模式转变研究 [ 项目编号：LJKR0227 ]

U0645427

# 现代英美文学与英美文化传播

王　蕾　庄如新　著

哈尔滨工程大学出版社
Harbin Engineering University Press

## 内 容 简 介

　　本书阐述了英美文学的发展历程与价值意义,基于现代主义的性质、英美现代主义文学的文化背景和历史背景,以及英美后现代主义文学概述了现代英美文学,继而从现代主义诗歌、心理探索与意识流小说、"迷惘的一代"小说、黑色幽默小说、实验主义和荒诞派戏剧、后殖民生态批评小说等方向探讨不同流派的作家及其经典作品的艺术特点,最后以后殖民生态文学以及生态文化为例探讨了现代英美文化在我国的传播。

　　本书可作为高等院校文学方面的教材,还可作为对英美文学感兴趣的读者的读物。

### 图书在版编目(CIP)数据

　　现代英美文学与英美文化传播/王蕾,庄如新著
. —哈尔滨 : 哈尔滨工程大学出版社,2023.11
　　ISBN 978-7-5661-4149-1

　　Ⅰ. ①现… Ⅱ. ①王… ②庄… Ⅲ. ①英国文学-现代文学-文学研究②现代文学-文学研究-美国 Ⅳ.
①I561.065②I712.065

　　中国国家版本馆 CIP 数据核字(2023)第 224263 号

现代英美文学与英美文化传播
XIANDAI YINGMEI WENXUE YU YINGMEI WENHUA CHUANBO

| | |
|---|---|
| 选题策划 | 石　岭 |
| 责任编辑 | 章　蕾 |
| 封面设计 | 李海波 |

| | |
|---|---|
| 出版发行 | 哈尔滨工程大学出版社 |
| 社　　址 | 哈尔滨市南岗区南通大街 145 号 |
| 邮政编码 | 150001 |
| 发行电话 | 0451-82519328 |
| 传　　真 | 0451-82519699 |
| 经　　销 | 新华书店 |
| 印　　刷 | 哈尔滨午阳印刷有限公司 |
| 开　　本 | 787 mm×1 092 mm　1/16 |
| 印　　张 | 11.5 |
| 字　　数 | 216 千字 |
| 版　　次 | 2023 年 11 月第 1 版 |
| 印　　次 | 2023 年 11 月第 1 次印刷 |
| 书　　号 | ISBN 978-7-5661-4149-1 |
| 定　　价 | 59.80 元 |

http://www.hrbeupress.com
E-mail:heupress@ hrbeu.edu.cn

# 前　　言

　　20 世纪初,世界经济与科技飞速发展,资本主义社会中的各种矛盾进一步激化,西方文坛也发生了一场惊心动魄的文化大地震,一股声势浩大的文学浪潮席卷欧美大陆,几乎颠覆了西方固有的文化基础,并使传统的价值观念、艺术标准乃至整个文明受到了前所未有的怀疑。当这场举世瞩目的现代主义文学运动风起云涌之际,西方文坛作家辈出、流派林立、理论更迭、名作相压,呈现出群芳吐艳的景象。一个个具有革新精神的作家逆传统而动、标新立异;一部部反映现代意识和现代经验的著作竞相问世。名目繁多的文学流派和五花八门的艺术作品纷至沓来,争先恐后地登上世界文坛,以破竹之势对历史悠久的传统文学进行了猛烈的冲击。尽管现代派作家的创作思路与审美意识各不相同,但他们建立了新的创作秩序,为后世留下了一部部举世公认的经典力作,揭开了世界文学的新篇章,成为现代英美文学的里程碑。

　　本书以现代英美文学与英美文化传播为研究对象,让读者了解 20 世纪西方文坛发生的翻天覆地的变化。本书首先阐述了英美文学的发展历程与价值意义,继而从现代主义的性质、英美现代主义文学的文化背景、历史背景,以及英美后现代主义文学等方面对现代英美文学进行探讨,最后以后殖民生态文学以及生态文化为例研究了现代英美文化在我国的传播。

　　本书由辽宁中医药大学杏林学院的庄如新和辽宁工业大学的王蕾共同撰写。其中,庄如新撰写了第一、第二、第三、第六章,约 10.2 万字;王蕾撰写了其余部分,约 11.4 万字。

　　由于著者水平有限,书中难免有疏漏之处,恳请读者批评指正。

著　者

2023 年 5 月

# 目　　录

# 第一章 绪 论

## 第一节 语言与文化

语言与文化具有密不可分的关系,两者相互影响、相互促进、共同发展。在语言学习过程中,语言背后的文化要素在很大程度上决定了学习者对于语言掌握的准确程度。可以说,对文化进行研究,必须首先研究语言与文化的深层次关系。在全球化背景下,不同国家之间官方的、民间的交流日益增多,而语言是人与人之间进行有效沟通的主要工具和核心桥梁。只有对不同国家和地区的人们所使用的语言背后的文化要素进行深入了解,洞悉语言所使用的情境,才能更好地进行交流。

### 一、语言与文化的内涵

(一)语言

1.语言的定义
一般而言,语言是指群体成员为了交流便利,在长期的发展中创造的符号指令。在人类社会的长期发展中,语言逐渐形成内容丰富的地域性语言体系。实际上,人说出的话、脸上的表情和身体姿势都是语言的外在表现,而文字符号是语言的显像符号。在 20 世纪初期,知名语言学家索绪尔就对语言的内涵进行了简短的概括:语言是通过一定的符号系统来表达想法和思想的。从这个概念可以看出,语言是人类社会发展的产物,是人类用来沟通的桥梁,也是人类用来表达自身思想的工具。

2. 语言的性质

语言是人类进行沟通的载体,在人类生产、生活中起到重要的作用,可以说,语言是人类社会不可缺少的工具。虽然人类可以通过肢体动作、面部表情和绘画来进行表达与交流,但不可否认的是,语言是最便利,也是最重要的载体。然而,语言具有地域性的特点,不同国家、地区的人们所使用的语言具有很大差异,跨地区语言交流存在很大的障碍。即使在同一地域内,也存在着种类丰富的方言类别,所谓"十里不同音"正是对其很好的表达。有的地区方言相差不大,理解起来比较容易,而有的地区方言相差很大,理解起来很吃力,甚至仅通过语言难以理解。不只是地域因素造成的语言多样化,就算在同一地域内,不同的年龄、阶层的语言也不尽相同,甚至在不同圈层内会形成用来表达特殊情感的词汇,而圈层外的人理解起来就比较困难。

人在一定的语言环境内习得一种语言之后,虽然还有学习其他语言的能力,但总体来看,第一语言的口音难以改变,或多或少地会在其他语言中留存第一语言的痕迹。对这种语言熟悉的人,可以通过残留的痕迹来辨别说话的人所在的地域、身份,甚至是职业。

语言是文化的重要内容,对于文化的形成起到了至关重要的作用,可以说,若没有语言,文化也不复存在了。语言是文化表达和传承的载体。同时,语言也是体现生活方式的重要方法,基本上所有文化集团都有其独特的语言。

语言是在一定的社会环境之中,为了方便人们的生活而逐渐形成的,因此语言中会体现其产生和发展的社会环境。同时,语言是人类进行沟通的媒介,因此它会影响到人类社会生活的方方面面,这其中就包括社会文化。语言作为一种文化现象,是随着社会的发展而不断发展的。目前,我们了解的语言种类和地域分布就是其不断发展的结果。因此,只有从语言产生、发展所处的时间和空间环境中才能正确地认识语言的文化内涵。

3. 语言的特性

(1)指向性

语言的指向性是指语言的表述可以指向对应的事物,如书本、课桌等。

这一特性的基础是语言的内容具有人们共同接受的事实,比如,"人"这一语言词汇用以表达真实的人,但若人们都不认可"人"这一词汇的指向表达,那么就会转换到另外的字符上。

（2）描述性

语言的描述性是指语言能对事物的特点、属性进行描述和解释,这是实现语言交流功能的重要体现。一般而言,语言的描述性深受指向性的影响,如人、大人、小大人等。

（3）逻辑性

语言的逻辑性是指语言是具有一定规范、逻辑的指令符号系统,它受到指向性和描述性的影响,如他很喜欢小动物/他好像很喜欢小动物。

（4）语言的交际性

语言的交际性是指语言具有实现人与人之间交流的功能,是人与人之间沟通的重要媒介。实际上,语言沟通就是通过具有共同认识的符号指令输入、输出,使人与人之间进行交流。

（5）传播性

语言的传播性要求人对语言有共同的认知,形成统一、规范的符号指令。而这些符号指令并不是一开始就有的,而是在社会发展中逐渐形成的,人类需要通过学习来获得语言能力,而这个过程就是语言的传播过程,体现了语言的传播性。

（6）传承性（无限传播）

语言的传承性实际上是传播性功能的拓展,即无限传播性,它可以使处于不同时间、地域的人获得相同的符号指令,从而实现跨时空的信息交流。从这点来看,语言可以得到不同时空人类的共识和传播。事实上,语言并不是一成不变的,而是处于不断进化之中的。远古时期的语言,无论是语音还是文字都与当下有较大的差异,并且还有着地区差异与人群差异。然而不可否认的是,现代语言是基于古代语言发展而来的。因此,可以说语言的传承性既是假象,也是事实。

（7）物种性（民族性）

语言的物种性是指语言作为一个物种被创造出来并用于交流的媒介,是这个物种所独有的。人类社会的语言亦是如此,因为国家和地区的不同,语言也有很大的差异。世界上的语言种类繁多,每个国家都有自己的语言,而同一国家的不同地区的语言也存在着较大的差异。即便是同一种语言,里面还包含了多种方言。

## (二)文化

### 1. 文化的定义和分类

#### (1)文化的定义

文化(culture)这一名词是舶来品,它源自拉丁语"cultura",具有"神明""崇拜""动植物培育"及"精神修养"等含义,这些含义证明了文化来源于社会生活,是人类在社会实践中精神成果的体现。18 世纪,文化的内涵得以扩展,其含义不仅包括一个人的素养,整个社会的知识,在思想、艺术上取得的成就,还涵盖了一定时期内的所有社会实践内容。到 19 世纪晚期,随着社会学、文化学等学科逐渐成为一门独立的学科,文化问题才获得重视,学术界开始掀起文化问题研究热潮,而在这之前的文化研究处于"前科学状态"。

学术界最早对文化这一词汇进行明确定义的是管理学家泰勒,他在其著作《原始文化》中对文化下了这样的定义:"从民族学的视角来看,文化主要是指全部的知识、信仰、艺术、道德、法律、风俗,以及作为社会成员的人所掌握和接受的任何才能与习惯的复合体。"在此之后,学者们根据自己对文化的理解对其进行了数百种定义。

#### (2)文化的分类

关于文化的分类,学术界并没有形成统一的看法。相对普遍的看法是将文化分为大写的文化(广义的文化)和小写的文化(狭义的文化)。前者主要是指社会文明的各个方面,是从社会学科的角度对文化进行阐释;而后者主要是从社会生活的角度对文化进行阐释,包括社会风俗、生活方式等。

一些学者把文化划分为三类。学者戚雨村认为文化分为物质文化、制度文化和精神文化:物质文化是指看得见的文化,包括建筑、雕塑、服饰等;制度文化是指根据社会规范而制定的法规制度等;精神文化主要是指人的思想活动的成果,包括价值观、道德观、宗教信仰等。学者胡文仲和高一虹认为文化可以分为三个层次:第一个层次是物质文化,它是经过人的思想作用于事物而产生的;第二个层次是制度文化,它包括各类制度、文艺作品等;第三个层次是心理文化,主要是人的思想层面的内容,包括人的审美、道德、情感和价值观等。赵爱国与姜雅明认为文化可以分为物质文化、关系文化和精神文化:物质文化和精神文化的概述与其他学者的类似,而关系文化主要是指人在社会实践中形成的社会关系,如国际关系、民族关系、家庭关系等,而为了实现这种关系的稳定性,就必然会产生与之相适应的制度规范体系,如国际公约、国家法律和家庭制度等。

部分学者将文化分为四类。学者马林诺夫斯基在其著作《文化论》中对文化进行了划分,他认为文化可以分为四类,即物质文化、精神文化、语言和社会组织。我国学者司马云杰对文化进行了更为详尽的划分,他基于人与自然、人与社会的关系,将文化划分为两个大类、四个小类。他指出,第一个大类是指人在与自然界的交互中获得的成果,其中包括两个小类,即智能文化和物质文化;第二个大类是指人与社会环境交互中所取得的成果,其中亦包括两个小类,即规范文化和精神文化。学者刘守华也将文化分为了四类:一是物质文化,主要是指具有物质实体的文化事物,是由人通过对自然事物的加工而来的,是文化的外层表现部分,亦是整个文化的基础;二是制度文化,主要是指人在社会实践中为了维护某种秩序而建立的制度规范和组织形式;三是行为文化,主要是指人在社会交往过程中形成的具有规范性的行为表现,如长期的社会生活中形成的风俗习惯;四是精神文化,主要是指人在长期社会实践中衍生的思想和精神层面的内容,包括道德理念、价值观、审美和宗教情感等,这是整个文化最内核的部分。

综上所述,尽管不同学者对文化的理解和划分有所差异,但是,无论是国外学者还是国内学者,对文化的分类都包括物质文化和精神文化。前者处于文化的最表层,是看得见、摸得着并能清晰感触的部分;而后者处于文化的最内层,需要人的思想、精神去感受才能感知到。简而言之,文化是人类社会实践中所有感受的总和。

2. 文化的特征

(1)文化的共性

人类生活在不同的地区,然而却在很多方面有共同点。从自然环境来看,大部分区域都会经历春、夏、秋、冬的四季更迭,人们都会体味不同季节的变化;从社会环境来看,每个人都有喜、怒、哀、乐等情绪、情感,也能体会到其他人的情绪变化。这些给文化的共性发展奠定了较好的基础,从而使文化的某些部分跨越了时间和空间,为具有不同文化的人相互理解对方的文化提供了可能。

一方面,世界上虽然有很多民族,但人类具有相似的生理结构和感官,这是文化共性的生理基础。这意味着人在具有相同心理状态时其外在表现也较为一致,如人在遇到难过的事情时会沮丧,在遇到高兴的事情时会笑;而与自己关系亲近的人讲话时身体之间的距离会较近,而与自己不喜欢的人说话时身体之间的距离则会较远等。

另一方面,无论是何种文明,都是从蒙昧状态逐渐发展和进化而来的,在这个发展过程中各种规范和约束机制对文化的发展起了关键性的作用，这也为文化共性提供了历史根基。对于约定俗成的内容，如风俗习惯和道德准则，无论是哪个区域、时代的人，都倾向于认为符合的就是好的，而不符合的就是阻碍社会发展的，是要被摒弃的。同时，在社会发展中的很多文化内容会保留在文化中，如神明崇拜等。

（2）文化的个性

世界上没有一片相同的树叶。文化在有其共性的同时，也有显著的个性特征。每一种文化都来源于当时、当地的自然环境与社会人文环境，当时的自然、社会人文环境是文化产生和发展的土壤。人类根据自己的生存和发展需求来改造世界，在这个过程中进行文化创造。人们生活的区域不同，面临的自然环境、社会人文环境不同，因此改造世界的方式也存在很大的差异。文化的产生和发展与人们的生存环境是相适应的，这也意味着文化具有显著的地域特征和历史沉淀，不同地域、历史所产生的文化具有自身的特点。

实际上，文化兼具共性与个性。如何在坚持文化共性的基础上，认可不同文化的特性，实现求同存异的文化发展，这是实现不同民族友好交往与交流的核心所在。在全球化背景下，不同文化之间的深入交流，是世界发展的必然趋势，因此，文化交流要依托于文化的共性，要充分理解其他文化的个性，克服跨文化交流的障碍，实现不同文化人群的深入交流。

（3）文化的动态性

从历史唯物主义的角度来看，文化并不是一成不变的，而是处于不断的变化和发展之中。在不同的历史时期，由于物质经济条件不同，因此与之相适应的制度、风俗和价值观等都存在差异。人类没有刻意地去创造文化，而当文化作为一个单独的学科、一种现象出现在人们视野中时，人们便开始应用文化，并将其拓展到其他方面。在历史发展进程中，新时期比旧时期具有更高的生产力水平，因此旧的文化要素常常会被新的文化要素所取代。每一种文化都有从产生到成熟，再到衰退、消亡的过程，这种过程是随着历史的发展而不断发生的。在这个过程中新的文化要素不断取代之前的文化要素，同时旧的文化要素中一部分内容得到保存和传承下来。因此，旧文化是新文化产生的根基，一个组织的文化具有相对稳定性，它通过各种方式得到传承和发展。

文化是历史的真实映照，是历史的沉淀。历史发展中衍生出的思想观念，特别是价值观、世界观等关键内容，会不断得到传承和发展，决定了一代代人的生活方式和思维方式。例如,社会制度变革会对人的生活产生重大的影响,这会深刻地影响人看待问题的方式,影响人对事物的认识、对事物价值的取向判断,并反过来对这一阶段的文化产生重大影响。然而有些文化要素在社会变革中却不会发生改变,并且不断传承下去,这就是一个民族文化的恒定部分。在社会主义制度下,封建社会的三纲五常的文化已经消亡,然而中华民族崇尚道德、注重礼仪的恒定文化却并未改变。

(4)文化的符号性

符号是文化的基本要素,世界民族之林绚烂多彩的文化都是由符号组成的,可以说,符号是文化的基础,也是文化得以传承的载体。

文化的符号性是社会共同约定的,符号能对不同地域和时间的文化对象进行抽象与概括。用于表征文化的符号具有物质性,能够通过感观被体验。符号代表的意义不仅是符号本身,还是关于文化过程和文化关系的。符号与符号之间有着某些共同的意义成分,并构筑了强大的文化意义网络。符号背后的文化意义存在于每一个文化参与者的脑海中,是社会化的人在生活实践中通过一系列认知活动获得的。之所以说符号具有社会性,是由于符号是具有社会参与意义的实体,每个符号与其他符号共有的文化意义是维护社会构成和通过约定俗成操作的符号网络的基础。

文化的符号性在人类文化的产生和发展中始终起到重要的作用,文化的符号性概念在人类学和文化理论领域都占有至关重要的地位。

## 二、语言与文化的关系

### (一)不同学派的不同认识

学术界在对语言与文化关系的认识上一直存在较大的争议,一部分学者认为语言与文化是割裂的关系,另一部分学者认为两者具有紧密的联系。

1.语言与文化割裂观

费尔迪南·德·索绪尔指出,语言符号在心理意义上具有两面性,即语言符号的心理概念和音响形象。语言符号的意义并不在于物质实体上,而是一种关系结构。索绪尔的这种观念是以静态的系统观为前提的,强调在静态系统内不同语言单位的对立关系,它们因具有内部差别性而有了存在的价值。他认为语言符号的核心价值在于内部符号间的关系,而将其他外部因素(如历史的、人文的因素)排除在外。生成语言学派代表人物诺姆·

乔姆斯基把自然语言看作自治的形式系统。他指出,在人类的大脑中生成的句子系统,其关键性的内容涵盖了人类语言的共同认知,它是将所有具体的语言要素进行抽象后形成的具有普遍共识的系统,即所谓的普遍语法。语法的这一自足性特点决定了其具有很强的独立性,完全可以不受语义的影响,因此也不用参考其他外部因素,如人文因素、历史因素等。

2. 语言与文化联系观

19世纪,一些学者就对语言与文化的相互关系进行了系统的研究,并取得了丰富的学术成果,其中最知名的学者有卡尔·威廉·冯·洪堡、爱德华·萨丕尔和本杰明·利·沃尔夫,他们对语言与文化关系的研究奠定了坚实的理论基础。

洪堡是德国知名的语言学家。在语言和文化的关系上,洪堡创造出一个新的名词组合——语言世界观,他认为不同的语言背后都隐藏着对应的世界观。语言作为人类生活中不可或缺的内容,在一定程度上包围着人类生活,这是人类认识、接受和处理事物的必然选择。基于此,人要按照语言传递事物的方式去生活,又由于人的感觉和行为深深受到表象认知的影响,因此从很大程度上来讲,人是按照语言的引导来生活的。所以他认为是生存和生活创造了语言,之后又在生活中把思想、行为束缚在语言中,而无论是何种语言都在它所产生的环境中创建了一个屏障,将人束缚在这个屏障之中。人要打破这一屏障,唯一的途径就是摆脱这一语言,去学习另外一种语言。在这一理论下,习得一门外语确实可以在自己成型的世界观体系中创立一个新的立足点,打开一个新世界。而从古至今,很多人都认为外语只是一门辅助性工具,其根本原因就在于人把自己已经形成的世界观、语言观带到新的语言学习之中。

洪堡主要基于认识论的视角对语言世界观进行了研究,得出的结论是一种语言对以这种语言为母语的人在认知上具有很大的影响,甚至决定了一个人的认知。这可以引申到语言与文化的关系上,即一个民族的语言代表着一个民族的认知和精神,两者具有同一的关系。语言在很大程度上决定了人认识世界的方式,以及形成人对事物的普遍看法,语言代表了基本文化样式。洪堡的语言世界观是19世纪语言研究的重要成果,并且深刻启发和影响了之后学者对语言与文化的研究,而著名的"萨丕尔–沃尔夫假说"就深受其影响。

萨丕尔和沃尔夫都是美国语言学家。萨丕尔深入探究了语言与民族文化之间的关系,得出的结论是,在很大程度上语言中的词汇展现出了民族文化,同时语言是无法脱离文化而存在的,它在一定的文化情境中产生,并在一定的文化情境中存在和发展。若一种文化消亡,这种语言也会不复存在。沃尔夫是萨丕尔的学生,他延续了萨丕尔的语言研究,在对多种语言进行研究后,他得出的结论是,由于不同语言的表达方式不同,造成不同语言人群对世界的看法存在很大的差异,即语言深深影响着人的世界观,而这种影响是潜移默化的,一般人很难体会到。为了印证这一说法,沃尔夫举了万有引力的例子进行阐述:万有引力是客观存在的,然而若没有经过这方面的教育,不存在这方面的认知,人是完全感受不到万有引力的,也很难想到宇宙中物体的运行方式存在差异。萨丕尔和沃尔夫在语言与文化方面的研究成果主要体现在"萨丕尔-沃尔夫假说"上。这一假说的核心观点在于阐明一种语言的结构会深刻影响人的思维方式,而现实世界就是建立在集体的语言习惯上,因此人的世界观受到语言的影响和制约。他们的这一假说引起了学术界探讨语言与文化关系的热潮,并进行了激烈的讨论,最终将这一假说分为强式和弱式两种,前者指的是语言对民族思维具有决定作用,后者指的是语言的作用相对较弱,即语言影响一个民族的思维方式。

(二)语言与文化的联系

语言与文化的联系,总体概括为以下三种不同的观念。

1. 部分观

学者罗常培提出,无论是何种社会事物,都不是孤立地存在和发展着的,语言亦是如此,语言的产生、存在和发展都不是孤立的,而是与周围的事物有着密切联系的。因此,对语言的研究不能仅仅局限在有限的语言资料中,而是需要将语言与其有关的事物一起进行研究,将影响语言和被语言影响的事物有机结合起来,才能深入探析语言学的原理。从语言的来源看,语言是属于文化的,也是人后天习得的一种文化能力。同时,语言对文化的表现、文化的建构和文化的传承都具有关键性的价值。因此语言与其他文化内容相比,具有独特性。学者弗兰克·约翰逊·古德诺在其著作《文化人类学和语言学》中明确提出,在一定社会背景下,语言是文化的重要组成部分,两者是包含与被包含的关系。而作为文化的重要内容,语言与其他文化内容的差异性在于,语言是人类进行文化学习的重要媒介,人通过学习和应用语言来习得文化。此外,语言既能对抽象的概念进行阐述、表达(具有精神文化的特点),又能以文字和声音的形式进行保存(具有物质文化的特点),同时在语言的结构上也具有很强的规范性和规约性,兼具制度文化的特征。

因此,学者马林诺夫斯基认为,语言不属于精神文化、物质文化和制度文化,而是另一种独特的文化形式。学者韩民青对此持有相同的观点,他指出,毋庸置疑,语言从属于文化,但与其他部分不同,语言是一种独特的文化现象,很难采用现在的划分方式对语言进行划分。语言和意识文化具有很深的关联性,可以说如果语言不存在,那么意识文化也就不复存在了。学术界很多学者普遍将语言当作思维的外在表现,这也表明了两者的密切关系,甚至部分学者将两者等同起来。但是,这种看法存在很大的片面性,因为语言并不具有思想上的倾向性,从本质上来讲,它是由音响等构成的符号系统。同时,语言又总是以言语活动的形式存在。因此,可以说语言既具有意识文化的特点,又兼具物质文化和行为文化的特性,无法将其归于某一类文化现象之中。

语言是文化存在和传承的载体,也是文化中最关键、最具有影响力的内容。无论是政治文化、经济文化,还是历史文化、民俗文化,都只能反映文化的某一方面、某一维度的内容,属于文化的一个局部,而语言虽然也是文化的组成部分,却包含了整个文化世界。语言是人了解文化各个领域的主要工具与媒介,要了解一个民族、地区的文化首先要理解这个民族、地区的语言。语言涵盖了人对事物的认识、知识和相关的行为准则,其所包含的文化意义价值重大。语言兼具社会性和人文性的特点,它不只是物质意义上的符号系统,更具有精神层面和行为层面的价值系统。语言来源于社会生活实践,语言的构成和语义功能都根源于此,因此一个人若对语言背后隐藏的文化不了解,就无法很好地学习这门语言。

2. 载体观

基于语言国情学,语言的核心功能主要有三:第一是语言的交际功能,即语言是人类进行交流和沟通的载体,是主要的交际工具;第二是语言的文化载蓄功能,即语言能对文化进行记录和保存,从而实现文化的传承;第三是语言的指向功能,即语言具有引导和培养人的个性的功能。在语言的三大功能中,文化载蓄功能很好地诠释了语言作为一个民族文化的载体,在文化传承与发展中的重大价值。

学者克莱尔·克拉姆契在其著作《语言与文化》中提出了语言的三大文化功能:第一大文化功能是语言能充分地表达文化现实,第二大文化功能是语言能充分地体现文化现实,第三大功能是语言能充分地象征文化现实。语言来源于生活实践,也是对生活实践的诠释。语言中隐藏了一个地区或者民族的群众对生活的感悟、对事物的思考,也隐藏了人类丰富的情感。所以说语言是观察一个地区、民族文化的关键渠道。语言是一个地区、民族的群众为了交流便利而创造出来的，与这一地区、民族的生活环境密不可分，有其历史文化土壤，因此一种语言背后隐藏着一个地区、民族的文化体系，也展现了其民族特质。

语言是对文化的全面诠释，是文化的镜像。基于此，学者们非常重视带有显著文化信息的语言单位。以宗教为例，宗教的起源时间较早，影响力也十分广泛，因此出现了很多与宗教文化有关的语言单位。例如，在汉语中，立地成佛、回头是岸、镜花水月等成语都与佛教思想有关，而回光返照、上善若水、大道无名等成语都与道教思想有关。

在西方，基督教对人类社会的影响非常深远。特别是工业革命之前，基督教在西方思想文化领域具有举足轻重的地位。因此，英语中很多词汇都与基督教有关。如 olive branch（橄榄枝）就来源于《圣经》。在《圣经》中鸽子衔着橄榄枝回到挪亚方舟，代表着毁灭世界的大洪水退去，因此 olive branch 这一词汇和鸽子一样，象征着和平。而英语 before the flood 指的是《圣经》中提到的大洪水来临之前的时期，因此被引申为"远古时期"。

古德诺认为，语言在文化中具有很特殊的地位。他指出，作为文化的重要组成部分，语言的特殊性在于它是人类进行文化学习的主要媒介，人在习得语言的过程中也习得了文化。语言是文化的符号，也是文化的镜像，无论是何种文化都要通过语言来呈现，因此语言是文化产生和发展的重要条件。语言作为文化保存的载体，记录了文化从产生到发展再到消亡的整个过程，并对文化中的精髓进行传承。语言隐藏了一个民族发展中的历史文化和人类的性格特点，因此通过语言可以分析一个民族的性格与气质，发掘这一民族的风俗习惯和价值取向。文化是人类长期发展中的沉淀，而这些沉淀大都要以语言为载体进行体现和展现。

3. 互动观

语言是文化的符号，而文化是语言的轨道。也就是说，无论是哪一种文化，都要通过语言来展现和记录，而与此同时，文化如同火车轨道一样，对语言的发展起着制约和导向作用。从这一视角来看，语言与文化是互动的关系，两者相互影响、相互制约。一方面，语言反映和展现文化，语言是文化发展的基础，不同的语言表达建构形成了特定的文化面貌。另一方面，文化对于语言的词汇、语法都有深远的影响。因此，对于文化的研究不能将语言割裂开来，而是要在一定语言情境中进行文化研究。

首先，文化从各个维度影响和制约了语言的发展方向。文化作为语言表达的内容,在很大程度上决定了语言的表达特点。站在整个文化的视角来看,语言是文化保存、传播的载体,而文化则是语言建构的深层逻辑,特别是一个民族的精神文化对于其语言的发展具有决定性的作用。因此对于语言的研究要从产生、发展的文化入手,而试图将文化割裂的做法是不可取的。只有对语言中所蕴含的文化背景具有全面的认识,才能对语言现象做出科学的诠释,才能对语言有更全面、更深入的理解。实际上,每一种语言中都有一些语言单位反映了所属民族的特有事物,从而展现了民族文化。如英语中的奶酪、火鸡、圣诞节,汉语中的粽子、端午节、旗袍等。

一些习语也反映了不同民族的思维特点。例如:

(1)It is a wise father that knows his child.

直译为:明智的父亲了解自己的孩子。

(2)Birds ofa feather flock together.

直译为:一种羽毛的鸟聚集在一起。

句(1)表达的意思是"即使是父亲也不一定了解自己的孩子",这与汉语中"知子莫若父"(父亲最了解儿子)的意义是相反的。句(2)表达的意思为"物以类聚,人以群分",相应地,汉语中用"一丘之貉"表示。

在对世界的认知上,不同的民族由于生活环境不同,因此对世界的认知具有自己的特征,并且在这一民族中具有约定俗成性,而通过这一民族的语言可以洞悉他们对世界认知的独特点。在外语教育中,要特别注意这方面的问题,因为这直接决定了学生对外语掌握的程度,以及跨文化交流的顺利程度。

其次,语言在受到文化影响和制约的过程,还对文化具有很强的反作用。语言作为文化表达、保存和传承的载体,在语言中隐藏着文化精神和一个民族对世界的认知方式;而语言也是人类进行交流的主要工具,对于人类社会文明的发展和文化的进步具有至关重要的影响。语言的逻辑建构和语义特征在很大程度上影响了人的思维方式,也决定了人的文化心态。

人类在对不同的语言符号进行定义的过程,也是对语言使用人的思维进行概念化的过程。不同语言的语言符号赋值存在较大的差异,这影响了语言使用者的认知方式。英语中一些词汇的意义范围要大于汉语对应词,例如,uncle 对应汉语的"叔父""伯父""姨父""姑父""舅舅",aunt 对应汉语中的"姑母""姨母""伯母""婶母""舅母",nephew 对应汉语的"侄子"和"外甥",niece 对应汉语的"侄女"和"外甥女",brother 对应汉语的"哥哥"和"弟弟",sister 对应汉语的"姐姐"和"妹妹",dog 对应汉语的"公狗"和"狗(统称)",duck 对应汉语的"雌鸭"和"鸭(统称)",goose 对应汉语的"雌鹅"和"鹅(统称)",chicken 对应汉语的"小鸡"和"鸡(统称)",lion 对应汉语的"雄狮"和"狮子(统称)",等等。以上英语中的词汇反映了与汉语不同的概念化方式,外语学习者在使用这些词汇时,不知不觉地用新的方式将世界分门别类,目的语语言单位对学习者的思维方式产生的影响理应得到充分的关注。

综上所述,语言与文化具有密不可分的关系。在外语学习过程中,我们要充分重视文化在语言能力培养中的重要作用,认识到仅仅通过语言学习是无法真正掌握一门语言的,要充分掌握一种语言,不仅要学习词汇、语法,更重要的是充分认知语言产生和发展的社会文化。从这个视角来看,要掌握一门外语,就要充分了解这门外语所反映的社会生活。

## 第二节 英美文学研究走向

全球化是指国家及地区经济、政治、文化、社会生活等方面在全球范围内相互联系、交织、融合的状态与过程。换言之,经济、政治、文化活动突破国家与地区间的疆界,建立起全球性普遍联系的状态与过程即可称为全球化。"在全球的文化信息氛围中,各个民族和国家的成员得以享受属于整个地球的物质文明和精神文明,虽然人们在很大程度上依然保持了各自民族和国家的特性,但经过'整合',在很大程度上已相互融合为一个整体,使一种超越国界、社会制度和意识形态的全球性文化存在于世。"在经济、政治、文化全球化发展成为时代背景的今天,探讨全球语境下的高校英美文学教学改革,聚焦人文综合素质的培养,具有极其重要的现实意义。

### 一、全球化语境下英美文学的走向

(一)从单向度向多维度审美理念转变

总览 20 世纪英美文学的发展趋势,可以看出,这段时期各类文艺思潮如雨后春笋般出现,总体呈现内容丰富、类型多元、层次突出的文学特征,各个国家、地区和民族的文学不断汇入和参与世界文学的发展进程,最终形成了全球化语境下的世界文化。

20 世纪,英美文学最突出的特征就是综合性和多元化。在此之前,文学是一门单独的、割裂的人文科学,随着哲学、心理学和其他人文社会科学的发展,它们与文学开始融合,文学的内容和形式逐渐变得多元,形成综合性。在信息技术飞速发展的背景下,文学传播媒介更加广泛,线上传播取代了传统的纸质书籍传播,传播速度大为提高,信息量也有了跨越性的提升,文学领域出现相互渗透的趋势,不同地域、民族的文学相互交融,这成为 20 世纪欧美文学发展的新动向。

在新时代背景下,我们想要深刻把握英美文学的发展状况(包括其发展历史、现状和进程),就要选择与新时代相适应的新思路和方法。而其中最重要的就是审美理念的转变,即从传统的单向度审美理念向新时代下多维度审美理念的转变。在漫长的发展历程中,英美文学产生了大量的经典文学著作。从文本著作的角度来看,这些文学经典只能被保存和传承,而无法进行发展更新,但一千个读者有一千个哈姆雷特,后来者的审美理念必须要做到与时俱进。

英美文学的产生具有时代特征,是时代的产物,而对于这些文学作品的研究和评论,不仅要了解其时代背景,更要结合当今时代的特点予以全方位的研究与诠释。例如,威廉·莎士比亚的经典文学作品《威尼斯商人》,可以采用系统论的思想对其进行全面诠释,从结构美学看其喜剧故事的构建轨迹,从文本角度解读其戏剧冲突,从现代经济学视角诠释其矛盾性质,从女性主义眼光欣赏其女性形象的魅力,从现代法制理念考察法庭审判,从民族、宗教方面研究莎士比亚的心态,从叙事说话的艺术层面审视其喜剧特色,从《威尼斯商人》观察莎士比亚戏剧在我国的影响,等等。

英美文学作品从单向度审美理念向多维度审美理念的发展,不只是演绎广度上的发展,更是大大加深了研究的深度。采取这种方式进行艺术探索,探索者不仅能获取更大范围的审美内涵,更能充分地挖掘审美内涵的深度,实现审美内涵广度和深度的共同发展。

(二)从社会历史美学向接受美学和结构美学延伸

基于文学文本的特点,有针对性地选择审美视角,是实现文艺批评多元化的必由之路,也是探索英美文学的科学方法。

对于一些现实主义题材的文学作品,采用历史美学视角来进行文艺分析是非常恰当的。例如,伊丽莎白·盖斯凯尔的作品《玛丽·巴登》就可以从社会历史美学的视角进行研究,通过对作品中的时代背景、人物的社会处境进行全面分析,研究者可以对这一时期的历史文化有更全面的认知,并通过对比,发现盖斯凯尔在文学中的突出贡献,以及在文学领域中的创新。

在市场经济背景下,我国国民的视野获得拓展,审美理念也得到重大的转变,接受美学和结构美学逐渐成为人们进行英美文学分析的新理念。文学作品本身就是人类形象思维的结果,根据形象思维的特点进行分析具有推本溯源的效果。在审美领域中,所谓的观赏性,归根结底就是接受美学的理念。对于观赏的过程与结果,并不是一概而论的,而是可以因人而异,因时而变的。

从历史美学向接受美学和结构美学延伸,并不意味着对历史美学的全面否定,而是强调不仅只有历史美学这一视角可以研究文学作品。相反,即使是在新时代背景下,对于很多英美文学作品而言,以历史美学视角进行作品分析,仍然是一种有效的方法。

(三)文本研究向视听形象研究领域拓展

在传统研究中,对英美文学的研究以文本作品为主,一部分学者以英文原版作品为研究对象,而另一部分学者以译本为研究对象。随着历史的发展,英美文学作品出现了缩写本和改写本,以及根据作品改编的漫画、舞台剧等,英美文学研究从纯文本研究向视听领域发展。

19世纪末,部分文学作品被改编成电影上映。而到了20世纪,信息技术逐渐成熟,这不仅加快了英美文学作品的传播,也为文本作品向视听作品转变提供了条件。科学技术的进步,特别是信息化时代的到来,拓展了英美文学研究的内容,英美文学研究从以文本研究为主转向文本研究、视听形象研究共同发展之路。

仔细分析英美文学的研究走向,其为何会拓展到视听形象领域呢?

第一,英美文学作品进行影视改编具有普遍性。纵观英美优秀文学作品,大多都被改编成电影、电视剧进行传播,部分文学作品甚至数次被改编成影视作品。

第二,影视作品具有广泛的群众基础。以视听为基础的影视作品深受群众喜爱,再加上移动互联网技术的普及,视听作品变得触手可及,也进一步增加了影视作品的群众基础。实际上,很多读者是在影视作品中对作品有了一定的了解并产生兴趣,才去研读文本作品的。所以说,研究者要重视英美文学作品文本和影视作品的转化,进行科学的对比和观照。

第三,将英美文学作品改编为影视作品是对原作品的再次创作。从表面来看,根据文本作品进行影视作品拍摄是水到渠成的事情,难度不高。而从实践来看,将数十万字的文学作品在几十分钟内予以呈现,不仅要忠于原著还要展现文学作品的精髓,绝非易事。

### (四)从男性作家作品中发掘女性主义

以女性主义视角来对英美文学作品进行分析是英美文学作品分析的新方向。女性文学,是一个较为宽泛的概念,它既可以指作品的创作人是女性,也可以指文学作品的内容是女性题材。从严格意义上来看,女性文学指的是女性作家以女性意识呈现的女性题材作品,必须从作者、创作意识,到题材都符合才能纳入女性文学范畴。19 世纪到 20 世纪的女性作家在其作品内容和风格上差异很大,但有一个共同点,那就是她们都在竭力探寻女性的自我意识,反对男女在社会地位上的差异,这是这一时期英美女性文学的核心价值所在。

纵观全球对女性文学的研究,大都是基于女性作家的探索,而没有关注到男性作家作品中的女性主义,也没有从这一视角来进行探究。而这正是英美文学中要探索的新领域。

### (五)从荒诞载体的深层结构把握现代主义

20 世纪以来英美丰富多彩的文艺现象展现出英美现代主义思潮具有开放包容的特征。现代主义思潮反对传统思想,注重在写作题材选择、写作技巧上推陈出新,在精神领域强调自我的重要价值,在内容上强调的不是对外部世界的探索,而是花费重大的精力去发掘作者的内心世界。现代主义思潮反对 19 世纪流行的批判现实主义,倾向于根据弗洛伊德的精神分析法去探究人的潜意识领域,也就是冰山下的那部分。凡是具有这些倾向和特征的作家,都归于现代主义派别。

现代主义思潮从兴起到盛行已经历经百年光阴,是时候对其进行反思和分析了。实际上,现代主义具有多种文艺流派,而每一种文艺流派都有代表性的作家,并留下了丰富的代表作品。部分作品成为英美文学的经典之作,也获得了很多奖项,包括文学界的最高荣誉——诺贝尔文学奖。因此,现代主义的贡献是毋庸置疑的。但也应该看到,现代主义的作品并不是完美无缺的,与其他思潮一样,现代主义的部分文艺流派已经呈现衰落之势,有的已经不复存在。至 19 世纪末,英美文学已经开始向现实主义回归,这是文学作品研究中要注意的。

此外,在文学作品研究中要深刻认识到,无论是何种文学流派,都会经历兴起、兴盛、衰败和灭亡这四个阶段,这是文艺发展的客观规律。任何一种文学流派,都会经过历史和时间的检验,将经典文学作品留存下来。

基于此,现代主义流派中何种作品能成为经典之作呢?现代主义的核心价值在何处?若将19世纪早期的文学作品的核心价值归结于基于浪漫主义的抒情性,后期作品的核心价值归结于基于现实主义的批判性,那么20世纪作品的核心价值就要归结于基于现代主义的荒诞性。在这一时期,如何更好地展现出荒诞性是现代主义作家的关键课题,这种荒诞性不是随意编造的,而是要基于人类共同的生活体验,虽荒诞不经但却又不脱离现实。因此,对现代主义作品价值的认识,仅仅去探究题材和内容的表层是远远不够的,还要从荒诞载体的深层结构去探析现代主义的价值内核。

## 二、全球化语境下英美文学教学改革

近年来,我国在英美文学教育领域的成效突出。在教学资源上,大量优秀的英美文学教材和相关资料得以出版;在教学方法上,各大高校纷纷进行教学方法创新,很多有效的教学方法得到应用;在教学工具上,基于信息技术和多媒体技术的教学工具得到充分应用。这有效提升了英美文学的教学水平,提高了学生的阅读能力和审美能力。同时,在英美文学教学中也存在较多的问题。在传统英美文学教学中,教师主要以讲授法为主,在对文学作品的理解上主要倾向于将自己的理解传授给学生,没有引导学生去发表自己的意见。传统英美文学教学忽视了学生的主体地位,不注重学生的主动参与,教师与学生之间缺乏深入、平等的交流,没有注重学生的审美感受。这既不利于通过英美文学教学提升学生的审美能力和人文素养,也不利于提升学生的创新能力。教育学家张中载明确提出,英美文学教育要注重人文素养和人文关怀。而现阶段英美文学教学中不重视文学作品背后的历史和文化背景,在这方面的知识导入不足,导致学生无法系统、深入地理解相关文学作品。究其原因,主要是教师在文化视野上的狭隘性所致。同时,这也导致学生对英美文学作品的理解受限,没有将文学作品和文化有机结合起来,造成英美文学教育和科研的滞后。此外,学生参与度不足、教师忽视对学生跨文化意识的培育、教学资源不丰富等也是导致英美文学教育质量不佳的重要因素。

在全球化背景下,不同文化之间的碰撞与交流已成为常态。在新时代背景下,针对传统英美文学教育中的问题,教师可以采用语篇分析理论、读者反映理论等新的教育理论来开展教学活动。采用语篇分析理论,能实现学生在教育中的主体地位,将学生从教育的被动接受者转变为主动探索者,充分激发学生进行文学作品学习的动力,主动去探索作品的写作背景、主题思想和整体架构。语篇分析理论强调从作品的整体出发,在理解整个作品的基础上,分析不同章节、不同段落,乃至不同句子之间的关系,从而掌握作品的主题思想,并对作品中的长难句进行语法分析,对作品有深层次的理解,进而对英美文学的语法和交际功能有充分的掌握。读者反映理论重视读者在阅读过程中的地位,这种理论认为作品的意义从根源上来讲是由读者决定的,来源于读者对作品的主观认识。在英美文学教育中,读者反映理论的融入改变了教育中师生之间的关系,学生成为教育活动的中心,课堂教学成为学生进行思想交流的重要平台,从根源上贯彻了以人为本的教育理念。同时,教师从传统教学中的主体转变为教育中的引导者和监督者。除了要更新教育方法,在新时代背景下开展英美文学教学,还要注重以下四个方面的内容。

(一)要重视学生参与

在深化素质教育改革的背景下,学生是教育活动的主体,因此重视学生参与是素质教育的核心要求。从英美文学教育的学科视角来看,文学教育本就是读者与作者进行思想交流的过程,它需要读者的充分参与,只有深刻感受作者所要呈现的情感和精神,把握作品背后的文化内涵,才能对作品有更深层次的理解。此外,读者的情感投入在很大程度上影响了其对作品的理解,若读者能与作者产生思想上的共鸣,产生跨时空的对话,则有助于更好地理解文学作品。因此,在英美文学教育中学生主动参与至关重要。在英美文学教学中,教师要积极引导学生去主动探索文学作品的主题思想和意义,同时丰富学生进行文学评论与文学批评的经验,引导学生全面对文学作品进行评论,提升学生对文学作品欣赏的兴趣。需要指出的是,在新时代背景下,学生是教育活动的主体,教师主要对学习方向进行把握,对学生进行方向上的引导和具体内容上的监督,这是英美文学教育要遵循的基本原则。因此,在英美文学教育中教师要注重学生的实际需求,以学生感兴趣、易于接受的教学模式开展教学活动,引导学生充分参与到教学中,增进学生的学习动力,从而提升教学效果。

(二)要基于文学题材采用分类的方式开展授课活动

英美文学作品内容丰富、题材多样,这增加了英美文学教育的难度,也对课程教学提出了更高的要求。现阶段,英美文学教学教材普遍采用不同体裁作品整合编写的方式,各个体裁的作品分布零散,没有系统性。这种方式的优点在于能让学生全面感触不同体裁的文学作品,但其缺点也非常明显,即教学线索模糊,不成体系化,这一方面不利于学生形成科学的知识体系,另一方面也不利于教师专长的展现。英美文学大致上可以分为诗歌、戏剧、散文和小说,因此教师可以基于此有针对性的分类教学。基于分类教学模式,一方面学生可以更深入地探究每一种文学体裁,有利于深度学习的实现;另一方面也有利于教师人才的专业发挥,实现人力资源的优化配置,提升英美文学教学实效。

(三)要将英美文学课程与英语专业其他课程有机结合起来

英美文学课程并不是孤立存在的,在很长一段时间里,英美文学课程与英语专业其他课程割裂,这不仅不利于实现资源的充分共享,也对学生系统的学习造成障碍。英美文学课程是英语专业的核心课程之一,高校要将其放在英语专业课程体系下开展教学活动,实现与其他课程的有效融合。文学作品的分析必然要涉及相关的社会、历史、文化要素。譬如,英美文学发展历史课程部分与英美概况课程中的部分内容具有很大的交集。基于此,将这两部分的课程融合起来,对文学作品的社会背景进行整合分析,不仅能推动文学教学向社会学、历史学方向延伸,实现教学广度的增长,更能让学生对文学作品背后隐藏的时代背景、社会文化有更深入的认识,拓展了教学的深度。除此之外,英美文学作品是学生学习英语(包括读、写、说和翻译)的重要内容。英美文学教学与阅读教学相结合,既可以提升学生的阅读水平,也可以让学生更好地感受文学的魅力;英美文学教学与写作教学相结合,可以让学生对文学作品有更进一步的理解;英美文学教学与口语教学相结合,能有效提升学生的口语表达能力,使学生对作品中的对话部分有更深的认知,更好地理解作品中人物的情感;英美文学教学与翻译教学相结合,能让学生更好地感触到作品中文字的魅力。总而言之,英美文学教学与英语专业其他课程相结合,可以实现双赢,从整体上提升教学水平,从而全面提升学生的综合素养。

### （四）要积极采用多媒体工具进行英美文学教学

英美文学教学需要学生多感官共同参与,使用多媒体工具通过文字、声音、图片、视频等有效地刺激学生的各个感官,通过各种方式帮助学生更好地理解文学作品,从而提升教学效果。同时,多媒体工具的有效应用可以改变传统的灌输式教学模式。在课程教学中,教师通过多媒体工具进行演示,引导学生进行思考和回答问题,使学生主动参与到课程教学中来。这样,教师从传统教学中的主体地位转变为主导地位,学生的主体地位得到保障,其自主思考和自主学习能力获得提升。此外,多媒体教学的融入能有效激发学生对课程的兴趣,从而使学生主动进行探索,提升学生发现问题与解决问题的能力。在英美文学教学中,很多教师会选用文学作品改编的影视作品作为教学素材,这不仅有利于提升学生对文学作品的兴趣,也能加深学生对作品的理解。但是需要指出的是,影视作品中涵盖了很多主观因素,教师在选择影视作品时要注意其观点的客观性。在信息技术逐渐成熟,特别是移动互联网高速发展的背景下,传统教师的角色定位和职能受到前所未有的冲击,这要求教师及时进行角色转型与重塑。

综上所述,英美文学课程作为我国高等院校英语专业一门重要的专业主干课程,其开设的目的是通过对英语国家各个时期、不同流派有代表性的文学作品进行阅读、理解和分析,使学生获得包括想象、创造、观察、思辨、表达、分析判断能力和逻辑推理能力,进而提高学生的综合素质。传统英美文学教学中存在的诸多问题是阻碍高校英语专业教学改革、限制学生综合素养提高的绊脚石。因而,为使这些问题得到有效的解决,将后现代教育理论引入传统英美文学教学,鼓励学生自主参与,培养学生的跨文化意识,增加对文艺批评方法的介绍,按文学体裁实行教师分类教学等策略的实施已势在必行。

# 第三节 英美文学课程的局限性及其要求

## 一、英美文学课程的局限性

英美文学课程的局限性主要表现为如下两方面。

### (一)英美文学课程存在认知上的不足

毋庸置疑,英美文学作品能有效提升人的认知水平,但这种认知上的提升大都是对于事物规律的把握,对生活本质的理解,而通过文学作品去了解当下英美社会是不现实的。其主要原因在于文学作品大都是意识的产物,其中虚拟的世界与现实社会相差甚远。在英美文学作品中,现实主义作品与现实社会相符,但这些经典的文学作品诞生的时代与现代社会间隔较长,经过漫长的时间,时代已经变迁,其作品中反映的社会与当今社会已经相差很大。如现实主义作家查尔斯·狄更斯在其作品《雾都孤儿》中描绘的英国社会与当代英国社会就相差甚远,我国封建时期的文学作品也无法展现当代的社会实况。如今学生要了解当代英美社会现实,大都要通过电视、期刊等传统媒介,以及网站、社交媒体等新媒体,而非英美文学作品。

### (二)英美文学作品对英语语言学习具有局限性

在一个民族的发展史上,经典作品对于语言的发展和规范具有很大的影响,但英美文学作品对于英语的影响是与历史语境密不可分的。学术界普遍认为文学语言与生活中的日常用语相差甚远。一部分文学作品的书卷气很浓,语言不贴近日常生活,还有一部分文学作品中的语言晦涩难懂,具有明显的人工雕饰痕迹。文学语言是一种语言艺术,是给人品鉴和欣赏的,而不适用于日常生活中。因此,在日常生活中可以适当应用经典文学作品中的精彩描述,但最主要的还是使用当代社会的鲜活英语。

基于英美文学课程的局限性,一些学者认为英美文学课程的发展趋势是回归文学本体。文学是一门艺术,因此在英美文学课程中,要重点把握课程的艺术性,而非在认知和语言学习上的适用性。那么回归文学本体的英美文学课程是什么样的呢? 其要以艺术为中心,课程目标在于提升学生的文学审美能力,强调审美体验,这样才能在课程教学中取得成功。而这里的审美除了语言形式的美感,更重要的是文学内容带给人精神上的愉悦。在很长一段时间里,文学一直是不被重视的学科,英美文学更是如此。文学在社会发展中具有重要的价值,英语专业也需要纯文学的英美文学课程,这对于学生综合素质的提升意义重大。

英语专业学生综合素质的提升,离不开英美文学课程的发展。因此,高校要重视英美文学教育,以新理念重塑英美文学教学目标,更新教学方法和教学工具,创新教学内容,满足新时代背景下英美文学教学的需要。

## 二、新时期对英美文学课程的要求

新时期对英美文学课程的要求主要体现在以下几方面。

### (一)英美文学课程要把英美文学精髓传递给学生

评论家马修·阿诺德指出,批评的核心目标就是发掘最精髓的内容,并传递给公众,从而形成新的思潮。英美文学课程亦是如此。英美文学中有很多经典作品,其包含了丰富的思想精髓和智慧,英语专业的学生要对英美文学的精髓予以把握。在英美文学教学中,一位优秀的教师要懂得去发现美,挖掘英美文学精髓,并将其传递给学生。很多优秀的英美文学作品具有跨越时空的借鉴意义,如狄更斯在其著作《双城记》中的经典言论:"这是一个最好的时代,也是一个最坏的时代。"这句话也可以用来描述当代社会。对于如何去选择经典文学作品,可以借鉴哈罗德·布鲁姆的《西方正典》。

### (二)英美文学课程要促进学生的全面成长

无论是何种学科的教学活动,学生都是教学活动的主体,教育的出发点和落脚点都在学生的成长上。在英美文学课程教学中,教师要引导学生对文学作品进行欣赏和探索,提升学生对文学作品的审美能力,鼓励学生自主发掘文学的价值。英美文学的价值体现在众多的维度,包括审美价值、认知价值、比较价值等,这都需要学生充分发挥主观能动性,用心去感受。因此在教学中,教师要以学生为中心,充分把握学生的特点和需求,引导学生主动参与到教学中来,激发学生学习动力,促进学生的全面成长。

（三）英美文学课程应该以学术为支撑

在英美文学课程中,教师要引入丰富的文学批评理论,实现作品阅读、分析和理论阐述的有机结合。文学批评理论中包含的专业术语,如互文性、他者等具有广泛的应用价值,学生可以将其应用到文学作品鉴赏中去。在英美文学课程中要有丰富的批评理论,这可以帮助学生更好地鉴赏文学作品,也可以展现出英语专业的学术性特点。

（四）英美文学课程应该有伦理的维度,能正面引导学生

我国著名作家巴金指出:"文学宝库是一代代作家的思想精华的体现,它们对于人有正面的引导作用,让人更加接近真善美。而文学的核心价值就在于此,通过文学能让人变得更好。"巴金的话同样适用于英美文学课程。诺贝尔也曾对诺贝尔文学奖的评定标准进行了部分阐释:此奖要颁发给在文学界创作出带有理想趋向的伟大作品的作家。

人性是客观的,既包含善,也包含了恶。而作家的世界观、价值观不同,并不是所有文学作品在伦理上都是善的。因此,在英美文学课程中,教师要选择能够展现真、善、美的,能呈现人性之善的文学作品进行课程教学,通过文学教学潜移默化地感染学生,帮助学生树立正确的世界观、人生观和价值观。

（五）英美文学课程应该与我国发生关联

英美文学是世界优秀文化的重要组成部分,而英语专业学生开展英美文学课程学习的核心目标在于提升综合素质,为我国的发展做贡献。在英美文学教学中,学生要树立文化自信,有意识地将英美文学与我国文学进行比较。例如,18世纪的英美文学作品《鲁滨孙漂流记》讲述了人类在荒野生活、征服自然的故事,同时期的我国四大名著之一《红楼梦》的主角贾宝玉也要"归彼大荒"。但其主要方式与《鲁滨孙漂流记》不同,他是皈依宗教。这两部文学作品展现了两个民族在同一历史时期的不同特点,体现了文学作品的认知价值。再如,英美文学中有许多作品的主要人物都具有双重人格、多重人格,而我国传统文学中也有很多类似的作品题材。因此,在英美文学教学中教师可以引导学生有意识地进行对比和比较,在提升学生学习积极性的同时,深化学生对文学的认知。

（六）英美文学课程教学要优化教学方法和教学工具

在互联网时代,教师要创新教学方法,抓住互联网的优势,积极借鉴其他优秀教师的教学方法,采用多样化的教学方法来提升教学效果。此外,教师要依托信息技术和多媒体技术,进行教学工具创新,建立英美文学教学在线平台,将丰富的教学资源上传到网上平台,实现教学资源的共享,打破英美文学课程教学的时空限制,同时为师生交流提供便捷的渠道,便于学生及时解决学习过程中遇到的困难。

# 第二章 英美文学的发展历程与价值意义

 文学作品根植于地域文化。英美文学的题材丰富,包括小说、戏剧、诗歌、文学评论等多种类型。由于作者所处的时代背景不同,其自身的文化理念和价值观念也存在差异,这导致英美文学作品在风格上具有多元化的特征。一句话概括,文化差异造成英美文学形式、内容的多元,也对文学评论带来巨大的影响。英美文学是英美文化的核心内容,在很大程度上展现和反映了作者所处时代的社会文化,包括政治、经济、宗教和社会生活等。现阶段,英语已经成为国际上影响力较大的语言。在欧美国家中,英国具有悠久的历史文化,经历了从文艺复兴到后现代主义众多的文化发展阶段,而在每个文化发展阶段都取得了丰富的文化成果,留下了一批经典的文学作品。美国的建立时间相对较晚,其文学作品受外界的影响较大,特别是深受英国的影响。在早期的文学作品中,美国的文学作品大都是模仿英国的,直到美国南北战争之后,才开始形成属于自己的文学风格。第二次世界大战之后,美国文学获得进一步发展。文化上的差异造成英国文学和美国文学存在较大的差异,两者在文化历史、文化内涵等各个方面都有自己独特的特点。

# 第一节　英国文学的发展历程

## 一、古代英国文学

在古代英国,其原住民凯尔特人和入侵者都没有留下书面文学作品,而是以凯尔特人的口头文学为主。我们今天看到的古代英国书面文学作品,大都是经过后来人们的口口相传,再不断加工而来。到5世纪,北欧的日耳曼民族入侵英国,在此期间产生了侵略者创作的游吟诗歌。其中《贝奥武甫》讲述的是日耳曼民族的英雄屠龙的故事。在日耳曼民族侵占英国后,这一诗歌得以创作和流传。现阶段我们看到的《贝奥武甫》诗歌就是8世纪的英国诗人创作的。8世纪,英国正在进行社会变革与转型,《贝奥武甫》正反映了这一时期英国的社会风貌,展现了社会转型时期新旧生活方式混合的社会现实。《贝奥武甫》是英国最早的文学作品,也被称为是英国的民族史诗,是欧洲文学的三个英雄史诗之一(其余两大英雄史诗分别是法国的《罗兰之歌》和德国的《尼伯龙根之歌》)。

5世纪末期,西罗马帝国陷落之后,欧洲结束了古典时代,进入中古时代和漫长的中世纪。6世纪末到7世纪末,基督教教徒开始以拉丁文著书写诗。其中以盎格鲁–撒克逊神学家和历史学家比德所著的《英国人民宗教史》最有历史、文学价值。至9世纪,盎格鲁–撒克逊诗人辛尼沃夫在其他已问世的文学著作中取材,编写了《埃琳娜》《使徒们的命运》《朱莉安娜》等作品。阿尔弗雷德大帝倡导以英语撰写《盎格鲁–撒克逊编年史》,其中包括有关盎格鲁–撒克逊和朱特人的英雄史诗《贝奥武甫》与《朱迪斯》,以及一些抒情诗、方言诗、谜语和宗教诗、宗教记叙文、布道词等。

## 二、中世纪英国文学

11世纪,法国北部的诺曼人侵略英国,欧洲的封建文化开始向英国渗透。英国在文学方面开始盛行法国的韵文体骑士传奇。而这类文学重点描绘和赞美的是骑士的冒险经历与浪漫的爱情,这是英国封建社会成熟时期的社会理想的文学展现。在中世纪的英国,有非常多的文学作品是描绘亚瑟王和绿衣骑士的。而首位将亚瑟王的故事进行整理,形成具有系统化、全面化的传奇故事合集的是杰弗里。12世纪中叶,诗人维斯以杰弗里整理的传奇故事为蓝本,以法语撰写了《不列颠人的故事》一书。13世纪初期,诗人莱亚曼又以《不列颠人的故事》为基础,以英语撰写了诗歌《不列颠》。莱亚曼是在征服英格兰后首位用英语进行文学写作的法国人。

到14世纪中后期,中世纪英国文学创作出现了高峰,出现了大量与古英语诗歌关联密切的口头韵体诗。教堂职员兰格伦在这一时期撰写的诗歌《农夫皮尔斯》就非常有影响力,他把抽象的教会语言用通俗易懂的比喻来呈现,展现出了14世纪末期英国农村革命前后的社会现实。

中世纪出现了一位著名的诗人杰弗雷·乔叟,他撰写的诗歌体小说集《坎特伯雷故事集》和他的其他诗歌集一起为英国文学的发展开辟了道路,他成为英国文学发展的奠基人。乔叟被文学界称为“英国诗歌之父”,也是英国文艺复兴的开路人,可见乔叟在英国文学史上的重要地位。乔叟对于英国文学走向的影响,就如同但丁对意大利文学的影响。在中世纪,英语还不具备广泛的影响力,教堂大都使用拉丁语,传奇骑士诗歌大都采用法语,只有民间歌谣使用英语比较多,这一时期人们普遍认为英语是一种难登大雅之堂的地方方言。而乔叟从古英文中发现了英语对于文学创作的核心价值,他在创作中大量使用英语,并最终将英语提升到英国文学语言的高度。可以说,乔叟诗歌集的诞生意味着英国书面文学历史的开始。乔叟创造了五步抑扬格的英雄双韵体,这是他对英国诗歌韵律做出的突出贡献。其主要著作《坎特伯雷故事集》从各方面寻找写作灵感,但整本书只有一条主线贯穿着一个个故事。《坎特伯雷故事集》以一群香客从伦敦到坎特伯雷朝圣为主线,描绘了这群香客在朝圣途中的所见、所闻,以及借香客之口讲述的故事,刻画了这一时期英国的社会风貌和风俗人情。与其说这是一个充满了信仰的虔诚的旅行,还不如说他们是在假日里进行的远足。《坎特伯雷故事集》中每个故事都十分具有感染力,而记录香客们的序言是最为精彩的。在《坎特伯雷故事集》中,乔叟以简练的语言将各类人物惟妙惟肖地展现出来。

乔叟除了是这一时期具有影响力的诗人、作家,还是一位伟大的翻译家。除了英语,乔叟还精通法语、拉丁语和意大利语。在14世纪晚期,他翻译了《菲洛斯特拉托》《特罗伊勒斯和克西达》等作品,后来在《坎特伯雷故事集》中又以薄伽丘的作品为基础,改编了《骑士的故事》《富兰克林的故事》《法庭差役的故事》《大学生的故事》。由于丰富的翻译成果,乔叟在当时被冠以翻译大师的美称。乔叟的作品和翻译作品不仅为英语翻译铺路,为英语翻译打造出了广阔的前景,还提升了英语的地位,使之成为英国的文学语言,对英国文学的发展意义重大。

15 世纪后期,托马斯·马洛里以法国文本为底本创作了散文小说《亚瑟王之死》,使众说不一的零散故事终于规范化,从而形成一部记述自亚瑟王出生至他遁居仙岛上的完整故事体系,也使这部书成了后世作家引用亚瑟王故事的摇篮。《亚瑟王之死》词句优美,在今天看来依然通俗易懂。它成为英国小说的雏形。

## 三、近代英国文学

### (一)伊丽莎白时代暨文艺复兴时期的英国文学

文艺复兴不仅推动了自然科学的发展,更是促进了文学创作的繁荣。这一时期英国文学发展进入繁荣时期,各种文化思潮层出不穷,出现了大量的文学大家,各类文学作品百花齐放,而最有影响力的文学体裁是诗歌和戏剧。最早揭开文艺复兴文学序幕的是诗人怀亚特和萨里,他们借鉴了意大利诗歌,丰富了英国诗歌形式。怀亚特一方面翻译了意大利诗人彼特拉克的诗歌,让英国学术界对这种新颖的诗歌形式有了充分的了解,同时,他自己也模仿这种诗歌体裁进行诗歌创作,并尝试用其他韵律写诗。怀亚特的诗歌感情真挚、语言朴实,非常具有感染力。萨里对英国文学的影响也从翻译开始。他翻译了法国诗歌《伊尼德》,将无韵诗这种新的诗歌形式带入英国文学。16 世纪初期开始,诗歌这一文学体裁开始在英国流行。而这要从贵族阶层对诗歌的崇尚开始,因为这一时期平民受教育的机会较少,不具有撰写诗歌的能力。这一时期诗人托特尔撰写的作品《杂录》,成为英国文学史上具有重要影响力的作品。托马斯·海伍德撰写了《仁慈杀了她》,作品中充满了作者的情感,包含了哀伤与真诚。同时,《仁慈杀了她》这部作品语言自然、朴实无华,可以称为文艺复兴时期最朴实的作品。而作品中的人物都十分贴近生活,正如查尔斯·兰姆评价海伍德所说的:"一种散文体的莎士比亚。"

诗人埃德蒙·斯宾塞一方面大力进行诗歌翻译,将大量的外国诗歌翻译为英语,另一方面竭力进行诗歌创作,撰写了大量爱情和女王题材的诗歌。16 世纪下半叶,斯宾塞撰写了诗歌集《牧人日记》,这部作品对英国诗歌的发展具有重大的意义。这一诗歌集的诞生标志着英国诗歌界又一位伟大诗人的诞生。之后斯宾塞又撰写了《短诗集》和《仙后》两部作品。《仙后》是斯宾塞撰写的精品寓言长诗,包含了丰富的理念和精神,其中既有人文主义关怀,也有资产阶级爱国主义,还有新柏拉图主义的理念。在结构上,《仙后》继承了传奇骑士文学的写作特点。斯宾塞是继乔叟之后第一个运用绝妙的概念和技巧处理艺术主题的英国诗人,被兰姆称为"诗人中的诗人"。

早在 15 世纪,戏剧就在英国舞台上占有了重要的地位,到 16 世纪下半叶,戏剧逐渐进入繁荣时期,成为英国文学中最繁荣的文学体裁。英国戏剧最开始是教堂用于举办宗教仪式而产生的,主要内容来自远古时期的神话故事。剧作家克里斯托弗·马洛对中世纪的传统戏剧进行了革新,创造了新的戏剧形式,为莎士比亚的创作奠定了基础。马洛创作了反映时代精神的巨人性格的《浮士德博士的悲剧》。这一戏剧内容来源于古代神话故事,主角是一位魔法师,他以自己的灵魂为代价来换取世俗的权力。这个神话故事曾经被歌德写进自己深奥的哲学诗中,成为一直流行的《浮士德》歌剧的主题。在《浮士德博士的悲剧》中,悲剧的人物实际上是作者自身的写照,他企图冲破旧时代的束缚,去探寻真理与自由。戏剧中有很多看起来非常夸张的内容,但也有很多精彩绝伦的部分——它们是英语中最精美、最壮丽的诗篇。其中的无韵诗,即使是莎士比亚的诗作也无法与之相比。

莎士比亚是欧洲文艺复兴时期英国最伟大的剧作家和卓越的人文主义思想的代表,他以奇伟的笔触对处于封建制度走向衰落和资本主义原始积累的历史转折期的英国社会进行了形象、深入的刻画。他的作品按其思想和艺术的发展分为三个时期:历史剧和喜剧时期(1590—1600 年)、悲剧时期(1601—1608 年)和传奇剧时期(1609—1613 年)。其现存作品包括两首长诗,一百五十四首十四行诗和三十七部戏剧,主要作品有《仲夏夜之梦》《终成眷属》《皆大欢喜》《哈姆雷特》《爱的徒劳》《无事生非》《奥赛罗》《罗密欧与朱丽叶》《威尼斯商人》《温莎的风流娘儿们》《暴风雨》《雅典的泰门》等。

(二)斯图亚特王朝时期的英国文学

斯图亚特王朝时期,许多典型文学形式包括小说、传记、历史、游记、新闻报道等开始成熟。在这一时期,新古典主义的出现改变了文学领域的风气。此时最具影响力的作家之一是约翰·班扬,其创作的小说《天路历程》被看作英国近代小说的开端。《天路历程》以梦幻的方式讲述故事,但是拨开梦幻的外壳,展现的是当时英国社会的现实风貌。《天路历程》讲述了虔诚教徒在一个充满私欲的世界中的经历,表现了作者对这一时期权贵人物的谴责。19世纪中期英国小说家威廉·萨克雷的著作《名利场》的书名便来源于此。作为宗教人士,班扬在宣扬宗教方面具有很高的天赋,能让受众快速地了解宗教、认可宗教,其在文学领域亦是如此。其著作《天路历程》在创作之初的一个核心目标就是宣扬宗教理念,而其通过寓言故事的形式也完成了这一使命。《天路历程》在贵族文学中开辟出平民文学空间,即便读者对宗教没有兴趣,也能愉悦地阅读完这本书。《天路历程》的语言以平民化、日常化的口语为主,在结构上以平淡的叙述为主,读起来通俗易懂,有利于实现传教的目的。他的作品还有《罪人受恩记》《圣战》《培德曼先生的一生》等。18世纪写实小说开始兴起,班扬对此做出了很大的贡献。

17世纪,英国抒情诗被划分为三个发展阶段。第一个阶段以本·琼森为代表。琼森在当时十分具有影响力和威望,被当时的文学界誉为“歌之王”。琼森热衷于创作社会讽刺剧,他具有强烈的古典观念,也非常遵守古典文学的创作要求,对于不遵守古典观念的作品,他会予以纠正和指责。他喜欢采用喜剧的形式对罪恶和不正确的行为进行谴责,因此学术界又把他的剧作称为纠正喜剧。琼森的诗歌不仅在结构和文字上十分优美,而且在情感表达上也十分优雅。阅读他的诗歌可以感受到诗人压制的热情。

在整个17世纪,琼森的名声和威望都在莎士比亚之上。琼森的喜剧作品《人人高兴》,通过喜剧的形式抨击了时代的弊端,是具有深远影响力的风俗喜剧。琼森在英国文学上的成就通过其悲剧作品《西亚努斯的覆灭》和《卡塔林的阴谋》可见一斑。在这两个悲剧作品中,琼森没有刻意地进行文字方面的精雕细琢,也没有进行大面积的情感渲染,但是读者却能深深地感受到作品中人物的情感与悲伤。琼森的剧作无论是语言的运用,还是人物的塑造都十分出色,与莎士比亚相比可以说是旗鼓相当。而他创作的剧作《蹩脚诗人》的成就则要超过莎士比亚的作品。

16世纪末至17世纪初,文艺复兴渐趋尾声,有所谓骑士派的贵族闲者的爱情诗流行一时,同时出现了以约翰·邓恩、威廉·德拉蒙德和安德鲁·马韦尔为代表的玄学派诗人。这便是17世纪英国抒情诗的第二个阶段。玄学派诗歌的特点是采用奇特的意象和别具匠心的比喻,糅细腻的感情与深邃的思辨于一体,以善于表达活跃躁动的思绪和蕴含哲理而独树一帜,但其语言质朴且口语化。玄学诗派在诗歌艺术上独辟蹊径,对现代主义诗风产生了很大影响。

在第三个阶段,诗人们继续追求诗歌的至真、至善和至美。约翰·德莱顿和亚历山大·蒲柏是这一阶段的代表人物。德莱顿的诗作使戏剧的力量、抒情诗的美妙等昔日的辉煌一并保留了下来,同时又为新时代诗歌的诞生披荆斩棘。德莱顿驰骋文坛,集桂冠诗人、散文家、剧作家于一身,他对押韵对句的贡献使其成了18世纪英国诗坛的鼻祖,是诗歌和散文真正的革新家。他的《戏剧论》以及其他著作成为英国文学批评史上和英诗体著作中划时代的作品。蒲柏是继德莱顿之后又一位古典主义大师,发展和完善了英雄双韵体,他的成名作《批评论》即以此种诗体写成。蒲柏是一位以讽刺诗见长的伟大诗人,善于用庄重华贵的语言表现滑稽可笑的生活内容,如《夺发记》和《群愚史诗》均制造了令人捧腹的喜剧效果。

(三)启蒙时期的英国文学

进入18世纪,由于战乱相对较少,社会相对稳定,再加上启蒙思想的影响,英国文学进入另一个繁荣时期。这一时期现实主义小说兴起,并出现了很多具有影响力的文学家和经典的文学作品,如丹尼尔·笛福、乔纳森·斯威夫特、亨利·菲尔丁等都是启蒙时期的思想家和文学家,文学作品是他们宣传启蒙思想的重要工具,他们通过文学作品来塑造普通大众的崇高精神和行为,揭露现实社会的腐朽,宣扬理性、民主与自由。

笛福是启蒙时期英国文学的代表人物,也是英国现实主义小说的奠基人,其著作《鲁滨孙漂流记》是流传非常广泛的一部作品,也是英国文学史上第一部具有影响力的现实主义小说。《鲁滨孙漂流记》采用写实的手法,描绘了鲁滨孙在荒岛独自生活的情景,展现出新时代的开拓精神和殖民主义的雏形,具有反映当时社会风向的时代意义。《摩尔·弗兰德斯》是笛福的又一部代表作,其内容主要讲述了女主角摩尔由于生活困窘而沦为娼妓和小偷的经历。这部作品文笔生动,而且贴近现实生活,又不缺乏艺术性,因此被誉为"偷窃者大全",这从侧面反映了这部作品的影响力。

菲尔丁是英国知名的现实主义作家,被誉为"英国现实主义小说之父"。他的作品揭露了英国上层社会的腐败,并采用写实的手法对这些现象进行讽刺。他的小说标志着英国现实主义小说的进一步发展。同时,菲尔丁也是英国首位全面提出现实主义小说理论的作家。他的作品描绘了当时英国宏观的社会场景,并且善于应用讽刺的手法。

塞缪尔·理查逊是英国文学史上又一位现实主义代表人物,他除了采用现实主义理论进行写作,还十分重视对角色的感情描写,并创造出了新的文学类型——伤感主义文学。其作品《帕米拉》就是伤感主义文学的代表作。同时,理查逊还热衷于采用书信体的形式进行文学创作,开创了书信体小说的先河。在书信体小说中,理查逊对人物的心理和内心活动进行了细致的描写,客观上推动了浪漫主义文学的发展。理查逊擅长进行细致的心理描写和深刻的情感分析,对于角色的心理刻画得入木三分,感染力非常强。理查逊的作品对英国文学的影响很大。

劳伦斯·斯特恩是伤感主义文学的主要代表人物,他推崇角色情感的自然流露,认为人和社会无法和谐相处,其文学创作的核心目标在于描绘人的心理世界和不稳定的情绪,因此他对当时社会的文学创作形式十分不满,并尝试进行文学革新。他的作品《项狄传》放弃了传统小说的框架,没有采用以时间推进为线索的写作方法,而是采用创新的文本来展现角色的心理活动。《项狄传》各章节的字数不均衡,有的章节甚至用空白页来取代。小说中有很多长篇议论的内容和插话,也出现了乐谱、星号和省略号等传统作品中没有的符号。斯特恩对文学作品的形式创新获得了 20 世纪俄国文学批评家的支持,其《项狄传》被称为"世界文学中最典型的小说"。学术界普遍认为《项狄传》是 20 世纪盛行的意识流文学形式的鼻祖。斯特恩的文学实验为英国小说艺术增添了新活力,开后世现代派小说先端,可谓英国最早的实验性写作的大手笔。

托比亚斯·斯摩莱特善于创作流浪汉体小说。他采用讽刺的手法来揭露英国社会的弊端。在斯摩莱特的作品中,很多内容都是描绘海员的生活,充斥着低沉的伤病景象和激烈的打斗场景。他的《蓝登传》继承了欧洲流浪汉小说的传统,布局松散,是一连串发展迅速、好恶交替、变化急剧的冒险经历的组合。他还著有《英国通史》《柏雷葛伦·辟克尔》。

18 世纪的诗歌创作也呈现一派繁荣的景象,不仅有世纪初的蒲柏和詹姆斯·汤姆逊,一些散文名家如斯威夫特、塞缪尔·约翰逊、奥利弗·哥尔德斯密斯也善于写诗。托马斯·格雷也是这一时期重要的诗人。格雷是一位学者和历史学教授,他精通艺术、建筑和音乐,喜爱自然风光,对浪漫主义的复兴怀有热情。在格雷的《巴德》中,浪漫主义和古典主义得到了很好的结合,威尔士擅用颂歌形式的传统得到了再现。他的创作有《逆境颂》与《春之颂》等。其中《墓园挽歌》最为著名,诗中描述了诗人在黄昏时刻凭吊乡村一处寂静墓地的悲悼心情。贯穿全诗的凄楚悲切的气氛,往往令读者唏嘘感叹。这首诗表达了诗人对时代纷乱状态的厌恶和对自然简朴安逸的向往,吐露了诗人的内心感受。他的诗作表明英国诗歌开始逐渐摆脱新古典主义的束缚,理性的优势地位为感情或感受所代替。诗作发表后引来诸多仿作,一时形成所谓"墓园诗派"。

与格雷的《墓园挽歌》一起得名的墓园诗派还有爱德华·杨格的《夜思录》。这首诗以死亡、坟墓为题材,表达了诗人的孤独心情,基调低沉、忧郁,反映了英国当时人们在产业革命加速进行中所感到的痛苦和彷徨。

乔治·克拉布的诗歌以朴素语言纪事,如实描绘了日常生活、村庄、教区等。他的作品为英国诗坛注入了新鲜的血液。在他的诗体小说《村镇》《厅堂的故事》等作品中,以不同于以往文学作品的现实主义手法,用虚幻的田园诗的风格,描绘了真实存在的世间百态,从而带来了英国文学发展的新气象。

## 四、现代英国文学

### (一)浪漫主义时期的英国文学

19世纪初,继18世纪以来的蒲柏、格雷和罗伯特·彭斯等诗人优雅含蓄的抒情诗作之后,在法国大革命浪潮的冲击下,诗风大变,出现了以威廉·布莱克为先导的浪漫主义诗歌运动,先有彭斯、威廉·华兹华斯、塞缪尔·泰勒·柯勒律治和罗伯特·骚塞的"湖畔派"开路,后有乔治·戈登·拜伦、珀西·比希·雪莱、约翰·济慈三大诗人将浪漫主义推向新的高峰,把浪漫主义诗歌带进了更广阔的境界。

布莱克是英国浪漫主义诗人的代表。他强烈支持法国大革命,但是又对法国大革命的理论根源,即理性主义持排斥态度。这种矛盾导致他的诗歌不具有18世纪盛行的优雅含蓄的特点,而是更具有想象力和神秘感。他早期的作品《天真之歌》内容朴实、纯真,《经验之歌》哀伤、沉痛,并且都具有很多神秘元素,且有朴素而自然的特点。在经过了早期创作阶段,布莱克的诗风发生了很大的改变,例如,其长诗《四天神》就包含了完整的神话系统。他的诗歌富含想象力,极具个性。短诗作品意象清晰,富有新意而易于理解,后期作品中的长诗较为晦涩难懂。由于布莱克的诗歌具有一套自己建立的神话系统,因此神秘主义倾向明显。

托马斯·珀西对英国古典诗歌进行了整理,并编撰出了作品《英诗辑古》,受到了广泛的欢迎。他推动了18世纪英国民谣复兴运动的兴起,也对浪漫主义诗歌有重大的影响,一时间民众纷纷开始学习和模仿中世纪的诗歌、民谣。在此背景下,农民诗人彭斯脱颖而出。彭斯来自经济较为落后的苏格兰地区,他熟谙这一地区的民谣和神话故事,并用地区方言进行诗歌创作。在思想上,彭斯与布莱克一样,在诗歌中充满了对大自然的热爱。其诗歌富有韵律,朗朗上口,饱含对这一时期社会底层群众的同情。他的抒情诗情感真挚、表达自然、富有感染力;他的讽刺诗善于应用反讽,妙趣横生,给英国文学注入了新的元素。

湖畔诗派反对社会改革,对当时的资产阶级意识形态持排斥态度。湖畔诗派的诗人们往往通过将工业城市和农村风貌进行比较,进而表达对自然环境的向往。他们主张回到自然,推崇农村地区的社会、人文环境,认为只有在原始、自然的社会环境中才能感受到自然之美。湖畔诗派的代表人物包括华兹华斯、柯勒律治和骚塞。华兹华斯与柯勒律治的诗歌合集《抒情歌谣集》展现了诗人对大自然的热爱,其内容包括温暖的春日里明媚柔和的阳光、自然风光里随风摇曳的花朵、宁静的乡野里叽叽喳喳的小鸟、随风摇动的树叶等。诗人采用人格化的手法来描写自然,从对自然环境细致的描写中透露出诗人对于宁静、美好生活环境的向往,这与同时期资本主义兴起的现实相对照,展现了诗人对资本主义理念和城市生活的排斥。《抒情歌谣集》内容丰富,既包括对自然山水的描述,也包含以梦境的形式描写异域、远古的内容,具有神秘主义的特点。作品整体风格自然、质朴,表现出的情感单纯真挚,通过对细节的深刻描写表现了诗人敏锐的观察力和对生活的热爱之情,为英国诗歌注入了新的活力,并为浪漫主义诗歌的兴起奠定了理论基础。

华兹华斯被当时的诗歌界称为"桂冠诗人"。他非常热爱大自然,在其诗歌中对大自然的描述非常多,因此又被称为"大自然的祭司"。华兹华斯的诗歌善于描写乡村风貌,包括乡村自然景色、田园风光,以及在乡村生活的居民,他通过通俗易懂的文字去描写乡村中随处可见的事物,于平凡的事物中挖掘和表达不平凡的意义。华兹华斯推崇传统社会田园式生活,排斥资本主义意识形态下的城市生活。他的诗歌脱离了旧诗歌规范的束缚,摆脱了新古典主义的平板风格,其诗风清新活泼,具有浪漫主义特征。因其诗歌成就突出,他被认为是继莎士比亚、约翰·弥尔顿之后的一代大家。华兹华斯的小诗清新,长诗不仅清新还深刻。他的十四行诗雄奇,他的《序曲》首创用韵文来写自传式的"一个诗人的心灵的成长",无论在内容和艺术上都开了先河。华兹华斯著名的诗作有《黄昏散步》《丁登寺旁》《我心荡漾》《致布谷鸟》等。他的《她住在人迹罕见之乡》,用紫罗兰和星星形象地描绘了路丝的形体美和心灵美,以及她被冷落的境遇,颇似杜甫描写的"幽居在空谷""日暮倚修竹"的佳人形象。全诗语言朴实无华,用歌谣体描绘姑娘天真的形象,内容与形式十分切合。

拜伦、雪莱和济慈三位诗人在诗歌领域各有各的特点,但是他们的共同点是都支持和维护法国大革命的理想。拜伦对暴政由衷的抗拒和厌恶,所以他的诗歌中多展现崇尚自由、反对压迫的思想,善于揭露社会弊端。其诗歌多采用东方叙事诗的形式,对人物刻画得立体、形象。其刻画的英雄形象具有同一性,具有反抗精神,向往自由,但又忧郁、悲观,因此被称为拜伦式英雄。拜伦的诗作最显著的艺术特点就是辛辣的讽刺,对这一时期社会弊端和统治阶级的问题进行了激烈的抨击。他将讽刺、叙事和抒情进行了紧密结合,展现了其在文学领域的突出才华。雪莱不满于现实世界,对于未来的理想世界充满向往。他的诗歌风格自由不羁,充满浪漫主义和神秘色彩。他喜欢采用梦幻的象征手法和神话传说题材。济慈对于现实世界非常不满,他认为现实世界是使得青年物质和精神上都无法得到满足的残酷世界,这一认知在他的诗作中有所表现。在艺术上,这三位诗人都有重大的创新。拜伦的知名作品《唐璜》采用游记体叙事长诗风格,描述了主人公唐璜两次穿越欧洲大陆,见证了英国、西班牙、土耳其和俄国等众多国家的社会现实。作品中对口语体的应用具有很高的水平,可以说达到前所未有的高度。拜伦的人生就像他诗作展现的精神一样,不断地为自由而抗争。其在文学、政治上的影响已经超越了地域限制。他的作品还有《英国诗人和苏格兰评论家》和《闲散时光》等。拜伦的讽刺诗《审判的幻想》被誉为英国文学史上最成熟、最完整的政治讽刺诗之一。

19世纪中后期,先后出现了罗伯特·勃朗宁、马修·阿诺德、但丁·加百利·罗塞蒂、查尔斯·斯温伯恩等著名诗人,他们的作品以各自独特的风格和接近20世纪现代意识的意境成为19世纪英国诗歌的重要组成部分。莎士比亚去世以后,没有另外一个时期有这样多的一流诗人,创作了这样大量的为后世所珍视的一流作品。其中勃朗宁是当时最杰出的诗人之一,他的诗作突出表现在善于运用戏剧独白,富于感染力的叙事诗和细致的人物心理描绘,并按照人物特有的立场、思维逻辑和语调,表现其性格。这种心理描写或意识流方法,在英国诗歌史上是一种创新。

19世纪,散文小说逐渐兴起,并走向繁荣。沃尔特·司各特开创了历史小说先河,他的小说惯于采用艺术虚构的手法,但是又善于引入真实历史细节,因而情节富有感染力和真实性,具有传奇色彩。司各特的历史小说主要描写的是从公元 11 世纪十字军东征到 18 世纪君主立宪期间的历史事件。他的作品涉及欧洲社会这六七百年的重大事件,具有苍劲有力、雄壮豪迈的笔调,极具浪漫主义色彩。司各特的历史小说具有广泛的社会影响力,被誉为"西欧历史小说之父"。简·奥斯丁创作的风俗小说,是这一时期又一类有影响力的散文小说。

（二）维多利亚与现实主义时期的英国文学

维多利亚时期,英国文学中的重大成就是现实主义小说,出现了狄更斯、威廉·萨克雷、夏洛蒂·勃朗特、艾米莉·勃朗特、安妮·勃朗特、乔治·艾略特、安东尼·特罗洛普、爱德华·菲茨杰拉德、阿尔弗雷德·丁尼生、威廉·莫里斯、奥斯卡·王尔德等重要作家。

狄更斯作品的深度和广度都超过了同时代的其他作家,代表了 19 世纪英国现实主义文学的最高成就。他生活在英国由半封建社会向工业资本主义社会过渡的时期,作品广泛而深刻地描写了这个时期社会生活的各个方面,鲜明地刻画了各阶层的代表形象,并从人道主义出发对各种丑恶社会现象及其代表人物进行揭露批判,对劳动人民的苦难及其反抗斗争给予同情和支持。狄更斯创作了多部长篇小说,其中最著名的作品包括描写劳资矛盾的《艰难时代》,以及以法国大革命为背景、生动再现当时伦敦和巴黎的局势、情节跌宕起伏的《双城记》。《雾都孤儿》《大卫科波菲尔》《远大前程》等均以孤儿为主人公,这与他的不幸童年经历有关。《荒凉山庄》揭露了英国司法制度的腐败与黑暗。另有《美国札记》《我们共同的朋友》《布兹素描》《匹克威克外传》《董贝父子》和《小杜丽》等名作。

（三）批判现实主义时期的英国文学

19 世纪七八十年代出现了托马斯·哈代等文学巨匠,他们运用社会心理小说和社会讽刺剧等形式,对资本主义社会的政治、道德和文化等方面进行了淋漓尽致的揭露与批判,这便是批判现实主义文学。批判现实主义文学家以写作为手段,展现了资产阶级意识下的工业社会与城市生活,揭露了资本主义意识形态下社会关系的冷漠和资产阶级的自私虚伪。特别是哈代的小说,将乡村地区自然、祥和的风貌与严峻的宇宙观融合,在英国文学史上留下了浓厚的一笔。哈代的小说大都以自己故乡附近的乡村为素材,早期作品风格开朗、明亮,大都描写恬静的乡村景观和田园生活,而后期作品风格低沉、阴郁,明显表现出作者的悲观情绪。其后期作品表现了不可控的外部环境和个人情绪决定人的命运,并最终酿成悲剧,这代表了19世纪末20世纪初英国以"幻灭"为主题的小说创作。哈代最有影响力的代表作是两部以女性为主人公的长篇小说《德伯家的苔丝》和《无名的裘德》,主要讲述的是英格兰南部农村青年男女走投无路、陷于绝望的悲剧故事。

英国19世纪的批判现实主义小说,是文学成就最高的文体。由于当时中产阶级对批判现实主义小说十分热衷,为了迎合他们的需求,小说的形式较有弹性,并且除对现实社会进行深入的描述外,小说也展现了一个想象的世界。批判现实主义小说的主题思想和道德倾向也展现了当时中产阶级的意愿,如做好事有好报、做坏事会得到报应等。同时小说也对富人为富不仁的行为进行了批评,对底层人民给予了同情。

19世纪的后三十年,英国小说依然活力不衰,题材范围继续扩大,有乔治·梅瑞狄斯、劳瑟福德、约瑟夫·吉卜林等代表人物。小说的艺术性也有新发展,如亨利·詹姆斯和约瑟夫·康拉德等都十分讲究小说艺术。

梅瑞狄斯的文采,勃特勒的犀利,莫里斯的以古朴求新鲜,吉卜林的活泼和嘲讽,都使英国小说更加丰富多彩。

（四）现代主义时期的英国文学

按照弗吉尼亚·伍尔夫的说法,1910年是英国小说从传统现实主义到现代主义变化的重要年份,英国小说也因此焕然一新。重要作家有爱德华·福斯特、乔治·萧伯纳、约翰·高尔斯华绥、威廉·叶芝、乔治·奥威尔、威廉·戈尔丁、托马斯·艾略特、戴维·赫伯特·劳伦斯、詹姆斯·乔伊斯、伍尔夫以及凯瑟琳·曼斯菲尔德等。

高尔斯华绥在《福尔赛世家》中以批判的眼光揭示了资产阶级的家庭、社会关系。他的作品文字优美,以世纪之交的英国社会为背景,用自然主义手法对道德问题进行剖析,对资本主义社会和法律进行揭露和批判。其作品有《来自四季的风》《天鹅之歌》《福塞特家史》《有产业的人》《苹果树》等。他的散文描写得也很优美,《远处的青山》即是一篇名作。

福斯特的《霍华兹别墅》针对英国社会经济与文化、富人与穷人、男性与女性之间日益尖锐的矛盾冲突,探索建立"联结"关系的途径。其另有作品《看得见风景的房间》《天使不敢驻足的地方》《最长的旅程》《莫里斯》等。

叶芝早期作品带有唯美主义倾向和浪漫主义色彩,19世纪90年代后,因支持爱尔兰民族自治运动,诗风逐渐走向现实主义,变得坚实、明朗。20世纪20年代中后期,因其接近人民生活和热心玄学派诗歌研究,他的作品融现实主义、象征主义和哲理思考为一体,以洗练的口语和含义丰富的象征手法,表现禁恶、生死、美丑、灵肉的矛盾统一,具有较高的艺术价值。其戏剧代表作有《胡里痕的凯瑟琳》《1916年的复活节》等,另有《自传》三部。

萧伯纳运用社会心理小说和社会讽刺剧等形式,对资本主义社会的政治、道德和文化等方面做了淋漓尽致的揭露和批判,他是英国杰出的批判现实主义剧作家,世界著名的幽默大师。他还是费边社会主义者,其作品广泛触及社会问题,表达其渐进、改良、在尊重传统的同时追求进步的社会变革观,在英国绅士社会中具有广泛代表性和突出的现实意义。他的作品有《伤心之屋》《华伦夫人的职业》《苹果车》《慈善家》《鳏夫的房产》等。

## 五、当代英国文学

在当代文学思潮的影响下,20世纪八九十年代,英国文坛一批新秀崭露头角,马丁·艾米斯是同代人中的佼佼者。他的小说《钞票:绝命书》批判了英美资本主义社会对金钱的疯狂崇拜。其《时光之箭》的叙述手法独特,把"时光之箭"的走向反拨过来,使得时光倒流。小说像倒放录像带一样,把主人公成为奥斯威辛集中营里纳粹医生这一过程的顺序颠倒了过来。艾米斯的创作受到弗兰兹·卡夫卡、阿兰·罗伯格里耶、路易斯·博尔赫斯等人的影响,作品中现实主义的叙述伴随着意识流、黑色幽默、魔幻现实主义等现代手法。

这一时期许多文学家对历史题材很感兴趣,创作了一批优秀作品,如格雷厄姆·斯威夫特描写东英吉利地方史的《洼地》、彼得·艾克罗伊德的《王尔德的最后证词》、朱利安·巴恩斯的《福楼拜的鹦鹉》等。这些作品受后现代主义思潮的影响,被评论家们称为"新型历史小说"。其特点是在讲述历史的过程中,质疑"真实"观念,让叙述者获得一种自我认识。

新一代杰出女作家的代表是安东尼娅·苏珊·拜厄特和玛格丽特·德拉布尔姐妹,她们是英国文学研究专家,属于知识型女作家。拜厄特的《占有》把维多利亚时代诗人的精神境界与现代学者的精神状态作比较,故事情节在历史与现代的两段感情经历中平行展开,过去与现在相互交融,前者对后者产生影响。

不过,当代创作仍然是不拘一格,内容和风格多姿多彩。威廉·戈尔丁在历经两次世界大战之后对人性恶的描写无疑具有强烈的时代感和深刻性,他于1954年出版的《蝇王》,深入探讨人性的善恶,使他一举成名。

# 第二节 美国文学的发展历程

美国文学与英国文学都是以英语为主要语言,但两者在文学发展历程上具有很大的差异,这导致两国文学各具特点。约翰·玛希在其著作《世界文学史话》中对英美文学进行了深刻的对比。

第一,从时间上来看,英国历史悠久,文学起步时间较早,具有丰富的文学底蕴,而美国由于建立时间较晚,文学发展时间较短,其文学根基没有英国深厚。但其优势在于美国文学建立在资本主义的基础上,受封建文化的束缚较少。

第二,与英国相比,美国具有地广人稀的特点,大量的土地处于荒芜状态,这给大量的美国人提供了开垦和冒险的场所,使得美国人的性格基因与英国人有很大的不同。体现在文学中,一方面是自由、民主思想在作品中的体现;另一方面是文学家们乐于探索,对新事物充满好奇。20 世纪以来,很多文学思潮都起源于美国,正是由美国人的性格基因决定的。

第三,美国国内民族众多,而移民数量也非常庞杂,这导致美国文学多样性的特点。

## 一、近代美国文学

### (一)英属北美殖民地时期的美国文学

殖民时期主要是印第安人和早期移民两支文化。印第安人是北美洲的土著居民,在与大自然的斗争中创造了自己的文化,主要是民间口头创作,包括神话传说和英雄传说。由于他们没有文字,这些传说后来经整理才得以问世,并启发了后世美国文学家的灵感。

谈及美国文学,总是以移民的创作为源头。17 世纪初,一批英国人出于一些原因,开始向北美洲移民,慢慢开始了殖民时期的文学。第一位美国作家是约翰·史密斯,他的作品是关于新大陆的报告文学《新英格兰记》,诞生于弗吉尼亚州。17 世纪出现了一批美国诗人,他们是威廉·布拉福德、爱德华·温斯罗普、安娜·布拉兹特里特和爱德华·泰勒。

在殖民时期,诗人们创作了很多诗歌,但受清教思想的影响使得作品多以叙述真实事件为主,显得冗长乏味。布拉福德写有《普利茅斯种植园史》,这是一部无比珍贵的资料,语言质朴,感情真挚,叙述直截了当,易读而且感人。他还创作了大量的信体小说和描述殖民地的散文及叙事诗等。温斯罗普写有《新英格兰史》。

布拉兹特里特和泰勒两位文学家,把诗歌创作推向了一个新的高度。布拉兹特里特是美国最早创作出真正有价值的英文诗歌的诗人,她描写的是生活,不过多少以世俗的笔调来抒写女性的心情。她的诗集《美国新崛起第十位缪斯女神》,以古典的暗示手法,称赞了自己。诗作显得做作,但也虔诚优雅,并不乏生动。她的《沉思集》还受到 20 世纪文学批评界的重视,被认为是一部不朽之作。泰勒的诗歌采用的是 17 世纪英国主流诗人的写作形式和风格,语言铺张华丽,想象和思想联系在一起。泰勒的诗作反映了严格的清教主义的衰落,极大地丰富了美国的诗歌内容。

(二)北美独立战争时期的美国文学

北美独立战争时期是美国民族文学开始形成的时期。独立战争期间社会上充满反抗与妥协的尖锐斗争,迫使文学家们采取政论、演讲、散文等简便而又犀利的形式投入战斗,这些无畏的战士为了战斗的需要锤炼自己的语言艺术。此时期的诗歌也具有强烈的政治性,大量的革命歌谣出自民间。不过,在北美殖民地人民争取独立的岁月里,政治成为社会生活的中心舞台,那些有影响的作者都不是专业的文学家,而是北美独立战争的战士和参加者。北美独立战争在整个美国文学史上具有极为特殊的意义,战争中产生了大量的革命诗歌和散文,造就了美国第一批重要的散文家和诗人,为日后美国文学的独立发展垫定了基础。

## 二、现代美国文学

随着 1783 年北美独立战争的结束,美国的政治和文化开始独立。年轻的美国使人们充满信心,并吸引着更多的人奔向新的大陆,也使文学家的创作更具有浪漫主义色彩。文学家们学习欧洲浪漫派文学的精神,对美国的历史、传说和现实生活进行描绘,一些以美国为背景、美国人为主人公的作品开始出现,文学作品的内容逐渐丰富和充实起来,民族文学开始诞生。这一时期的代表人物主要有本杰明·富兰克林、帕特里克·亨利、托马斯·潘恩、托马斯·杰弗逊、菲利普·弗瑞诺等。

（一）浪漫主义时期的美国文学

从 19 世纪二三十年代到南北战争结束后的三四十年,资本主义处于自由竞争阶段,民主、自由的思想鼓舞着人民和文学家,文学创作中乐观的情绪处于主导地位。文学上是浪漫主义运动的全盛时期,各种不同风格的文学家泉涌而出,作品从内容到形式都具有鲜明的民族特色。批评家们称这一时期为美国文学的"第一次繁荣"。

1. 早期浪漫主义时期的美国文学

早期浪漫主义时期的美国文学代表人物有华盛顿·欧文、詹姆斯·库柏、埃德加·爱伦·坡、威廉·布莱恩特、亨利·沃兹沃斯·朗费罗等。

欧文是美国独立后的首位职业作家,他的作品具有鲜明的民族特色,打破了传统文学中对英国的模仿,成为美国文学的先行者,因此被誉为"美国文学之父"。欧文对于殖民时期的历史事件、民间故事都十分熟悉。他居住在欧洲地区,但他作品的主要背景是美国国内,其作品中有很多内容描绘的是早期移民的故事。他的经典作品《纽约外史》是散文体小说,其将真实的历史细节和艺术虚构融合起来,富有感染力。欧文的另一部重要作品《见闻札记》则是开创了美国短篇小说传统的散文、杂感、故事集。这是代表他的声誉之作,也是他的传世佳作,在短期内被译成多种文字。

库柏对美国文学的发展做出了重大的贡献,是美国文学的奠基人。他认为美国自然单调,人民性格天真,历史短暂平和,没有深厚的文化底蕴,因而缺乏文学创作所需要的素材。为此,他指出文学家要到历史中去发掘创作素材。库柏的作品大都是描写田园生活,特别是边疆生活。《皮袜子故事集》五部曲开创了边疆传奇小说的先河,包括《拓荒者》《探路者》《最后一个莫希干人》《草原》《杀鹿的人》五部长篇小说。作品以印第安人部落的灭亡为背景,描写了绰号为"皮袜子"的猎人纳蒂·班波在 18 世纪后半叶到 19 世纪初近六十年的时间在边疆地区生活的故事。小说通过描绘开拓者的形象,细腻而逼真地记录了美国向西部发展的历程,表现了勇敢、正直的移民怎样开辟美国文明的心路历程。作者以描写惊险场面和自然景物见称。

布莱恩特是一位浪漫主义民族诗人,是第一位获得杰出诗人荣誉的美国人,他创作了大量象征美国独立和民主政治的诗歌。与欧文开创美国散文新时代一样,布莱恩特开创了美国诗歌的新时代。布莱恩特笔下的自然景色完全是美国式的,他歌颂当地常见的水鸟和野花,而且通过它们歌颂人与人之间的和谐。布莱恩特气质宁静,想象力丰富。评论家阿诺德称其诗作为"语言最完美、最简洁的诗歌"。他另一重大贡献就是将《伊利亚特》和《奥德赛》翻译成英语无韵诗。

朗费罗致力于介绍欧洲文化和创作浪漫主义文学,一生创作了大量抒情诗、歌谣、叙事诗和诗剧,有"革命诗人"之称。在他有生之年,他的诗歌在美国广为传诵,在欧洲同样备受赞赏,被译成二十余种文字,使他扬名海外。他的诗歌虽然缺乏思想深度,但写得通俗易懂,高雅宜人,纯正而有韵味。他的思想受德国浪漫抒情诗人的影响,倾向于浪漫主义运动中的温和派。他的作品有《夜吟》《人生礼赞》《伊凡吉琳》等。

2. 先验主义与后期浪漫主义时期的美国文学

19世纪30年代以后是后期浪漫主义的创作,其理论是先验主义,代表人物有亨利·戴维·梭罗、拉尔夫·瓦尔多·爱默生、纳撒尼尔·霍桑、赫尔曼·麦尔维尔、沃尔特·惠特曼、詹姆士·拉塞尔·洛威尔及奥利弗·温德尔·霍姆斯等。

梭罗既是一位伟大的思想家,也是著名的文学家。他崇尚自然,主张回归自然,为了更好地感受自然生活,他在一个乡村湖畔的小木屋独自居住了两年,并创作了《瓦尔登湖》。这部作品给人宁静、安详的心理感受,其主题思想是要挣脱社会对人的束缚,在美国文学中具有重要的地位。梭罗的激进理念对后来者产生了很大的影响,很多美国小说中角色的个人主义特性皆来源于此。除了小说、散文与诗歌,梭罗还发表了一些政论,包括抗议美国侵略墨西哥、支持美国的废奴运动等。其代表作还有《在康考德和梅里马克河上的一周》《郊游》《缅因森林》等。

麦尔维尔的作品代表了美国浪漫主义小说的最高成就。他的小说中有很多关于海上航行过程中的奇遇和异域风情的内容,并且在其中融入了作者对人生、对世界的哲学思考,反映了作者的思想。其著作《白鲸》在美国文学史上具有广泛的影响力。其描写的白鲸已然成为具有超自然的神秘主义倾向,敌视人类但人类又难以征服事物的象征。他的作品《泰比》和《奥穆》批判了当时以宣扬宗教的名义进行的殖民活动,而另一部作品《玛地》批判了资本主义社会的规范体系,并且对理想社会进行了描述。他主张人要进行不断的冒险,来探寻生命的价值。麦尔维尔在生前没有获得学术界和社会大众的普遍认可,他在20世纪初才获得应有的荣誉,他的小说作品还有《雷德本》《白外衣》等。

霍桑是超验主义代表人物,其作品通过象征手法,以人类的情感和情绪为主题,对人性中的恶进行挖掘与批判,揭露清教的虚伪,以细致描写的手法探寻心灵深处的世界。总结霍桑的写作历程,其主要描写的内容概括起来就一个字——恶,也就是人内心深处潜藏的恶。霍桑认为人性本恶,恶是人性中的组成部分,无法根除,这也是导致人生不幸的关键因素。基于这种认知,霍桑的作品中具有明显的悲观主义色彩。他的《好小伙子布朗》《红字》《玉石雕像》《七个尖角阁的房子》《尽人皆知的故事》《古屋青苔》以及《福谷传奇》"两部罗曼史"等,所描写的都是生活中存在的罪恶,以人类的内疚、荣耀和情感上的压抑为主题,对"隐秘的恶"进行挖掘,反思清教教会的虚伪和不公。

惠特曼是美国现代文学先驱,他的作品内容丰富、包罗万象,给人磅礴、博大的心理感受,展现了人民群众积极向上、勇于开拓的精神。惠特曼的作品中展现出对人类、对社会、对大自然的热爱,体现了作者对世界广泛的爱。惠特曼的诗歌粗犷、豪迈,批判了奴隶制度和与自由精神相违背的社会制度及现象。他的诗歌热情洋溢,在韵律上打破了传统束缚,采用自由的韵律形式表达了对自由、民主的向往,以及对束缚、压迫的批判。惠特曼的诗歌不仅对欧美地区诗歌的发展具有重大的推动作用,对亚洲地区,包括我国的诗歌发展也产生了较大的影响。他用一生的时间编撰、扩充诗集《草叶集》,歌颂美利坚民族意识的觉醒,以无拘无束的诗体和长短不一的诗句象征美国无所不在的民主精神,是自由体现代诗的鼻祖。

(二)现实主义时期的美国文学

在南北战争之后,美国国内出现了几次严重的经济危机,社会经济受到很大的影响,人民生活每况愈下,很多人都对民主制度的优越性产生了怀疑。与此同时,随着资本主义垄断阶段的到来,资本主义的剥削性质愈加明显,劳资冲突愈加尖锐,并且引发了很多的社会问题。这一时期的美国文学家普遍对社会的发展感到担忧与失望。基于此,文学家们纷纷将重心转向对现实社会的思考与批判,美国文学的浪漫主义从之前的乐观主义倾向走向疑虑,出现了很多展现现实问题、揭露资本主义缺陷的作品。作品内容包括资本主义社会底层民众的悲惨生活、尖锐的社会矛盾与劳资纠纷、政企勾结损害民众权益等,也有部分作品表现出对社会主义的向往。

1.废奴文学——现实主义文学的先声

南北战争是改变美国历史进程的重大事件,而南北战争的主要原因和导火索都在于废奴运动。文学是政治和社会事件的反映,而南北战争在文学上的反映就是废奴文学的产生。19世纪,废奴文学作为一种新的文学形式进入鼎盛时期,大量的美国文学家加入废奴文学创作的队伍中。作家爱默生和洛威尔都是废奴文学的代表作家,朗费罗、惠特曼也创作过大量的与废除奴隶制相关的作品。而废奴文学中最著名的作家是哈里特·比彻·斯托(斯托夫人),她的著作《汤姆叔叔的小屋》在出版后引起了社会各界的广泛关注,具有深远的社会影响力,不仅在美国国内,国际上众多读者也被这部作品吸引,在很短的时间内被翻译成三十多种文字。当时的美国总统接见了斯托夫人,盛赞她是"不亚于发动一次战争的作家"。在作品数量上,约翰·格林利夫·惠蒂埃创作的关于废除奴隶制相关的作品位居首位,再现了废奴运动中的多次斗争。作家希尔德烈斯的代表作《白奴》讲述了黑人奴隶在南方种植园主压迫下的艰苦生活,强烈批判了奴隶制度,社会影响力很大。

2. 现实主义创作的高潮

19世纪末,现实主义文学发展达到高峰。这一时期美国出现了一批文学大家和经典作品,代表了美国在文学领域的杰出成就。现实主义文学强调正视人生,力求忠于事实,再现客观。现实主义文学的代表人物有马克·吐温、弗朗西斯·布雷特·哈特、威廉·迪安·蒙威尔斯及亨利·詹姆斯等。文学家们对美国的社会风貌进行了详细的刻画,并尝试去挖掘和描述人的内心世界,他们的作品展现了当时美国社会的社会风貌和不同阶层人的内心世界。

马克·吐温是美国具有深远影响力的作家,其影响力突破了地域限制,特别是他的短篇小说对世界文学的发展都具有一定的影响。在写作后期,马克·吐温创作了大量反对帝国主义的作品,表达了对殖民主义的厌恶和对自由的向往。马克·吐温在其作品《卡拉维拉斯县著名的跳蛙》和《老实人在国外》中抨击了资产阶级的虚伪和庸俗,《败坏了赫德莱堡的人》抨击了资产阶级的伪善面孔。马克·吐温与作家查尔斯·华尔纳合著的长篇小说《镀金时代》,表现了资产阶级的卑鄙,以及作为统治阶级的政府机构的腐败堕落。其另两部作品《汤姆·索亚历险记》和《哈克贝利·费恩历险记》站在孩童的视角来观察这个时代,揭露出了资产阶级的弊端。《哈克贝利·费恩历险记》对当时美国的社会风貌进行了全面的描写,揭露了作者对资本主义社会的不满,而作品中对田园生活的美好描绘,展现了马克·吐温对民主、自由社会的向往。

詹姆斯将创作背景从国内转向国际,创作了一系列国际主题小说,并取得了较大的成就。詹姆斯的国际主题小说主要以欧洲作为大背景,刻画了在不同文化和价值观背景下的不同人群的冲突。他的小说结构复杂,整体上呈现出较浓厚的书卷气。詹姆斯深受欧洲文化影响,着力描写上层资产阶级的精神面貌。他的写作风格高雅、细致,讲究表现形式,与粗犷诙谐、富于生活情趣的马克·吐温形成对比。他的作品尤其是后期作品,如《鸽翼》,发掘人物"最幽微、最朦胧的"思想与感觉,把"太空中跳动的脉搏"转化为形象。在心理分析精微细致这一点上,詹姆斯达到了前所未有的境界,为小说艺术的表现力开辟了新的途径。

### (三)自然主义时期的美国文学

进入 19 世纪晚期,欧洲现实主义和自然主义文学思潮渗透到美国,产生了一批自然主义文学家,由此自然主义文学思潮逐渐在美国盛行。史蒂芬·克兰是这一时期自然主义文学思潮的代表人物,她的经典著作《街头女郎梅姬》以纽约曼哈顿的贫民区为背景,刻画了美国社会底层女性的悲惨命运。《街头女郎梅姬》是美国首部自然主义小说,其中的很多内容都是对曼哈顿贫民区的真实景象的描写,因此具有很强的代入感和真实性,入木三分地刻画了资本主义时期美国底层民众的生活状况。他的另一长篇小说《红色的英勇勋章》,通过对战争的描写,以及战争中士兵的心理感受和情绪变化,展现了作者对战争的厌恶和对和平的向往,他的这部作品被誉为美国首部反战小说。克兰还创作了长篇小说和短篇小说集十一部、诗集三部、剧本一部,以及随笔等八部。短篇小说中值得一提的有《小划子》和《新娘来到黄天镇》。

弗兰克·诺里斯是位自然主义文学的又一代表人物,他认为遗传和环境决定了一个人的一生,而文学家的主要职责就是刻画受环境影响的角色。在自然主义文学的发展历程中,诺里斯的作品具有承上启下的作用,其促进了自然主义流派的形成。诺里斯在短暂的一生中,完成了七部小说、一首长诗。此外,他还写了很多短篇小说、论文、杂文等。

杰克·伦敦将自然主义展现得淋漓尽致,他通过生动的、有感染力的文字叙述展现了资本主义体制下社会底层民众的悲惨生活,表达了作者对社会主义体制的向往和革命的理想。他在《热爱生命》等短篇小说中反映人同自然界的严酷斗争,另有主要作品《野性的呼唤》《深渊中的人们》等。

美国著名自然主义作家还有西奥多·德莱塞。他深受奥诺雷·巴尔扎克和查尔斯·达尔文的影响,其中达尔文的"适者生存"思想对德莱塞影响甚大,他又从斯宾塞的作品中接收了达尔文主义思想,把自己的小说看作整个世界中的一片丛林。自然主义风格在他的每部作品里都得到了体现。他的作品《嘉莉妹妹》《金融家》等,描写了劳动妇女进入大城市和上层社会后被侮辱、被伤害的遭遇。他还创作了很多散文、游记和小品随笔。随着时间的流逝,德莱塞不仅被看作一位伟大的作家,而且逐渐被看成是一个深刻的、对卑劣的美国价值观有预见性的批评家。他的《珍妮姑娘》描绘了珍妮的善良品格,写作风格朴实无华,不事雕琢,笔调真挚而严肃。

(四)现代主义时期的美国文学

现代主义时期的美国文学主要是指第一次世界大战前到第二次世界大战结束后几十年的文学发展历程。由于战乱导致社会生活动荡不安,再加上经济危机的出现,社会场景愈加复杂,人的价值观也出现了多元化的趋势。文学家们对于社会现实感到疑惑和困扰,他们不满足于现实,又不知道如何去解释,也没有探寻到改进的方法。基于此,文学界采用怪诞、夸张等形式,描绘和刻画了现实社会的混乱,由此产生了新的创作手法,形成了新的文学流派。在第一次世界大战之后,受战争的直接影响,文学家们纷纷对战争进行全面反思,首先产生的新的文学思潮是战争文学。作家诺曼·梅勒是战争文学思潮的代表人物,其小说《裸者和死者》描绘了战争中士兵与军事机构的冲突,揭露了由于战争导致的对人的个性的扼杀。这类小说是第一次世界大战后美国文学的代表。作家格特鲁德·斯泰因与舍伍德·安德森开启了美国现代派小说的先河。安德森写有《小城畸人》《讲故事者的故事》等,他在语言上受斯泰因的影响,主张语言文字必须简明流畅,反对华丽的辞藻。因此其作品注重刻画人物心理,不追求情节与技巧,文章朴素无华却又有诗意,他是美国文学中现代文体风格的开创者之一。斯泰因崇尚先锋艺术,主要作品有《三个女人的一生》《美国人的成长》等。她对文学作品的语言进行过大胆尝试,反对华丽和雕琢的修辞手段,注重简朴、单调、重复和不连贯的语言,强调用重复而又有细微差别的词句来表现不断发展的景象,她关于文学改革的主张对美国作家也产生过很大的影响,因此获得"作家的作家"之美称。

19世纪中期,美国右翼保守势力向激进主义发动进攻,很多文学家为了保全自己的利益而屈从于权势。在美国文学史上,这十年被称为"沉寂的十年"。在这十年里大部分文学家脱离本心与社会现实,作品体现为对权威的崇拜和对资本主义的讨好,如《穿灰法兰绒衣服的人》。这些作品由于脱离社会现实,缺乏广泛的群众基础和文学价值,因此很快被湮没在历史长河之中。

1945 年以后,美国文坛的小说成就高于诗歌和戏剧。南方的文学家多半受威廉·福克纳以及南方传统的影响,他们的作品故事离奇,充满暴力,人物多有变态心理,表现手法往往是哥特式的。这些文学家有比尔·波特、罗伯特·沃伦、尤多拉·韦尔蒂和弗兰纳里·奥康纳等。

华莱士·史蒂文斯是现代主义诗人,他认为完美的诗歌在于清晰地揭示事物的内在意义。史蒂文斯的创作理念主要基于"秩序的构想",即他认为思想与宇宙的内在秩序是存在对应关系的,而只有人才能发现和揭示这种对应关系,因此人要努力去发掘和揭示这种对应关系。基于此,史蒂文斯的作品大都以哲理意图为支点,企图通过理想的力量去获取情感力量。这导致他的作品较为抽象,甚至有点晦涩难懂,这一方面造成他的读者群体较为有限;另一方面也造成评论家们对他更为关注。到第二次世界大战后期,史蒂文斯将重心放在诗歌的美感上,并且将音乐、绘画和舞蹈等其他艺术的技巧融入作品中,以增加诗歌的美感,这是他在诗歌领域的重大创新。与其他现代主义诗人类似,史蒂文斯的诗歌往往架空了历史,突破了时空限制,给人难以捉摸的阅读体验。在他的诗歌中,想象力是非常重要的元素。

19 世纪后期,美国诗歌处于从浪漫主义向自然主义、现代主义过渡的时期,这一阶段最具影响力的诗人无疑是艾米莉·狄更生。她的诗作摒弃了传统的浪漫主义风格,在韵律上打破了传统的力求对称的要求,而采用不规则的韵律和自由的联想,打开了美国现代主义诗歌的大门。她的诗歌结构工整,富有韵律,内容上充满灵性,能深入人的心灵。狄更生的诗歌与当时蓬勃发展的美国社会格格不入,她的很多作品都是以死亡为主题,但并非那种严肃的、悲伤的死亡氛围,而是带有揶揄、调侃的意味。她被誉为 19 世纪美国最伟大的诗人之一,其代表作有《艾米莉·狄更生诗集》。

20 世纪初,期刊《诗刊》在美国芝加哥问世,意味着现代派诗歌正式兴起。《诗刊》的前三卷里,出现了艾略特、埃兹拉·庞德、罗伯特·弗罗斯特、卡尔·桑德堡、爱德华·埃斯特林·卡明斯、威廉·卡洛斯·威廉姆斯等的作品。这些人后来都成为美国有一定成就的诗人。其中有意象主义者,有接近劳动人民的芝加哥诗派,有 20 世纪的田园诗人,有新的乡土主义者,有抽象-哲理派诗人。每位诗人都有自己独特的特点和成就,而其共性在于作品中表现出的资本主义发展中的弊端对人、社会的负面影响,也表露了作者的彷徨与悲观。不谈本就是批判社会现象的作品,即使是描写田园风光的作品亦是表露出对现实生活的忧虑,如弗罗斯特作品中的田园风光也笼罩着城市化的阴影。在这个阶段,诗歌作品的突出特点是具有强烈的个性化倾向。

各种诗歌派别如"垮掉派""黑山派""纽约派""具体派""自白派"和"新超现实主义派"纷纷出现。不同的诗歌派别有不同的主题思想,但是它们有一个共性,即以个性化的方式来消除艾略特的"非个性化"的影响。这一时期的诗人大都直抒胸臆,重视个体的影响。他们开始重视美国文化与美国文学,拒绝将英国作为诗歌艺术中心,开始树立文化自信。同时,他们尝试去干涉政治,而不是以文人的身份在作品中自怨自艾;他们追求自由与平等,对于传统规约持反对态度。这一时期诗人的想法和行为,实际上是在资本主义发展中对人异化的一种抗议与反叛。

艾略特对美国18世纪至19世纪的诗歌进行了批判。他指出,18世纪的诗歌过于理念化,缺少情感和内容,而19世纪的诗歌过于注重情感与个性。他认为,美国诗歌要向文艺复兴后期学习。艾略特的代表作《荒原》是典型的现代主义诗歌,它为西方现代社会提供了一个象征性的比喻,确立了现代文学富于学识与典籍思想的传统,并逐渐形成了"荒原"意识。艾略特不仅是有影响力的诗人,还是知名的文学评论家,撰写了大量的文学评论。他指出文学作品中的美感与作品中要展现的哲学思想并没有太大的关联。他在著作《圣术》中展现了自己的美学思想,这不仅为文学评论提供了实用的工具,也形成了新的理论,对提升诗歌评论与分析具有重要的意义,对于20世纪的美国文学也有深远的影响。

庞德是"迷惘的一代"诗人。他既具有自由主义思想,也具备渊博的知识和深厚的文学素养。1908年,庞德来到英国,被推举为现代主义诗人领袖。两年后庞德发表了作品《罗曼斯精神》。1912年,庞德为了创新诗风,发起意向运动,成为意向派诗歌的创始人。他强调诗歌要实质大于形式,即为了内在的内容可以不顾韵律上的对称。两年后,他创作的《意象派诗选》出版,在英美文学家中产生了巨大的反响。同时,庞德对于东方文学具有很强的兴趣。1915年,他将众多经典的我国古典诗歌翻译成英文,并将其纳入诗集《华夏》予以出版。此后他又着手翻译日本的俳句。从1917年一直到20世纪50年代末期,庞德持续创作诗集《诗章》。这部作品涵盖的内容非常广泛,在时间跨度上,从古希腊时期直到当代社会;在地域跨度上,从美洲、欧洲到亚洲;在内容上,既包括西方学说,也包括我国的儒家学说,以及伦理哲学等,具有跨文化的特点。庞德在作品中热衷于应用神话传说和传奇故事。

庞德指出,诗歌要把自己笼罩起来,即诗歌中不能对自己的情感直抒胸臆,而是要借用其他事物来体现。而他采用神话传说和传奇故事的目的正在于此。

埃米·罗厄尔亦是意象主义文学的代表,他对我国古典文学有较深的研究,翻译了许多我国古典诗歌,他自己的诗歌创作也深受我国古典诗歌的影响。其诗作《落雪》是典型的意象主义作品,通过意向展现了作者的思想与精神,他将自己的思想融于写景之中,拔高了诗作的意境。"落雪"乃是一个隐喻,借以表现"蝉蜕尘埃之中,浮游万物之表"这种佛教关于人生去留无迹的思想。

弗罗斯特是现代派诗人,他的诗歌大都描述新英格兰乡村地区的风貌,字里行间透露出深厚的乡土气息,因此被称为"新英格兰诗人"。弗罗斯特的诗歌展现出他深厚的文学底蕴和艺术功底,也表现出了他的美国精神。他没有盲从这一时代新式诗歌的表达方式,而是独辟蹊径地从传统形式中展现诗歌的新意。他的诗歌遵循从情趣开始、以智慧终结的美学宗旨,善于从日常生活中寻找情趣,并对习以为常的日常现象进行挖掘和解析,从而感悟到哲理和智慧,并在诗作中进行表达。

卡尔·桑德伯格从移民和城市居民身上汲取写作的灵感,以通俗、朴素的语言创作诗歌,以"为朴素大众创作朴素的诗歌"为宗旨。其诗歌通俗易懂,易于理解,能让大众产生情感上的共鸣。但是他在诗作中的大胆、直率很容易导致意象和韵律的失衡,从而使得诗作丧失了部分美感。同时,他反对传统的韵律和无韵体,创造出了自由奔放的无韵诗,因此同时期的作家们对他的诗作提出了批评,认为其诗作粗糙。但他发展了惠特曼的长句,在修辞的冲击与强度上有所缓和,语言也质朴有力,而且有委婉、细腻的一面,创作出的往往是散文的段落。他的《雾》,使人真正领略到笔触的细腻。

弗朗西斯·菲茨杰拉德的作品是 20 世纪 20 年代美国社会生活的真实写照,具有时代意义,因此他被誉为"爵士乐时代的优秀编年史家"。这个时代既是最好的时代,也是最坏的时代,不仅部分美国人的梦想、幻想破灭,也有部分美国人对美国梦充满期待,这一时期思想非常活跃。而菲茨杰拉德是典型的美国梦追逐者。他对梦想的追逐并不是盲目的、无脑的,而是以理性的态度去进行客观的分析,并对社会生活中的弊端予以批判。其代表作《了不起的盖茨比》,生动地刻画出人们在 20 世纪 20 年代的轻浮和粗俗。另有《夜色温柔》《冬天之梦》等。

约翰·多斯·帕索斯的主要作品有《曼哈顿中转站》和《美国》三部曲

等。帕索斯和欧内斯特·米勒尔·海明威同属一个时代,即"迷惘的一代",他们的作品中都表现出对生活、对未来的迷茫和忧虑。但与海明威不同,帕索斯的作品中并没有刻意塑造的悲剧色彩和狂喜氛围,他认为整个社会已经进入衰退期,而要进行社会改革,重新让社会获取活力的方式就是对个人进行充分的改造。他的早期作品在美国社会和文学界中具有重大的影响力,特别是《美国》三部曲,全面地展现了美国的现代意识,而且在作品结构和写作技巧上进行了创新,成为美国现代主义文学的重要组成部分,技巧上使用"照相眼"和"新闻片"手法。

约翰·斯坦贝克是 20 世纪 30 年代美国"社会抗议小说"的代表人物,这一时期"社会抗议小说"在美国小说领域占据主导位置。斯坦贝克创作了许多小说,如《鼠与人》和《愤怒的葡萄》等。在小说创作技巧上,他热衷于将抒情融于写实中,给人身临其境的感觉,富有感染力。斯坦贝克对自然环境的描述富有地方特色,对人物的描写淳朴自然,而在写作语言上热衷于运用地道的美国地方方言,这使得他的作品具有浓厚的生活气息,可以纳入民间文学的范畴。在他创作的巅峰时期,他以富于诗意的作品生动地捕捉到了语言的实质、人物的风貌、传奇的故事以及当地人的生活禀性。

福克纳是"南方文艺复兴"最杰出、最有影响的代表人物,是西方现代文学的经典作家,他的作品对美国小说新文学有着强有力的、独立的艺术上的贡献。他最优秀的作品是《喧嚣与骚动》《我弥留之际》《八月之光》《押沙龙,押沙龙!》四部长篇小说。其作品多描写发生在以自己家乡为原型的虚构的美国南方密西西比州约克纳帕塔法县,通称"约克纳帕塔法世系",主题涉及南方历史、家庭、乡土人情、种族关系以至人类命运等。其中《喧嚣与骚动》颇能反映现代主义对美国小说的影响,它以意识流的手法表现人物的内心世界。

海明威是"迷惘的一代"的代言人。海明威对现代叙述艺术有着高超技艺,他与斯泰因、庞德、乔伊斯以及艾略特一起完成了文学语言和风格的革命。他以简单的句子结构、有限的词汇、精致的意象和非人化的戏剧语调为主体风格,发展了一种精悍、紧凑、报道式的写作风格。1925 年海明威的第一部成熟力作《太阳照常升起》出版,这部小说反映了第一次世界大战后知识分子对资本主义社会制度的绝望心情,其确立了作者作为"迷惘的一代"代言人的地位。海明威另有《永别了,武器》《丧钟为谁而鸣》和《老人与海》等作品。

### 三、当代美国文学

当代美国文学最显著的特点是后现代主义文学逐渐兴起,并成为主导的主题。从 20 世纪 60 年代开始,受后现代主义思潮的影响,美国文学呈现多元化的特点,各种文学流派如雨后春笋般的诞生,各具风格,如超现实主义流派、荒诞派、科幻派和黑色幽默文学等。物质决定意识,不同的流派既给美国文学带来新的活力,也是对当时美国社会现实的客观反映。

(一)黑色幽默文学

黑色幽默文学是这一时期影响较大的文学流派。这一时期,文学家们对生活中的异化现象有了更清晰的认识,因此部分文学家采用夸张、荒诞的方式,将快乐与痛苦、虚拟与现实、理性与非理性、荒诞与一本正经进行了充分的糅合,使得读者对这种荒诞进行深层次的思考,并加深了对生活本质,对社会的认识。作者对世界前景的看法往往是悲观的,这就是黑色幽默文学。黑色幽默文学的主要代表作家有约瑟夫·海勒、托马斯·品钦、约翰·巴斯、詹姆斯·珀迪、唐纳德·巴赛尔姆等。

海勒的《第二十二条军规》、品钦的《万有引力之虹》等作品,突出描写了人物周围世界的荒谬和社会对个人的压迫,以一种无可奈何的嘲讽态度表现环境和个人(即"自我")之间的互不协调,并把这种互不协调的现象加以放大、扭曲,变成畸形,使它们显得更加荒诞不经,滑稽可笑,同时又令人感到沉重和苦闷。在创作方法上,黑色幽默的文学家们打破了传统,小说的情节缺乏逻辑联系,常常把叙述现实生活与幻想和回忆混合起来,把严肃的哲理和插科打诨混成一团。

(二)新闻报道或非虚构小说

部分学者指出,真实的社会生活往往比小说情节更加离奇,是小说创作的重要素材。因此文学家与其费尽心思地进行文学创作,不如以小说的手法来描写社会重大事件。这种基于现实事件的小说与纪实小说有很大的区别,它在创作过程中可以加入作者的观察和想象,因此具有一定的主观性,其艺术感染力要比纪实小说强烈。如杜鲁门·卡波特的《凶杀》与梅勒的《刽子手之歌》。梅勒是当代最有雄心壮志的小说家之一。此外,除犹太人文学、黑人文学外,南方文学在这个时期仍有发展。福克纳、韦尔蒂仍有作品问世。新作家也不断涌现。著名的有威廉·斯泰伦、弗兰纳里·奥康诺、卡森·麦卡勒斯等。他们不再从历史的传奇里寻找题材,而是关心现实生活中南方人精神上的苦闷。田纳西·威廉斯是第二次世界大战后享有盛名的南方剧作家,他的《玻璃动物园》等作品,通过对人物的性变态心理的描写来表现生活的不幸与空虚。而此时期的纽约作家不像南方作家那样具有某种共同的心理因素。人们把他们归在一起,是因为他们都为纽约的几家杂志(《党派评论》《纽约书评》与《纽约人》)写作。加尔文·特里林与科马克·麦卡锡是很有见地的评论家,约翰·契弗与约翰·厄普代克的小说用含有诗意又带有嘲讽的细腻的笔触探索大城市郊区居民的心理和意识,为东北部的中产阶级描绘了一幅幅工笔精致的风俗画面。他们的评论与小说对美国文学产生了重要影响。

# 第三节　英美文学的价值意义

英美文学作为世界文学的重要组成部分,在引领世界文学发展潮流、创新文学形式等方面有重要的作用。而对英美文学进行语言特色、语言艺术与审美、语言背景等方面的研究是十分必要的。

## 一、英美文学语言艺术的源头及发展情况

英美文学是随着英美文化的发展而发展的,具有深厚的历史文化底蕴。英美文学的诞生最早可以追溯到基督教的《圣经》和古希腊罗马神话传说。《圣经》作为基督教的核心教义,除了具有宗教价值外,其内容和思想还不断渗透到文学领域,具有广泛而深刻的文学价值。一方面,众多的作家借鉴和引用《圣经》的内容;另一方面,很多文学家的创作理念也深受《圣经》思想的影响。古希腊罗马神话传说是英美文化之根,它们塑造了众多的富有吸引力的传奇神话故事,为作家们进行创作提供了丰富的素材与灵感,也深化了作品的思想。

(一)《圣经》教义在英美文学中的体现

《圣经》不只是基督教的经典,其内容还涉及历史、文化、哲学等多方面。

现阶段,《圣经》经过了一千六百多年的创作与完善,作者超过四十位,作品内容极其丰富,思想性也越来越深刻。《圣经》将古希伯来地区的各种文化进行融合,成为基督教的核心经典。《圣经》内容被众多文学家所引用,其中有一些文学家本就是基督徒,作品中更是渗透了《圣经》的内容与思想。例如,盎格鲁-撒克逊时期最古老的叙事长诗《贝奥武甫》的内容就涉及上帝与妖怪,其来源于《圣经》;基督徒班扬的《天路历程》的创作目的就是宣扬基督教,因此作品中渗透着《圣经》的思想;拜伦的著作《希伯来歌曲》借鉴了《圣经》中的内容来诉说着自己的情怀。可以说,《圣经》对于英美文学的影响是广泛而深刻的,文学家们通过借鉴《圣经》的内容与思想,加深了作品的思想性与文学特色。

### (二)古希腊罗马文化的渗入

古希腊罗马文化是欧洲历史发展过程中的一朵闪耀的奇葩,其丰富的内容、鲜明的人物特征、离奇曲折的故事情节,让其本身具有更大的可读性。如斯芬克斯之谜、俄狄浦斯弑父娶母、伊阿宋盗取金羊毛、潘多拉打开魔盒等故事已经家喻户晓,成为流传千古的神话故事,其中涉及了宗教、哲学、科学等诸多内容。这些完整的故事情节被广泛地运用到文学作品的创造中,给英美文学的发展提供了有力的支撑。古希腊三大著名悲剧作家埃斯库罗斯、索福克勒斯、欧里庇得斯的作品中都有古希腊神话的影子。古希腊罗马神话注重刻画人物的形象、个性,同时追求人物的完美,这在文学作品中都有体现,也正是这个相通之处,才造就了英美文学作品的主旨:追求自然和谐之美,强调个人英雄主义、追求自我的乐观主义精神。从当代的英美文学作品来看,作品本身的魔幻性和神话特色,其实都是继承了古希腊罗马神话的影子。

## 二、英美文学语言特点分析

### (一)语言取向:语言具有较强的社会性

要对英美文学进行深入的探究,必须要对其语言取向进行分析。纵观英美文学作品可以发现,英美文学语言中都具有较强的社会性特点。无论是从作品的内容还是风格上看,都与作者创作时的社会背景密切相关。以古希腊罗马文化为例,这一时期的文学以神话传说为主,但这也反映出当时人类对个人英雄主义的推崇。同时,社会的安定程度深刻影响了文学语言是明朗还是阴郁,情感表达是直抒胸臆还是委婉间接。总而言之,文学来源于社会生活实践,因此文学语言也带有强烈的社会性特点。

(二)语言功能:强调艺术与实用并重

英美文学的语言功能既重视语言的艺术性与美感,也突出了实用性,这在众多的英美文学作品中都有所体现。从个人心理来看,文学家们重视个人主义,在作品中更加强调个人情感的展现,因此在创作中十分重视以语言来表现个人风格,展现情感,以及语言技巧的使用,这体现了很强的艺术性。从社会心理来看,文学是对社会现实的刻画与升华,具有较强的社会性特征,因此文学家们都很关注社会现实,在文学语言中重视语言的实用性。英美文学语言的艺术性与实用性的相互交融,使得文学作品既依托于社会现实,又带给人艺术上的享受,打破了纯粹的语言形式,具有多方面的指向性,即文学性、思想性、艺术性等,实现了语言本身的突破,这势必会进一步促进英美文学作品的发展和传承。

(三)语言美感:陌生化语言

陌生化的语言是英美文学表达中的重要体现,它打破了传统语言表达的固化性,用一种新的构词方式和表达顺序来对语言本身进行整合,让语言表达更加具有效果。可以拿《尤利西斯》作品中的一段话来进行分析:

Moans round with many voices. Come,myfriends.

T is not too late to seek a newer world.

Push off,and sitting well in order smite.

The sounding furrows;for my purpose holds.

To sail beyond the sunset,and the baths.

这段话翻译成中文:"我的理想支撑着我,乘一叶小舟,迎着落日的余晖,沐浴着西方的星辰,前进,直至我生命终结。"这段话就是语言陌生化的重要体现,通过使用陌生化的语言打破了传统表述方式的陈旧性,让语言画面感凸显,情感更加具有可感性,同时增加了语言的跳跃性,让作品本身充满活力。这种语言表述方式是传统语言表达的创新,推进了英美文学语言的进一步发展。

## 三、英美文学语言艺术特色及审美性分析

### (一)源于现实而又高于现实

源于现实又高于现实是对文学作品的必然要求,英美文学亦是如此。

以英国作家奥斯丁的经典之作《傲慢与偏见》为例,作品描述了当时英国乡村地区的社会生活,其中的社会风俗和社会规范都来源于社会现实。作品中对情感与爱、社会制度的描写都依托于社会现实,而对女性人格独立与平等权利的追求又是高于现实的。由此可以发现,英美文学具有现实性,以现实作为依托,同时通过对语言的艺术加工,让作品主题得到升华,达到高于现实的目的。

### (二)戏剧性独白,拉大想象空间

独白是艺术中常用的表现手法,在英美文学中也得到了广泛的应用,其有利于拉大作品的想象空间。19世纪中期,戏剧性独白已经出现在文学作品中。索恩伯里的诗作《骑士与圆颅党人之歌》就采用了戏剧性独白的手法。此外,在彭斯的作品《威力神父的祷告》中,能看到彭斯对主角的评价,即便这种评价带有较强的主观性,但也给读者留下了较大的想象空间。戏剧性独白能帮助读者以更为客观的态度来分析作品,能带给读者更多的遐想,给予读者更大的想象空间来体悟作品。戏剧性独白不仅对英美文学产生了影响,对现代中国文学也有较大的影响,促进了文学艺术的发展。

### (三)引经据典,实现作品内涵的传承性

纵观英美文学史,可以发现许多文学作品都引经据典。文学作品通过引用古代神话故事、经典作品中的意向,来对创作主题进行阐释和深化,使作品更具传承性。比如,希腊英雄阿喀琉斯的"achile'sheels",表示"要害部位、致命的弱点"的意思,这一俗语在以后的很多文学作品中都有显现。这样一来,在解析文学作品的时候,往往能够根据特定的内容来了解其背后更多的历史故事,这不仅仅是对作品内容的丰富,同时也加大了作品的思想内涵,实现文学作品的传承。

### (四)陌生化的语言造就美感

陌生化的语言能产生别样的艺术美感。对语言的陌生化处理,实际上是对语言的创新,这对于语言的发展具有重大的意义。此外,从审美的视角来看,陌生化的语言以逻辑建构、语气和表达方式等方面的变化,给予读者更强的可感性和画面感,从而展现出语言的魅力,给予读者沉浸式的阅读体验,从而推进语言的传承。尤其是在后现代主义文学阶段,语言的陌生化与碎片化在表述方式上存在相通的地方,这在很大程度上革新了语言表达形式,提升了语言的表现力,促进了文学语言的发展。

### (五)理性思维下的哲学精神

英美文学不仅注重内心世界的描述和情感的挖掘,也非常注重理性思想的表达和哲学精神的展示。这种文学内涵不仅与作者的思想深度有关,同时也与社会现实具有普遍的共识。以索尔·贝娄的作品《更多的人死于心碎》为例来说明,这篇小说中"对话"的哲学思想以及人物转换关系成为贯穿全文的重要思想基础,肯尼斯与舅舅之间的"我""你"关系、本诺与妻子的"我""他"关系等,不同的人称表述方式其实都是理性精神的作用,这在无形中表明了作者的情感立场,揭示了情感的亲近和疏远,这是对工业社会被异化了的人的正面描写,具有很强的现实指控性,体现了小说背后的理性精神,显示出高度的哲学性。

## 四、英美文学语言审美性及艺术性的社会渊源

社会文学根植于社会文化,文学语言也深受社会文化意识形态的影响,而英美文学语言审美性与艺术性也来源于当时的社会文化意识形态。在英美文化中,推崇个人主义和英雄主义,崇尚自由与独立,因此文学家们在创作过程中注重个性和自由,文学作品具有很强的独特性,这促进了英美文学语言表达上的灵活与自由,加深了语言本身的感染力。同时,对自由的崇尚与向往也影响了语言的感情基调。语言不仅是艺术的载体,更具有了强烈的现实指向性,丰富了语言的意义。总体而言,语言是英美文学得以传承和发展的核心载体,对于提升文学作品内涵意义重大,对于其他国家的文学表达也具有很大的参考价值,同时也是英美文学研究中不可或缺的内容。

英美文学经过长期的发展,在风格、技巧、内容和语言方面都有自己独

特的特点,展露出文学的魅力和审美价值。在英美文学的语言特征上,其与时代的文化背景、思想和精神领域的发展都具有密切的关系,总体概括就是集实用性和艺术性为一体。同时,文学家们热衷于语言的创新,包括内容创新、形式创新等,以陌生化的语言来丰富文学作品的表现力。因此,英美文学语言不仅是写作的载体,还是一种独特的思维方式。此外,文学家们通过对语言技巧的充分应用,增加了语言的美感与艺术性。对英美文学语言进行深入的研究,对于研究语言的艺术性和审美性,准确把握语言的构成及发展等诸多方面都有着重要的意义。

## 第二节 英美文学的精神价值及现实意义

### 一、英美文学的精神价值

#### (一)人文主义精神

在英语体系中,人文主义精神对应的词汇是 humanism,又被称为人本主义精神。其思想的形成要追溯到文艺复兴时期,这也是文艺复兴运动最伟大的精神成果。从概念来看,人文主义精神指的是人的自我关怀,包括对于生活、生命的期盼,对尊重和自我实现的需求等。从人类发展的历史来看,人文主义精神是人类精神文明的重大成果,有利于人类健全人格的形成,对于人类文明的进程意义重大。纵观英美文学,不难发现其推崇和宣扬的正是人文主义精神。从文化的渊源来看,英美人文主义精神诞生在古希腊和古罗马时代。当时哲学家们对于人与自然、人与社会的哲学思考,促进了当时哲学的发展,也推进了民主政治的诞生。之后,人文主义精神不断发展和扩展,时至今日,现代人文主义精神经历了基督文明、文艺复兴、世俗传统和启蒙思想等阶段,已经成为全人类推崇的精神文化,是现代民主、科学、人权和自由精神的理论基础。人文主义精神的关注焦点在于对人的命运的关注和人的价值的思考,不断探究生活的意义。基于此,人文主义精神能够形而上直击人的精神世界,指明生活的意义,并具有塑造精神世界的作用。人文主义精神的核心价值观主要体现在精神层面,包括人的价值、受尊重的需求、自我实现需求,以及自由和人格平等的权利等。在后工业时代,人类的物质需求已不断获得满足,对于精神方面的需求逐步上升,而由于物质文明发展过快,精神、文化无法跟上物质的发展速度,造成人的价值观的迷失。基于此,探索人的精神世界,满足人的精神需求成为亟须解决的课题。学者阿伦·布洛克认为,人文主义精神的核心功能就是激发人的潜能,而之所以叫作潜能,就是这些能力是需要进行挖掘和唤醒的。而要培育人的人文主义精神,即让人拥有唤醒潜能的工具,就需要教育。高等教育是培育人才的重要场所,更是培育人的精神的核心领域。一名优秀的大学生不仅要具备较高的专业水平,更要具有深厚的人文主义精神。因此,对英语专业的学科定位,不能只重视英语专业知识的教育,使学生成为信息传递的工具,而是要进行人文主义精神的培育,吸收英美精神文化的精髓,培育出具有明确个人意识、民族意识的跨文化传播的使者。

英美文学课程教育的核心目标一方面是帮助学生掌握丰富的语言知识,另一方面是提升学生的文学素养,其归根结底是人文主义学科教育,重视学生的价值和精神。因此,在英美文学教学过程中,高校不仅要重视学生语言能力的提升,更要注重对个体人文主义精神的培育。英美文学课程受文学作品自身天然的直观和感性特点的影响,成为传承人类人文精神的重要载体。

(二)理性主义价值

理性主义是人类精神文明的重要内容,英美文学中随处可见理性之光,大量的文学家们通过作品对社会生活进行剖析,从理性的角度探究事物的成因。

作为理性主义文学的代表,索尔·贝娄在著作中对于不合理的社会现象进行了理性探究,如他对当时社会中盛行的拜金主义进行了分析,探究了拜金主义的产生根源,即在消费社会下人的物质需求和精神需求产生了冲突,并产生了精神危机,出现人的物化现象,由此导致拜金主义。贝娄展现了工业革命后人类所面临的生存困境和精神困境,在著作《更多的人死于心碎》中,他揭露了工业时代人的消费状况,由于整个社会以消费为中心,推崇物质生活,享乐主义和拜金主义盛行,在著作中他对这种不良导向进行了揭露和批判,企图以文学的精神引导,让人类正确处理物质和精神的关系。贝娄的作品形象地描述了工业时代的社会图景,展现了这一时期以物质消费为中心的人的生活状况,对过于追求物质的行为进行了批判,并将这种批判上升到人文主义关怀的高度。贝娄的另一部作品《赫索格》揭露了在工业时代人被异化和物化的状况，展现了在这一社会背景下人与社会不正常的关系。《赫索格》这部作品揭露了工业化和城市化的发展让传统社会中人与自然和谐相处的关系转变为消费关系，人所珍视的感情变得淡漠，甚至丧失。这部作品深刻揭露和批判了这一时期人的物质化倾向，企图以文学作品的批判和剖析来引导人重视精神世界。贝娄的作品深入探析了人们在追求精神需求与物质需求方面的矛盾心理，以及在此基础上埋下的精神隐患。

纵览英美文学可以发现，不少优秀作品都是对人类道德观、社会发展等关键问题的深刻揭露与反思，具有重要的理性主义价值。

（三）黑色幽默价值

黑色幽默文学是 20 世纪中叶美国流行的文学流派，在英美文学史上具有重要的地位。黑色幽默又被称为"大难临头的幽默"，它通过荒诞的形式来代替传统戏剧的滑稽，通过内容和形式的荒诞来展现出对生活的绝望；它以荒诞的形式取代了传统文学中悲剧的严肃性，反而在挪揄、不可思议中凸显出悲剧的内核；它以无可奈何的苦笑取代了传统悲剧中的痛哭，通过笑来展现悲剧，通过荒诞的情节来表现悲惨。黑色幽默文学与传统的喜剧和悲剧都有很大的差异，它以戏剧的外壳来表达悲剧的内核，是一种全新的文学表达方式。黑色幽默文学的产生和盛行与当时美国的社会背景有很大的关系，当时美国民众的物质需求逐渐得到满足，而精神信仰却普遍开始迷失。社会意识可谓像沸腾的大海，狂浪猛作，翻浪不止。部分学者把这个阶段称为美国历史的荒诞时期。这个阶段的美国民众，普遍对社会现实不满，对于社会前景和自身的命运感到迷茫，浮躁的情绪在社会中蔓延。基于此，文学家们通过荒诞的幽默来展现和发泄内心中彷徨、绝望的情绪。现阶段世界虽然整体和平，但局部战争仍然存在，深入研究黑色幽默文学对于揭示战争的危害，唤起人们对和平的向往意义重大。

黑色幽默文学一反传统，以传统戏剧中的笑来表现负面的情感，用荒诞不经来表达悲剧。这一时期的文学家们对社会上扭曲、荒诞的现象进行了细致的刻画，用挪揄、反讽的态度来展现出当时社会环境下人与环境、人与社会的突出矛盾，并通过艺术的手法将这种矛盾进行扭曲、扩大，直至给人一种荒诞可笑的感觉，但其中又暗含了沉重与绝望，并且这种基于荒诞至上的沉重比传统悲剧更加直指人的内心世界。黑色幽默文化的代表作品《第二十二条军规》为例。整部小说中充满了荒诞式的黑色幽默手法，让读者充分体会到"第二十二条军规"的无奈。小说中的黑色幽默写法使得整部作品充满了荒诞不经的气息,给人一种有趣的感觉,但细细品读之后又能感受到角色的绝望与抑郁。作品中直接的情感表达很少,但作者通过一系列荒诞不经的故事使人感受到角色的细微情感,这种情感并没有直抒胸臆,也没有澎湃激昂,而是以周而复始的、润物细无声的方式对人的心灵进行浸染,乃至感受到角色的绝望和愤怒情绪。黑色幽默手法是英美文学中普遍存在的写作技巧,对于世界文学的发展具有重要的影响和参考价值。在当时的社会背景下很多文学家都选择以一种看似幽默的方式来表达自己的愤怒和不满,用自嘲的幽默诉说内心的欲望。实际上,军规虽然没有形成具体的规章制度和文字表达形式,但这种无形的约束却对军人产生了很大影响。没有人可以真正了解军规,但又不能忽视它的存在。

## 二、英美文学的现实意义

### (一)文学源于且高于生活

#### 1. 文学来源于社会生活

文学属于精神文化层面的成果,是社会风貌的展现,来源于实际社会生活,英美文学亦是如此。因此,要深入研究和剖析英美文学作品,就要对文学作品产生的社会风貌、作者生活的时代背景进行充分的了解,也就是要结合作品产生的历史文化语境剖析作品。因此,分析英美文学作品就要熟悉英美文化。文学语言是作家与世界进行沟通的主渠道,通过文学语言能对作者的思想、价值观进行认知,也能对作者生活中的喜怒哀乐等情感进行体悟,从而挖掘出作者对人生的态度、对所处社会的困惑和反思等。

文学来源于社会生活,也是对社会生活的折射和反映。但这并不意味着文学作品的描述等同于社会生活实际。实际上,文学是对社会生活的提炼与升华,真实的社会生活在通过作者的感悟、提炼,以艺术手法进行加工,才能转化为文学作品中的内容。在社会生活转化为文学作品的过程中,作者的思想和主观能动性起到了巨大的作用。因此,在文学作品阅读和研究中,不能把文学等同于对社会生活的机械复制,而要注重作者通过思考对社会生活的能动改造。

#### 2. 文学是人的一种审美活动

社会是人类活动的主要场所,人类在社会中进行各类活动,如生产活动、政治活动、宗教活动和审美活动等。马克思主义哲学指出:"人按照美的规律来塑造物体。"也就是说,无论是在社会中开展何种活动,都具有审美的元素在里面。然而,只有艺术活动才把审美作为基本功能,文学艺术亦是如此。例如,人的基本物质需求吃和住,都包含有审美元素。人在对食物的态度上,不仅要食物可口和吃饱,也对食物的色香味提出了要求,这就包含了审美的元素。在居住上亦是如此,不仅对于居住环境的遮风避雨提出了要求,也对住所的美观、整洁提出了要求,这是审美的体现。然而,无论如何,在吃和住上,吃饱和遮蔽是第一需求,审美元素不是最主要的。只有艺术活动中的审美才是基本功能。因此,可以说文学艺术是审美的高级形态,这是文学艺术与其他活动区分的重要特征。

(二)英美文学欣赏的意义

1. 文学欣赏是实现文学审美价值的关键

文学活动具有自身的流程:第一步是作者进行文学作品创作;第二步是读者进行文学作品欣赏;第三步是读者从文学作品中汲取营养,获取灵感,进行新的文学创作。从整体上来看这是一个良性循环过程。而在这个过程中,文学欣赏是实现审美价值的关键环节,在很大程度上决定了文学作品的审美价值。在文学欣赏这一环节,决定审美的关键点不是作者,也并非文学作品,而是读者。在读者没有发现作品的审美价值前,其审美价值是隐藏的,只有通过文学欣赏,文学作品的审美价值才会呈现出来。与物质消费不同,文学欣赏不仅是对文学作品这一产品的消费,更是对审美价值的创造,集消费与创造于一体。

2. 文学欣赏是一种审美精神活动

阅读是一种精神活动,但与阅读科学著作不同,文学欣赏更多的是审美上的精神活动。阅读科学著作,能激发和拓展读者的理性思考,提升读者的逻辑思维和理性思考能力,但是很少能获得审美上的体验。而通过文学欣赏,读者能从感性和情绪上感受到作者的喜怒哀乐,深刻把握住作者所展露的内心世界,获得审美上的享受。诚然,文学欣赏中也具有一定的理性思考,但其主体还是情感活动,是审美上的体验。

# 第三章  现代主义诗歌

　　20世纪伊始,英美文学中现代主义思潮兴起并逐渐盛行。在诗歌领域,英语诗歌也出现了现代主义流派,并成为当时英语诗歌的主要流派。现代主义诗歌流派的代表庞德创作的散文集《创新》,不仅展现了他对文学创作的感受和思考,也对现代主义诗歌给予了全面的介绍。庞德这本散文集的名字可以说是对20世纪初到20世纪中期英语诗歌发展的恰当概括。在这一时期,现代主义思潮向各个艺术领域渗透,作为文学艺术重要内容的诗歌领域亦是如此。20世纪初期,社会思潮出现反对传统文化、摆脱旧文化枷锁的呼声,而诗歌作为传统文化的传承与发展,其所建立的形式和语言上的根基发生动摇,诗歌在文学领域的地位,以及在社会生活领域的价值都大大下降。在资本主义迅猛发展的背景下,社会工业发展迅速,民众的物质生活不断获得满足,英语诗歌在文学中的地位每况愈下,处于进退维谷的困境之中。可以看出,与其他文学艺术类似,英语诗歌在发展中也遭受了严峻的挑战,需要寻求艺术创新之路。

　　总体而言,20世纪初期,英语诗歌遭受了以下几方面的挑战。

　　第一,诗人的社会地位危机。

　　19世纪,具有社会影响力的诗人,如华兹华斯,骚塞等既能获得统治阶级的赏识,也是社会大众推崇的偶像。而进入20世纪,当时具有影响力的诗人庞德、艾略特等大都过着颠沛流离的生活,在物质上大都较为匮乏,很多有流亡海外的经历,部分诗人甚至有过牢狱生涯。这一时期的诗人,很多都具有坎坷的经历,甚至一生穷困潦倒。与 19 世纪获得的社会推崇相反,很多诗人都遭受到社会的敌视。由于战争、经济危机和灾难,很多诗人都中断了创作生涯。实际上,19 世纪的一些诗人也有过颠沛流离的惨淡景象,然而具有这一经历的诗人雪莱却还能强硬地表示:"诗人是未被承认的世界立法者。"然而,20 世纪,在更复杂、动荡的社会环境与工业机器的压力面前,现代主义诗人显得力不从心,他们的社会地位急剧下降,面临着严重的挑战。实际上,这也是一把双刃剑,这种危机感也推动现代主义诗人去竭力进行诗歌创新,从而改变诗歌和诗人的社会地位。

第二,诗歌的形式危机。

在英语诗歌的发展史上,形式丰富一直是诗歌的特点和优势,这也是英语诗歌的魅力所在。不仅有史诗和叙事诗,还有散文诗、抒情诗等多种诗歌形式。这些诗歌形式是长期以来文学领域作家的智慧结晶,也是英美文学的重要艺术成果。在漫长的历史中,这些诗歌形式不断发展和传承,不仅不同时期的诗人对这些诗歌形式进行模仿和创新,也受到读者的青睐。然而,20 世纪初期,诗歌丰富的形式开始出现危机。史诗和叙事诗的形式被更有表现力的小说取代,而以韵律优美著称的十四行诗也由于现代英语的出现和读者趣味的变化而缺少了群众基础。这对于诗歌的打击是巨大的,诗人们对于诗歌形式上的危机具有不同的反应,一些诗人感到悲观与绝望,一些诗人感到无奈和随波逐流,而一些诗人选择冷眼旁观,另外还有一些诗人积极进行创新,以适应时代的要求。

第三,诗歌的语言危机。

语言是诗歌的表现渠道和媒介,也是增强诗歌表现力的重要工具。诗人们对语言的重视程度是其他艺术形式所无法比拟的。很多青史留名的诗人在一些创作阶段都出现过语言贫乏的问题,并且经常在作品中分享和讨论语言使用经验。这表明诗歌语言问题在任何一个时期都是存在的,而在 20 世纪初的诗歌语言危机尤为严重。在工业化的影响下,数字、代码逐渐取代了传统语言在文化中的功能。与此同时,在社会发展中现代英语逐渐取代传统英语,基于传统英语的诗歌语言与现代英语存在很大的差异。此外,社会结构与语言结构出现很大的分歧。社会的复杂性、需要表达内容的深刻性和多元性与语言的贫乏性形成了错位,阻碍了诗歌的蓬勃发展。在此背景下,诗歌的语言危机成为语言革命的导火索,诗人们感受到了语言革命的必要性和时代赋予的责任感。

从这里可以看出,现代主义诗歌是在传统诗歌出现严重危机的基础上产生的,这不仅反映了这一时期诗人们的创新精神,更是时代发展的客观规律和必然趋势。值得一提的是,与传统诗歌相比,现代主义诗歌的突出特点是题材和形式方面的创新。在题材方面,现代主义诗歌大大拓展了诗歌的题材范围,无论是神话传说、传奇故事,还是社会现象,以及日常琐事都成为诗歌的题材范畴。这一时期的诗人们大都以现代经验和意识作为表现现象,来刻画现实社会中存在的问题与弊端,重点揭露了现代生活体系下人的精神方面的空虚与迷茫。也就是说,悲观与虚无成为这一时期诗歌的主要内容。在诗歌形式方面,这一时期的诗人们采用实验主义的方法,大刀阔斧地进行诗歌形式创新。他们在创作中淡化了诗歌的叙事性,而增加了诗歌的抒情性。这一时期的长篇叙事诗已经很少,在诗歌领域的影响力也微乎其微。例如,现代主义诗歌的代表人物庞德的诗作《诗章》,整篇结构不具有叙事性的特点,缺乏主题线索,而是由独立的一百多个章节组成。艾略特的诗作《四个四重奏》亦是如此,缺少叙事的情节。与此同时,抒情诗和自由诗获得诗人们的青睐,逐渐兴起并走向顶峰,成为20世纪英美诗歌领域的主流。抒情诗具有充分表达内心情感的特点,而自由诗具有新颖独特的特点,这两类诗既有利于诗人们去表达和探索人的内心世界,也有助于诗人进行诗歌创新,因此受到众多诗人们的推崇。除此之外,现代主义诗人不仅注重诗歌的韵律和节奏,更是注重诗歌的主体、句式和结构,从而对诗歌的形式和风格进行了极大的创新。有时,诗歌仿佛成了诗人手中的魔方,奥妙无穷、变幻莫测;有时,诗歌的"主体"似乎并不存在,而其自身的构成却变成了作品的主要内容。

一般来说,现代主义诗歌大致具有以下三个共同特征。

(1)将自我作为文本中的支配力量。

(2)承认文本外部的客观现实并对此做出反应。

(3)展示文本在主观世界与客观现实之间的变换机制。

这些特征不仅通过诗歌语言中的韵律和节奏等最小的信息单位加以体现,而且也经常由包括神话在内的较大的信息单位所反映。

现代主义诗歌题材涵盖范围广,诗歌中的表现技巧也非常丰富,不同诗人的诗作都独具特色。然而这些诗歌也有一些共同点,在研究中要找到这些基本特征,为进一步剖析现代主义诗歌提供必要的依据。以诗歌的运行机制为例,传统诗歌主要通过语言来展现真理和事物构成的现实,以实现诗歌作品展现现实生活和表达诗人情感的作用。而现代主义诗歌中,很多时候语言和内容的界限非常模糊,真理变得非常空洞,而诗歌中的主题和事物也不明显。同时,现代主义诗歌中作品要表达的内涵也变得模糊不清,甚至部分诗作本身也成为难以理解的现实的组成部分。

综上所述,英美现代主义诗歌是西方诗歌领域的又一次重大创新和变革,是浪漫主义运动后的又一次伟大的诗歌革新运动,具有广泛的社会影响,对于诗歌文学的发展方向具有深刻的影响力。这一时期的诗人们在矛盾重重的社会环境中探寻诗歌创新之路,以实验性的方式对诗歌的题材、形式、语言和表现技巧等多个方面都进行了创新,并且取得了巨大的成果。对于现代主义诗人来说,他们的创作理念、艺术审美存在较大的差别,在政治上的观念和立场,在社会生活中的价值取向都不尽相同,但相同的是他们具有大刀阔斧的创新精神,对于现代主义诗歌的发展起到了积极的推动作用。

## 第一节　庞德
## ——前期短篇诗歌与《诗章》

庞德出生于 1885 年,于 1972 年在威尼斯逝世,是美国 20 世纪诗坛的巨匠,也是美国现代主义诗歌的代表人物。庞德一生创作了一大批影响力广泛的诗歌,是美国最杰出的现代主义诗人之一。他致力于诗歌领域的创新与改革,是现代主义运动的领军人物。其好友艾略特也是现代主义诗歌的代表人物,他曾经指出:"庞德在现代主义诗歌运动中的贡献是其他人无法比拟的。"庞德在英美文坛亲手缔造了"意象主义"和"旋涡主义"等文学运动,并热心扶植了一批 20 世纪的出类拔萃的艺术家。

庞德的创作生涯可以划分为两个阶段。第一个阶段是从 1908 年他的第一部诗集《灯火熄灭之时》的出版到 1920 年创作出《休·赛尔温·莫伯利》为止的 13 年。第一阶段的诗作以抒情诗为主,其主要特点是内容上富于情感的表达,诗作风格短小精悍。第二个阶段是从其长篇诗作《诗章》的创作开始,并对很多经典的外国诗歌进行了翻译,撰写了一些文学评论。庞德创作生涯两个阶段的区别不仅展现了其在创作中理念的变化,也从侧面上反映了这一时期诗歌领域发展之路的艰难。

## 一、前期短篇诗歌

《灯火熄灭之时》是庞德出版的第一部诗集,于1908年自费出版,其内容以短小精悍的抒情诗为主。这部诗集的书名来源于但丁的诗句。庞德对书名采用的英文译名是 *With Tapers Quenched*,可能是在暗指自己的艺术才华由于社会的压抑而难以展现出来,颇有怀才不遇之感。《灯火熄灭之时》的主体内容是庞德在大学阶段完成的,其中部分诗作在艺术上还有待提升,并且呈现出明显的传统诗歌的风格,但还有一部分诗作已经透露出作者的创新精神和实验精神。这部作品一共包含了四十五首短诗,大部分内容是关于作者刚进入诗歌领域的感受,以及立志于成为一位有影响力的诗人的伟大理想。部分学者根据这部作品的主题和意向将其分为七个章节,但从总体角度来看,这四十五首诗作之间都有着内在的联系,形成一个相互独立又和谐统一的整体。

《灯火熄灭之时》的最后一首诗作是《实现旧梦以免世界失去信心》。庞德将其作为诗集的结尾并不是偶然的,而是展现了诗人进行诗歌创新的决心,并且还与诗集的首篇《上帝在诗歌面前》前后贯通、遥相呼应,使全书在结构、主题和基调上形成一个比较统一与和谐的艺术整体。

《人物》是庞德在1908自费出版的第二本诗集,是《圣诞献礼》之后的又一部抒情诗集。《人物》这部诗集中共包含诗作三十三首。这三十三首诗作并不是庞德的全新作品,部分已经出现在之前出版的作品中,原封不动或者稍加修改后收录的。作者对这部作品的信心要比之前出版的作品更加强烈。这也许能在以下这段他与英国一位著名出版商之间的对话中得到证实:

> 出版商:"嗯,你愿意为出版提供资金吗?"
> 庞　德:"我的衣服内有一先令,如果它对你有用的话。"
> 出版商:"好吧,不管怎样我还是想出版这些诗歌。"

以发展的眼光来看,《人物》不仅展现了庞德在诗歌艺术上的进步与成熟,更是提高了他的社会地位,其个人和作品得到更广泛的社会认可。与《灯火熄灭之时》类似,《人物》在总体结构上也采用了按照主题和意向进行编排的形式,形成一个相互独立又有机关联的整体。其诗集可以分为五章:

第一章阐述了爱与美之间的对立和矛盾,第二章阐述了爱情的伟大,第三章阐述了艺术与永恒,第四章阐述了人性的弱点与人世间的障碍,第五章阐述了诗人对爱与美的肯定和对艺术力量的掌握。诗集《人物》在结尾部分表达了作者的情感和决心,并与诗歌开头相呼应,巧妙结合,从而展示了全书内部结构的统一性和艺术上的凝聚力。

继《人物》之后,庞德又出版了诗集《狂喜》。这本全面反映诗人对生活与爱情真实感受的诗集共收入短诗二十七首,其中大约一半作品是从前出版过的。这些诗歌按照"情感统一"(emotionalunity)的原则大致可分为四个单元。据诗人自己介绍:"每一首诗在某种程度上是对生活某一方面的分析,与其他方面隔开,单从一方面分析。"从 1911—1920 年,庞德先后出版了《抒情诗集》(共四十一首)、《反击》(共二十五首)、长篇诗歌《休·赛尔温·莫伯利》等作品,其诗艺日趋成熟,声誉不断提高。

《休·赛尔温·莫伯利》是 1920 年庞德出版的诗歌作品,它代表了庞德第一阶段诗歌的成就,也标志着他在诗歌艺术领域的成熟。这部作品受到广泛的社会关注,众多的评论家和研究者都对这部作品进行过深入的探究,然而直到现在,关于《休·赛尔温·莫伯利》中的很多细节仍然众说纷纭,没有形成统一的认知。其根本原因在于作者对很多只有他自己知道的事情没有详细的解释,导致使人在阅读和研究他的作品时感到困惑、费解,很多内容要靠想象来完成理解。然而,在作品的结构上,学术界达成了共识。《休·赛尔温·莫伯利》共包含十八首短诗,分为两个单元,第一个单元由前十三首诗构成,其主题是作者的艺术生涯和创作理念;第二个单元由后五首诗构成,其主题是作者的形象化身莫伯利的创作历程。在这部作品中,叙述者既不代表庞德也不代表莫伯利,而是表露出一种冷漠、超脱而又略带讥讽的态度。

总体而言,这部作品深刻地刻画出 20 世纪初期诗人们在诗歌领域中经历地位、语言和形式危机时的困惑与绝望,也展现出现代主义诗歌的产生背景和艰难的发展之路,以及诗人们为此付出的沉重代价。庞德的这首长篇诗歌不但具有高度的概括性,而且还体现出极强的凝聚力。它成功地将西方的现代文明与历史浓缩在极其有限的诗篇之中,高度集中地反映了一个现代主义者对时代与文化的深刻反思。

庞德的前期作品以短篇抒情诗为主,其中不少诗歌经他多次修改后重复出版。他这一时期最优秀的作品大都集中在 1926 年出版的诗集《人物》和由艾略特编辑并作序的《庞德诗选》之中。这些诗歌不仅表达了庞德年轻时对爱与美的向往,对艺术的追求以及对生活的感受,而且反映了他对现代英语诗歌的振兴与发展所进行的探索和实验。尽管他前期的诗歌在艺术质量上参差不齐,但它们为现代主义诗歌的改革提供了极为重要的艺术范例。

## 二、《诗章》

《诗章》展现了庞德在诗歌领域的最高成就,也是英美现代主义诗歌的代表之作。这部作品长达八百多页,具有巨大的文学价值和史学价值。然而令人遗憾的是,《诗章》中大量的内容晦涩难懂,在文学评论界中引起激烈的争论,却难以达成统一的结论,不一而足。庞德创新性的艺术构思和创作技巧,使得这部作品具有广泛而深远的社会影响力,然而对于这部作品进行仔细研读的人却不是很多。截至目前,很多学者仍然在探索庞德在诗歌创作成熟期为何突然转轨,并花费一生去创作这部让人无法理解的天书。学术界对于这种行为达成理念上的一致:庞德的这一行为是一次珍贵的艺术探索和创新,其目的一方面是探寻英语诗歌要走向何处,另一方面也通过自己的创作实践来证明现代主义诗歌能走多远。

《诗章》是一部令人捉摸不透、难以理解的现代主义诗歌。更具体来说,《诗章》的内容对于社会大众来说是晦涩难懂的,只能用于学术研究,然而这部作品却是让研究者也望而却步,可见《诗章》的难以理解程度。而之所以如此,大概有这三个方面的因素:一是诗作语言的艰涩性。这是一部用多种不同风格英语写成的长篇巨著,其中包括古英语、现代英语、口语、俚语、美国英语和英国英语以及抒情诗体、散文体、书信体与公文体等。此外,读者还要面临法语、德语、汉语、希腊语、意大利语和西班牙语等近十种外语的考验。二是作品的题材复杂。《诗章》的内容包罗万象,几乎涵盖了整个世界历史与文明:奥德修斯和阿佛洛狄特等神话人物,孔子、约翰·亚当斯、杰弗逊、拿破仑和贝尼托·墨索里尼等历史人物,以及但丁、勃朗宁、史文朋和惠特曼等杰出诗人都成为作品的重要人物。此外,特洛伊战争、东西方社会与文化的发展、美国历史上的各种纷争、我国朝代的更迭与变迁,以及高利贷现象与英格兰银行体制等都竞相走进了作品,真可谓林林总总、纷然杂陈,给人一种无所不包、无奇不有的印象。三是作品形式的无序性。《诗章》也许是西方文学中形式与结构最混乱的史诗。全诗一百一十五章仿佛是一个个分散、独立的神话、历史或现实生活的片段,不但支离破碎,而且混乱无序。整部作品看上去既没有一个明确的中心主题,也没有一个坚实的框架结构。

　　《诗章》一个极为重要的现代主义特征是庞德的意象主义手法。庞德巧妙地采用自然界的具体事物作为"表现智力与感情的情结",并附予各种意象生动的表现力和巨大的艺术能量。例如,《诗章》的一个中心意象"光明"生动地建立在太阳、月亮、天空、海水和宝石等一系列自然物体之上,而每一种物体都是一个"聚合体"或一种"旋涡",从中不断涌现出各种思想,迸发出各种情感。这些建立在自然物体之上的意象几乎贯穿了整部《诗章》,它们既分散独立,又彼此呼应;既蕴含着各自的意义,又是"光明"这一中心意象的重要组成部分。此外,庞德的意象主义手法在体现巨大的辐射功能的同时,还经常展示其内部结构的有机联系。例如,他在第二章开头描绘海上仙女出现时采用"明亮蔚蓝的海水"(glareazure of water)这一词组,而他在第三章开头描绘众神出现时也采用了相似的词组"众神在蔚蓝的天空中飘游"(gods float in the azure air)。"蔚蓝的海水"与"蔚蓝的天空"这两个词组均显示了"光明"的意象在语言结构和词汇组合之间的一种十分微妙的关系。首先,这两个意象都暗示了神是光明的使者;其次,它们都建立在自然物质的基础之上,即海水与天空。此外,它们之间还存在着复杂而有趣的词语联系。前句的 glare 与后句的 air 不仅具有相同的原音,而且还使人联想起天空的亮光。后句动词 float 似乎也与前句的名词 water 搭配自然。而两句中唯一相同的颜色词 azure 不但生动地反映了"海水"与"天空"的共同色彩,而且还成为联系这两个意象之间的重要媒介。

　　《诗章》的档案型布局是传统诗歌中很难看到的,这展现了作品的现代主义风格。作者没有在这部内容丰富的作品中安排一个随时存在的叙述者,也没有刻意去规划一个清晰的主题线索,这在传统诗歌中是无法想象的。这也是《诗章》与传统诗歌的差异性体现,即整体布局上的差异。庞德在这方面展现出高超的驾驭能力和创新能力,他通过档案型布局将各类资料融入诗歌之中,使得整个诗集展现出非诗化的特点。庞德对诗集中要描述的人物和相关事件进行了详细的考察,之后将考据到的原始档案材料应用于诗作中,呈现出描述的生动性和真实感。例如,庞德对美国总统亚当斯的个人生平进行了详细的研究,包括其言论、书信、日记等,之后将其中的部分内容应用在诗作之中,从而增强了诗作对亚当斯个人描述的立体化和真实性,人物形象栩栩如生。庞德对于其他语种的文化史料或采取译介的方式,或将它们原原本本地搬进作品。从某种意义上来说,《诗章》仿佛是一座世界历史与文化的微型档案馆,读者在这些文件史料和原稿残卷中看到了人类历史的发展与演变。庞德的档案型布局无疑是现代诗歌艺术的一大创举,同时也是"诗歌破格"(poeticlicense)的一个极端范例。

此外,《诗章》的现代主义特征还体现在它的音乐结构上。尽管庞德并不是唯一将音乐搬进作品的诗人,但他对音乐与诗歌的关系进行了努力的探索,并且试图按音乐作曲的方式来创作现代诗歌。在《诗章》中,庞德不仅对诗歌的节奏和韵律进行了反复的实验,而且还试图将音乐的作曲方式转化为诗歌技巧,从而进一步增强诗歌的旋律和艺术感染力。引人注意的是,他在许多章节中模仿赋格曲式(fugue)来设计结构,制定框架。

综上所述,《诗章》是一部别具一格而又不可多得的现代派作品。庞德所采用的神话典故、意象主义手法、档案型布局和音乐结构使《诗章》成为20世纪最富于革新精神的长篇诗歌之一。这部倾注了作者半个多世纪的心血的长篇史诗不仅是现代英语诗歌中创作周期最长、作品规模最大和改革力度最强的实验性作品,而且还汇集了种类繁多的现代主义新潮艺术和尖端技巧。毫无疑问,《诗章》为我们深入探讨现代主义诗歌的艺术特征和研究其发展过程提供了极为重要的依据。

## 第二节　艾略特
### ——《普鲁弗洛克及其他观感》
### 《荒原》《四个四重奏》

艾略特于1888年出生于美国密苏里州圣路易斯,逝世于1965年。艾略特也是西方现代主义诗歌的代表人物之一,在20世纪西方诗歌领域具有深远的影响,被称为"但丁最年轻的继承者之一"。艾略特在艺术生涯中一直注重诗歌的实验与创新,对西方现代主义诗歌的发展产生了广泛的影响。若说其好友庞德的作品由于观点激进而富有争议,那么艾略特的作品则由于文字优美而富有哲理,深受评论界和读者的好评。艾略特和庞德在1914年初次见面,并成为私交甚笃的挚友,庞德对于艾略特的诗歌创作给予了极大的支持。大部分文学研究人员指出,现代主义诗歌的发展离不开庞德,但是更不能缺少艾略特。由此可见艾略特在现代主义诗歌中的重要地位。

### 一、《普鲁弗洛克及其他观感》

《普鲁弗洛克及其他观感》出版于1917年,是艾略特的第一部诗歌作品。这部作品展现了艾略特对于现代主义诗歌的实验和创新,并且对于这一时期的诗歌创新具有极大的推进作用。在《普鲁弗洛克及其他观感》出版后,社会反响强烈,诗人们和评论家都对诗作进行了激烈的争论。一些文学评论家无法理解这部作品,甚至将其当作文学恶作剧。而另一部分文学评论家则从这部作品中体悟到划时代的现代主义精神,以及采用诗歌这种艺术体裁来揭露复杂社会现实的可能性。从这部作品的书名可以发现,诗歌都是以"观感"的形式来创作的,也就是叙述者对事物的感受。《普鲁弗洛克及其他观感》以讽刺和自嘲的写法展现了这一时期文学领域的悲观情绪,也向读者揭露了这一时期社会现实的荒诞与残酷。

《普鲁弗洛克的情歌》是《普鲁弗洛克及其他观感》的首篇诗作。庞德阅读后,对这首诗给予了高度的评价,他指出:"这是目前美国诗人写得最好的一首诗,希望这首诗不是唯一的成功。"直至今日,文学界普遍认为这首诗是艾略特最经典的诗作之一。这首展示现代西方人精神危机的"情歌"进一步发展了象征主义诗歌的内涵与外延,同时也集中反映了诗人在创作初期对时间与意识等问题的密切关注以及对现代主义技巧的大胆尝试。

篇首的意大利语引语出自但丁所作的《神曲》的第一部"地狱篇"(Inferno)的第二十七章。这是基多伯爵在地狱中对来访的但丁所说的一段话。其原文大意是:"要是我认为我在同一个将要重返人间的人说话,那么这里的火焰就不会燃烧;既然无人能从这深渊中活着出去,只要我听到的是真话,我可以毫无顾忌地回答你。"值得一提的是,艾略特在后来出版的《荒原》和《四个四重奏》的卷首也都采用了引语,这不仅仅反映了他独特的诗风,而且也表明他对引语的艺术功能的高度重视。尽管引语不是诗歌的关键部分,但它具有深刻的含义,并就诗歌的主题与内容向读者做出了必要的提示。《普鲁弗洛克的情歌》以内心独白的方式表现了一个多愁善感、神经过敏的中年人在黄昏时分独自漫步街头时的复杂感受。诗人所描述的普鲁弗洛克是 20 世纪西方文学中典型的反英雄人物。他的孤独、焦虑和恐惧反映了第一次世界大战期间西方人的普遍心态,诗歌一开始便展示了普鲁弗洛克连绵不绝的意识流:

> 那么让我们走吧,你和我
> 当暮色在天空蔓延时,
> 像个注过乙醚的病人,躺在手术台上;
> 让我们走吧,穿过一些冷落的大街,

不宁的夜晚悄悄地撤离，
进入只宿一晚的便宜旅店，
以及遍地锯末和牡蛎壳的饭馆；
紧随的街道就像一场乏味的争执
居心叵测，
将你带向一个令人难以对付的问题……
噢，别问"那是什么?"
让我们走吧，让我们去看看。

  艾略特通过普鲁弗洛克的意识不仅向读者展示了现代都市的凄凉、肮脏和腐朽，而且也表明了普鲁弗洛克的彷徨、惆怅和心理冲突。诗中的"我"与"你"（第二自我，alterego）关系不和，若即若离。"我"滔滔不绝，"你"却默不作声；"我"多愁善感，忧心忡忡，而"你"却漫不经心，无动于衷。普鲁弗洛克的心理冲突和他所面临的"令人难以对付的问题"在其节奏缓慢的内心独白中逐渐披露。此刻，读者已经无法寻觅诗人的踪迹，普鲁弗洛克踌躇不前和瞻前顾后的心态伴随着一系列象征着昏暗和颓废的具体形象完全通过其内心独白的方式得到自然流露：

我敢
打扰这个宇宙吗？
等一等，还有时间
做决定，修改决定，一分钟后又推翻决定。

  艾略特借助诗句的形象、节奏和音韵将人物的精神困惑与复杂心态表现得淋漓尽致。诗歌结尾，普鲁弗洛克似乎获得了对人生的感悟，在无情的现实面前他不得不大声哀叹："我老了……我老了……"他对自己的微不足道感到愤愤不平却又无可奈何。
  在《普鲁弗洛克的情歌》中，艾略特不仅生动地揭示了人物的感性生活，而且对时间的处理也别具一格。全诗一百三十一行诗句所涉及的时间只不过几分钟，但它却展示了人物的不同经历和较为广阔的社会场面。由于普鲁弗洛克困惑不安、犹豫不决，无法采取行动，因此这首诗并不具有任何物质意义上的"访问"或行动，而只是反映了在有限的物理时间内所发生的心理活动。显然，艾略特的这种创作手法充分体现了现代主义的艺术风格与特征。

《普鲁弗洛克及其他观感》总体上反映了艾略特在第一次世界大战期间对西方社会残酷现实的态度和感受。其中有些诗歌表达了现代西方人的孤独感、异化感和绝望心理，强调了现代人的无足轻重和荒诞可笑；有些则反映了人生的乏味、世界的混乱以及现实的残酷等令人烦恼的问题。其中《序曲》和《暴风之夜的狂想》等不仅体现了较高的艺术质量，而且还具有较为深刻的内涵。毫无疑问，这些诗歌已在一定程度上反映了艾略特的现代主义创作倾向，同时也为他步入艺术的成熟期奠定了基础。

## 二、《荒原》

《荒原》于 1922 年问世，是艾略特的代表作之一，也是公认为的现代主义诗歌的杰出作品。《荒原》的呈现让英美文学领域展开了激烈的争论，文学评论家对于艾略特在诗歌上的创新褒贬不一。毋庸置疑的是，《荒原》对于西方文学的发展具有重大的影响，具有重大的历史贡献和艺术价值，其创新性的现代主义创作手法已经得到普遍的认可和应用。以历史唯物主义的视角来看，《荒原》以它独特的内涵和创新的诗艺引领了 20 世纪诗歌领域的潮流，对于现代主义诗歌的发展起到了巨大的推动作用，这是学术界普遍认可的事实。

《荒原》是第一次世界大战后英美国家社会图景的真实反映，也是现代主义思潮的集中体现。与五年前出版的《普鲁弗洛克及其他观感》相比，艾略特在创作《荒原》时对现代主义创作技巧有了更深的认识，在作品中的应用也更为娴熟。艾略特一方面采用象征主义的艺术手法，以远古传说和神话故事来影射第一次世界大战后荒凉、破败的社会情景；另一方面将蒙太奇、感官印象等现代主义创作技巧应用到诗作之中，增强了诗作的表现力和感染力，更好地挖掘了诗歌的艺术潜力，也为现代主义诗歌的发展提供了良好的范式。值得一提的是，在这部作品中，作者展现的荒凉的世界图景从表面来看是由于战争导致的物质匮乏，从深层次来看则是当时社会精神的迷失与迷茫。其主题的核心不再是物质世界，而是直指人的精神世界。《荒原》的主题是拯救荒原，让道德、精神与文明在荒芜的社会中复活和更生。为此，作者将自然、社会、宗教和神话等众多的素材糅合在一起集于诗集中，如四季的流转、基督教的故事，以及古希腊神话故事等。对于人类精神领域的新生，艾略特并不是呈完全积极的态度，在《荒原》中，他认为荒原的复苏只是一种可能性,而不是必然的结果,正反映了他的这种思想。毋庸置疑,不管是从主题还是语言形式,抑或是创作技巧来看,这部作品都是典型的现代主义诗歌,他展现的并不是作者个人对这一时期社会图景的认识,而是现代主义流派对社会的普遍认知与感受。

在《荒原》中,艾略特通过神话故事来影射社会真实场景,并将神话与现实有效融合起来,以展现自己的主题思想。在作品中,艾略特通过讲述渔王的故事,来表达自己关于死亡和新生的思想。其主要内容如下:渔王身体不健全,并且十分虚弱,这导致他的土地处于荒原状态。而要改变这种荒原状态,必须要有陌生人在仪式上答对固定的问题,这样他的土地才能恢复生机。此外,基督教中有关寻找遗失的耶稣圣杯的传说和詹姆斯·弗雷泽的十二卷长篇巨著《金枝》也为艾略特提供了重要的写作素材。这些素材在丰富作品内容的同时,也在很大程度上增加了读者阅读作品的难度。乔伊斯在阅读《荒原》后用调侃的语言说道:"《荒原》的诞生打破了诗歌用于贵妇人消遣的传统观念。"

《荒原》在结构布局和叙述笔法上充分显示了现代主义的艺术特征。全诗共三百四十三行,由"死者的葬礼"(The Burial of the Dead)、"对垒"(A Game of Chess)、"火诫"(The Fire Sermon)、"水葬"(Death by Water)和"雷霆之语"(What the Thunder Said)五章组成。乍看之下,这五章的内容是完全独立的,彼此之间缺乏紧密的逻辑关系。但作者采用高超的艺术构建能力将看似纷乱的章节进行了拼接与糅合,形成一幅完整的艺术图案。这部作品中既有远古神话故事和宗教场景,也有当时上层社会的交际场景,还有底层人民的生活景象。艾略特刻意将不同的情景糅合起来,实现神话故事、历史场景和社会现实的交错、重叠,更为生动地揭露出现代社会精神上的荒原危机。在叙述笔法上,《荒原》具有很强的创新性。艾略特创新性地采用第一人称进行叙述,以第一人称为意识中心对第一次世界大战后的社会图景进行了充分的描绘,同时艾略特还通过其他角色的视角来充分反映荒原的特点。在作品中,第一人称有时候直接进行叙述,有时候又进入回忆之中,有时候又消失得无影无踪,以其他角色的视角来进行叙述,但总体来说,第一人称贯穿了作品的全部内容,具有重大的透视作用。艾略特曾经指出:"《荒原》是一个人对生活不满的无奈发泄。"作品的形式和内容正是如此,各种角色都在通过自己的视角来展现自己的感受。作品中的一位重要角色是蒂雷西阿斯,这是古希腊神话故事中的人物,是一位盲人但是善于卜卦。他经历和体验了人类历史发展的整个进程,也是神话故事与现实社会场景进行交融的媒介,使得神话与现实、历史与当下相互映照,增强了作品的感染力。同时,蒂雷西阿斯的观感与第一人称"我"的观感进行融合,诗中不止一次地出现"I Tiresias"这样的混合叙述,形成了有趣的合流现象。正如艾略特在对《荒原》的第二百一十八行注解时指出:"尽管蒂雷西阿斯只是一个旁观者而不是一个'人物',但他却是诗中最重要的角色,他连接着所有其他的角色……事实上,他所'看见'的是诗歌的实体部分。"显然,艾略特在《荒原》中采用的结构布局和叙述笔法同乔伊斯等意识流作家的表现手法有着惊人的相似之处。

《荒原》是英美资本主义发展中面临困境、物质上和精神上出现严重危机的产物,也是西方文学史上的经典文学作品。它的诞生一方面展现了这一时期人的危机意识和对社会发展的悲观态度,另一方面也给后来的诗人提供了良好的现代主义诗歌范式。正如著名文学评论家理查德·埃尔曼所说:"《荒原》就像 1798 年的《抒情歌谣集》那样已经成为一个交通信号。"历史证明,艾略特的这篇长诗以其深刻的内涵和独特的现代主义风格足足统治了西方诗坛半个世纪之久,成为 20 世纪最有影响力的作品之一。

### 三、《四个四重奏》

《四个四重奏》出版于 1943 年,属于艾略特写作生涯的晚期作品。这部诗集由四篇诗歌构成,代表了艾略特晚期写作生涯的最高成果。在这一时期,艾略特的思想观念发生了很大的转变,从大刀阔斧地进行创新向趋于保守的方向发展,并且热衷于研究宗教问题。因此,这部作品中艾略特对社会的批判已不复早期作品的尖锐、深刻,而是注重于对历史和经验的思辨。与其挚友庞德类似,他也认识到长诗对现代主义诗歌发展的关键性价值,并且着力去进行长诗创作。与庞德历经半个世纪的长诗创作不同,艾略特非常理性地去给自己设立创作目标,经过七年时间就写出了长篇哲理诗歌《四个四重奏》。然而,截至当下,文学界对于这部作品的认识仍然没有形成共识。部分学者认为长诗中四篇诗歌的艺术价值相差很大,不同的学者对于各篇诗歌的偏好不同,而有宗教倾向的学者对《四个四重奏》的评价程度往往会更高。部分学者认为这部作品代表了艾略特创作生涯的最高成就,也是西方文学史上最经典的诗歌之一。此外,文学界普遍认为这部作品展现了作者对历史和经验的深入思辨,但是要对这些思辨进行深入的理解是很艰难的一件事。

　　《四个四重奏》由四首以地名为标题的长诗组成,即"伯恩特诺顿""东科克""干萨维奇斯"和"小吉丁"。伯恩特诺顿是艾略特同女友埃米莉于1934年共同游览过的位于英国科次窝兹地区的一个废弃的庄园;东科克是诗人的祖先于1660年移居美国之前生活了约两百年的英格兰萨默塞特地区的一个村庄;干萨维奇斯是艾略特年轻时十分熟悉的位于美国马萨诸塞州安角东北岸上的一堆岩石的名字;而小吉丁则是位于英国亨迁顿郡的一个17世纪乌托邦宗法社会的所在地。当然,艾略特将地名作为诗歌标题的用意是耐人寻味的。这些地方不仅反映了他个人的生活经历,而且还将英国和美国连在一起。诗歌从英国开始,继而转向美国,最终又返回英国,形成一个地域空间上的循环,而这一循环又与历史的循环互相联系,从而使空间与时间交织一体。艾略特似乎认为,人类必须从某一个地方进入历史,而任何一个有意义的时刻都必须具有一个特定的空间。在他看来,时间与空间在循环过程中不断变化,唯独意义才是万世永恒的。因此,《四个四重奏》不仅包含了艾略特对民族、历史、传统和文化的态度,而且还具有极为深刻的象征意义。

　　《四个四重奏》展现的核心在于时间与经验。这部作品的写作宗旨在于挖掘经验的价值,以及对经验产生感悟的关键时刻。艾略特曾经说过:"人会经常对自己产生错觉,并且不会主动去纠正这种错觉,反而把这种错觉当作经验去保留和强化。"因此,在作品中艾略特强调要以超越现实的视角去挖掘历史经验,并从历史经验中发掘出道德秩序。此外,艾略特认为无论是个体的经验、历史的经验,还是神话传说的经验,抑或宗教的经验,都能找到净化心灵的真理。从这个角度来看,这部作品的核心主题并非情感,而是思想和哲学。与玄学诗人类似,艾略特把思想归结于经验的范畴,认为人通过理性的沉思而让其对生活有了新的认识。学术界普遍认为,这部作品在思想上具有高度的统一性,在描述上也具有很强的精确性,并且是对人的思维过程的一次有价值的探索。

　　同时,这部作品也展现了艾略特的现代主义时间观。在作品中,艾略特指出:"我们有过经验,但未发现其意义。"这明确表现了作品的创作主旨。显而易见,《四个四重奏》的核心主题在于揭露暂时与永恒的关系,并尝试对历史某一时间点经验的反思来揭示真理。因此,《四个四重奏》的整个结构巧妙地建立在一个寻找意义、探索真理的重要的瞬间之上。尽管四篇诗歌的内容和意义不尽相同,但其思维的模式和内部结构的运动方式基本一致,每篇均包括五个篇幅相当的"乐章",并从生活中暂时的经验朝着全人类永恒的真理运动。正如艾略特在《四个四重奏》的另一条引语中所说的:"朝上朝下都是同一条道路。"他试图向读者揭示这样一个事实,即生活中每时每刻都在产生经验,变化是绝对的现实,然而在这变化之中恰恰包含着永恒不变的规律。显然,艾略特的这种时间观在现代主义文学家中具有一定的代表性。

《四个四重奏》系统地展现了作者创作生涯后期的思想观念。与艾略特的早期作品相比,《四个四重奏》并没有对现实社会的缺陷进行深刻的讽刺,而是通过追溯历史,来剖析时间和经验的意义。同时,这部作品的结局也是美好而圆满的,这与他的早期作品截然不同。显而易见,这部作品没有以现实社会为背景进行创作,缺乏坚实的社会基础,也没有关注时代发展趋势,而是将关注的重心放在历史的思辨上。这充分展现了作者在创作生涯后期趋于保守的创作思想,虽然对社会现实困惑、不满,但是没有选择去直面现实,而是转移了创作视线,这也为深入研究现代主义诗歌的发展与演变提供了重要的依据。然而,作为 20 世纪最杰出的长篇诗歌之一,《四个四重奏》以其完美的形式和非凡的诗艺显示了极强的艺术感染力。

艾略特的创作使现代英语诗歌步入了一个空前繁荣的时代。他别具一格的现代主义诗歌和一系列精辟的创作理论对现代西方整个诗坛产生了难以估量的影响。他的诗歌不仅深刻地表达了 20 世纪上半叶西方人的异化感和虚无感,而且也为英语诗歌的实验与革新开辟了一条新的道路。

## 第三节　卡明斯
### ——诗歌题材、诗歌形式和创作技巧

20 世纪 20 年代,现代主义诗歌在庞德和艾略特等杰出诗人坚持不懈的努力下进入了全盛时期。随着《荒原》等现代派诗歌的竞相问世,英语诗歌在形式和技巧上的实验与创新出现了新的势头。英美两国的其他现代派诗人也不甘示弱,跃跃欲试,决心在诗坛一展身手。与庞德和艾略特同时代的美国著名诗人卡明斯便是 20 世纪英美实验派诗人中的佼佼者。1962 年 9 月 4 日,卡明斯去世两天后,《纽约时报》刊登了一家咖啡店的一位女服务员沉痛哀悼卡明斯去世的新闻。当记者问她为何对已故的诗人如此动情时,她从口袋中掏出了卡明斯的两部诗集。这个动人而又伤感的故事无疑证明

了卡明斯在美国普通读者心中所享有的地位和知名度。

## 一、诗歌题材

从 20 世纪中叶开始,西方文学界对卡明斯的评价不一而足。部分学者将其称为浪漫主义诗人,或是感伤主义诗人,而另一部分学者认为他是完全的现代主义诗人。显而易见,持有前一种观点的学者是从主题的角度来对卡明斯的诗歌进行分析,而持有后一种观点的学者是从技巧的角度对卡明斯的诗歌进行分析。简单来说,卡明斯诗歌的主题是属于传统的浪漫主义风格,创作技巧却属于现代主义风格。

卡明斯的诗歌集传统内容与现代主义形式于一体,这是他区别于其他诗人的重要特征。与同时期的其他诗人一样,卡明斯也非常抗拒资本主义制度下工业发展对人性的湮没,以及物质发展下精神的迷失,他对社会现状严重不满。但与其他现代主义诗人不同,卡明斯对主题的选择有自己的特征。例如,艾略特认为春季是最残酷的季节,卡明斯却对春季情有独钟;艾略特认为大自然已经成为现代荒原,卡明斯却正好相反。尽管他们都对第一次世界大战后西方社会的严酷现实表示关注,但卡明斯往往将此作为讽刺的对象,而艾略特则通常将此作为现代西方人异化的根源。

此外,卡明斯还是一位直率而又严肃地讴歌爱情的现代主义诗人,并公开宣称"爱情是无法抑制的东西",这在 20 世纪现代派诗人中实属罕见。即便到了晚年,他的这种信念依然未发生任何动摇。以下这首诗写于他花甲之年,可见一斑:

> 我带着你的心(我将它放在我
> 心中)我始终带着它(无论我去
> 哪里你同往,亲爱的;无论我
> 做什么都是你在做,亲爱的)……

卡明斯一贯热爱生活,对人生抱有信心。在他的诗歌中,读者很难找到一般现代主义诗歌所表现的那种司空见惯的悲观情绪和没落意识。相反,作品中能看到他对生活的向往:

> 你应尽量愉快而年轻。

因为如果你年轻,生命无论怎样

都适合你;如果你愉快,

生活无论怎样都使你中意……

卡明斯的诗歌题材大都取自现实生活,充分体现了他对周围世界的洞察力。一般来说,他的诗歌很少潜入人的意识领域,同时也避免揭示复杂的生活和混乱的现实。从某种意义上来说,他倾向于使用复杂的艺术形式来表现相对简单的题材,从而创造一种与众不同的现代主义诗歌风格。这种别具一格的诗风不仅充分体现了卡明斯作为一名艺术家的独特个性,而且也为现代主义诗歌增添了丰富的色彩。

## 二、诗歌形式和创作技巧

一般而言,诗歌形式与创作技巧要以推进作品的主题表达为宗旨,即要使得内容获得更直观、深入的表达,从而有助于读者理解。换言之,形式与技巧应有利于而不是有损于诗人的意图。卡明斯在创作生涯开始之时现代主义诗歌已经开始盛行,庞德和艾略特等现代主义诗人已经获得了广泛的社会认可和影响力。因此卡明斯在创作伊始具有很大的压力,面对这种状况他有两种相反的选择:要么对当下的现代主义诗歌进行模仿,要么进行全面创新,独辟蹊径。显而易见,卡明斯选择了后者。在诗歌创作中,他对现代主义诗歌中的创作技巧进行了创新,并采用很多新的表现方式。当时,卡明斯的创新并不是突出的,没有获得广泛的社会影响,也没有得到学术界的认可。卡明斯进行诗歌创作所面临的问题不是他走向了与现代主义不同的道路,而是他的创新是否能更好地展现他的创作主旨,更好地服务于他的创作内容。以历史的视角来看,卡明斯的创新是成功的。虽然在创作之初他的创新并没有获得普遍的认可,但从 20 世纪 70 年代开始,学术界逐渐开始理解他的创作技巧,并给予了高度的评价。

与这一时期其他现代主义诗歌比较,卡明斯的诗歌最大的特点是形式上的灵活性。他没有按照传统诗歌的音步和韵脚去创作,而是创新性地使用了一种规则与不规则相结合的自由诗节,并十分注重诗歌的韵律和视觉效果。从某种意义上来说,他的诗歌虽看上去杂乱无章,但依然体现了一定的规则。

当然,卡明斯创新性的创作技巧也给读者带来了阅读上的障碍。他那些以"古怪的印刷体式"编排的"一句话诗歌"给评论家带来的麻烦绝不亚于17世纪的玄学派诗歌。由于他的诗作不具有传统诗歌的音步和韵脚,这导致在阅读他的诗歌时传统的审美观念暂时失灵。实际上,卡明斯在诗歌创作中表现出极强的个人主义倾向,完全不受传统的束缚,甚至达到了非常极端的程度。他的诗作中有时候会选择一个逗号作为开头,有时候在诗作中或者结尾时连续出现五六个标点符号,有时候一行诗只有一个标点符号,或者干脆是空白。

卡明斯运用语言的手段别具一格,不同凡响,充分体现了现代主义的实验精神。毫无疑问,他新颖别致的诗歌语言为我们深入研究英美现代主义文学的语言特征提供了重要的范例。

卡明斯以其传统的诗歌题材和全新的创作技巧在20世纪的美国诗坛独树一帜,成为一名与众不同的现代主义诗人。卡明斯在创作生涯中竭尽全力地进行诗歌创新,采用实验性的方法进行诗歌形式和技巧探索。在诗歌创作过程中他的创新被当时的部分评论家认为是离经叛道,没有审美价值,但是他仍然坚定不移地进行诗歌艺术创新,创作了大量的实验主义作品,义无反顾地推出了一首又一首实验主义诗歌,从而被读者称为"一个永久的年轻人"。显然,卡明斯在创作中冒了极大的艺术风险,但他每次都凭着自己坚定的信念和非凡的技艺在诗坛成功着陆。他别开生面、异乎寻常的创作方式不仅使其作品成为现代英语诗歌宝库中极为珍贵和无可替代的一部分,而且还为英美现代主义诗歌在形式和技巧上的进一步突破做出了重要的贡献。

# 第四章  心理探索
# 与意识流小说

　　20 世纪初,随着亨利·柏格森的直觉主义和心理时间学说的问世,以及威廉·詹姆斯和弗洛伊德心理学理论的相继出现,西方现代主义文学风起云涌,发展迅猛。传统的英语小说也随之发生了急剧的演化。劳伦斯、乔伊斯、伍尔夫和福克纳等现代派小说家摈弃了追求表现外部世界、刻意描绘人的物质生活环境的传统小说的模式,果断地转向心理探索,深刻地揭示了现代西方人的复杂心态和混乱意识。他们不约而同地表现出对传统的文学观念和创作准则的反叛心理与改革意识,在小说创作中另辟蹊径,成功地创作并发展了以内省为主,且具有全新的审美意识和时空关系的现代主义小说。概括地说,20 世纪内省的小说大致可分为两种。一种是劳伦斯的探索人的心灵、触及人的情感和欲望的心理小说;另一种是乔伊斯、伍尔夫和福克纳所创作的刻意表现人物头脑中飘忽不定、流动不已的思绪与浮想的意识流小说。这两种内省的小说均生动地反映了作为人类普遍经验的个人精神生活,并向人们展示了西方社会中现代人纷乱复杂的心理结构。不仅如此,他们在艺术形式、创作技巧和语言风格方面也取得了重大的突破。毋庸置疑,劳伦斯、乔伊斯、伍尔夫和福克纳是现代英美小说史上最杰出的现代主义者,他们的小说代表了 20 世纪现代主义文学的最高成就。

　　劳伦斯也许是弗洛伊德心理学在英美文坛最忠实的代言人,他的小说可谓是西方现代心理学理论高度艺术化的最佳范例。尽管劳伦斯在创作中同乔伊斯和伍尔夫存在着极大的区别,但他独特的审美意识、充满情感与肉体感的语体以及深入探索人类心灵的黑暗王国的小说使其成为一名出类拔萃而又与众不同的现代主义者。在他的作品中,弗洛伊德有关人的意识和无意识的理论及其建立在性欲与性爱基础上的精神分析法均得到了充分的反映。劳伦斯不遗余力地通过人物的"恋母情结""第二自我"等来揭示西方人遭受现代机械文明力量无情压抑和摧残的严重扭曲的心灵。他的心理小说一再触及人物"血的意识"及其不断流动的情感与肉体感,并借此来展示工业机器与自然人性之间的激烈冲突。尽管劳伦斯的小说在艺术形式和框架结构上依然保持了传统文学的许多特征,但他的思想、题材和语体明显地反映了现代主义的倾向。他在小说创作中独树一帜,成一家风骨,以其无与伦比的艺术才华和独创精神成功地发展了一种前所未有的、心理探索与社会批判相结合的现代主义小说。

与劳伦斯的心理小说几乎同时出现并具有一个更强大的作家阵营的是举世瞩目的英美意识流小说。第一次世界大战之后,乔伊斯、伍尔夫和福克纳三位文学巨匠按照全新的价值观与审美观积极地投身于英语小说的重建工作。他们虽天各一方,但彼此心照不宣,有意遵循了一个共同的创作原则,即强调感性,反映直觉,充分揭示西方人的现代意识。他们不约而同地摒弃了传统小说的形式与结构,以时间与意识为中心,将千百年来一直被文学家忽视的人类固有的精神现象和意识活动作为小说的基本内容,刻意表现深埋于人物内心的连绵不绝而又瞬息万变的感性生活。在英美现代小说史上,乔伊斯、伍尔夫和福克纳是最彻底也是走得最远的革新者。显然,英美意识流小说的问世不仅标志着英语小说的一个重大转折,而且在世界文坛也具有里程碑的意义。

"意识流"一词源于心理学的词汇,可以追溯到 19 世纪末期美国哲学家、心理学家威廉·詹姆斯出版的《论心理学原则》一书。"意识流"这个词,用来表示意识的流动特性,个体的经验意识是一个统一的整体,但是意识的内容是不断变化的,从来不会静止不动。意识流文学泛指注重描绘人物意识流动状态的文学作品。

意识流小说与传统小说完全不同。传统小说着重从外部的细节来描写小说人物,并且以描写主人公的生活经历作为线索,将小说内容进行到底。而意识流小说,第一,写作技巧通过人物的思想动态来显示动作以及情节,而不是通过全知的作者的评论来展示人物;第二,人物的发展是通过典型的思维过程而形成的,而不是通过典型的环境来创造典型人物;第三,故事情节不是按时间顺序发展的,而是随着人物的自由联想跳入某一时间;第四,内心独白和自由联想替代了传统小说中的叙述、描写以及评论。意识流小说写作技巧的创新,通过强调对人物内心世界和心理层面的描写,更好地揭示了残酷的现实。

不言而喻,劳伦斯的心理小说和乔伊斯等的意识流小说不仅代表了英美现代主义文学的精华,而且对 20 世纪整个世界文学的发展也产生了极为重要的影响。尽管劳伦斯同乔伊斯等意识流作家彼此之间缺乏足够的敬意,并且在创作观点和审美意识方面也存在着明显的分歧,但他们对爱德华时代(1900—1915 年)的现实主义小说都持否定的态度,并执着追求小说题材、形式、技巧和语言的改革与创新。毫无疑问,他们的创作有力地推动了英美现代主义小说的发展,使其达到了前所未有的高度。

# 第一节 劳伦斯
## ——《儿子与情人》《虹》《恋爱中的女人》 《查泰莱夫人的情人》

劳伦斯也许是现代主义作家中最有争议的人物。长期以来,人们不仅对他的小说争论不休,而且对他的评价也因人而异。不少人曾骂他是疯子、颓废者或色情小说家,他的小说《虹》和《查泰莱夫人的情人》曾被英国政府禁止出版,他在伦敦美术馆展出的 13 幅画作被警方无理没收,而他本人也因被怀疑是德国间谍而遭英国地方政府的迫害。不仅如此,文学评论界对劳伦斯究竟是现实主义者还是现代主义者也经历了漫长而又激烈的论战。今天,在绝大多数西方评论家眼中,他不仅是现代英国文坛的巨匠,而且也是 20 世纪最杰出的现代主义者之一。从某种意义上来说,劳伦斯也许是唯一能与乔伊斯分庭抗礼的英国现代主义小说家。二人的名字不仅象征着现代英语小说领域两座令人望尘莫及的艺术高峰,而且还代表了英国现代主义小说的两股并行不悖和不可抗拒的艺术潮流,对英美现代主义文学的发展产生了难以估量的影响。

## 一、《儿子与情人》

《儿子与情人》是劳伦斯创作初期的一部重要小说,同时也被评论家视为"第一部弗洛伊德式的英语小说"。这部带有明显自传性成分的作品首次通过艺术的手法和作者自我剖析的形式对弗洛伊德的"恋母情结"理论做了深入的探索。从某种意义上来说,"这部小说是作者通过真实经历的重新体验所获得的一次精神发泄……也是他今后全部创作的一次必要的尝试。"尽管《儿子与情人》在结构与形式上依然保持了传统现实主义小说的许多特征,但它是一部充满现代主义观念的心理小说。劳伦斯在作品中对男主人公保罗的"恋母情结"和病态心理的描述不仅生动逼真,而且同弗洛伊德的有关学说十分吻合。毫无疑问,劳伦斯成功地通过艺术的形式传达了个人过去隐秘的经历,并借此引申出更加广泛的象征意义。

《儿子与情人》生动地描写了主人公保罗在人生道路上的精神困惑与心理障碍。全书包括两个部分,共十五章。保罗出生于英国诺丁汉郡的矿区,父亲沃尔特是一名性格粗鲁、没有文化的煤矿工人;而具有中产阶级家庭背景的母亲格特鲁德则是一位既有文化修养又有一定志趣的家庭主妇。由于性格、文化和志趣上的差异,沃尔特和格特鲁德在感情上出现了严重的危机,其婚姻已经名存实亡。格特鲁德将她的全部爱心倾注在长子威廉和次子保罗身上,并希望他们将来能有出息,为她争光。后来,长子威廉成为伦敦一家公司的职员,但他疲于奔命、积劳成疾,不久便因病去世。于是,格特鲁德将保罗视作生活的唯一希望与寄托,对他倍加关心,无微不至。保罗很快成为当地一家工厂的职员。他经常在业余时间学习绘画,显示出一定的艺术才华。不久,保罗结识了一位农场主的女儿米丽安,两人志趣相投,交往密切。然而,保罗严重的"恋母情结"和母亲对他感情的长期支配,使他无法同米丽安建立正常的爱情关系。他逐渐对米丽安的浪漫激情感到畏惧与恶心,最终被迫与她分手。随后,保罗投入了一位有夫之妇和女权主义者克莱拉的怀抱。但他的"恋母情结"同样无法使他与这个女人建立任何有意义的关系。最终,他的母亲因患癌症去世。保罗顿时失去了精神支柱,在复杂的人生面前感到孤立无援,不知所措。

《儿子与情人》是一部揭示主人公心理发展过程的现代主义小说。这部作品的重要意义不仅在于它生动地描述了主人公保罗的生活经历,而且还在于成功地将弗洛伊德主义小说化和艺术化,并使这位现代心理学家的理论首次从教科书走向文艺小说,通过主人公的生活实践得到进一步的验证。然而,引人注意的是,《儿子与情人》还深刻地揭示了沃尔特与格特鲁德的婚姻危机和保罗的"恋母情结"的社会根源,充分展示了环境对人物心理的重要影响。不少评论家认为,劳伦斯将英国中部矿区的贫困与丑陋以及煤矿工人的悲惨生活描绘得淋漓尽致、入木三分,几乎令20世纪所有的现实主义作家都自惭形秽。显然,作者在生动描绘人物心理矛盾的同时还深刻地揭示了它的社会根源,从而使心理探索与社会批判融为一体。此外,《儿子与情人》还从心理学和社会学的角度深入探讨了现代社会的家庭关系。小说的书名揭示了两种截然不同却又难以分割的人际关系。"儿子"表示一种家庭关系,构成男孩与父母之间在血缘上的联系;而"情人"则表示一种特殊的人际关系,反映了男人与女人之间的情感。在小说中,保罗既是儿子,又是情人;他既怀有"恋母情结",又与另外两个女人发生关系。同样,格特鲁德既将保罗当作儿子,又将他当作情人,把本该属于她丈夫的那份情感全部倾注在他的身上。劳伦斯对小说的书名之所以采用复数的形式不仅因为沃尔特尔家有三个儿子,而且还因为保罗在自己父母眼中是两个不同的儿子。显然,作品描述的不只是保罗一个人的故事,而更重要的是两种截然不同却又互相纠葛的人际关系。

《儿子与情人》通过主人公保罗的"恋母情结"和人生经历揭示了深刻的社会主题,并体现了广泛的象征意义。劳伦斯以其个人与家庭生活为素材,以现代心理学理论为依据,成功地创作了一部深入探索工业社会中青年人的心理障碍与精神困惑的现代主义小说,开了英语小说表现弗洛伊德主义的先河。尽管《儿子与情人》在艺术上显得不够成熟,但它充分体现了劳伦斯的独创精神和创作潜力,为他以后的成功奠定了重要的基础。

## 二、《虹》

《虹》是劳伦斯的代表作,也是英美现代主义小说中的上乘之作。这部小说深刻地反映了一种正在形成而又处于不断变化之中的现代意识,同时也充分体现了劳伦斯的现代主义创作思想和审美意识。《虹》的问世标志着劳伦斯在小说艺术上的一个重要转折。他有意放弃了《儿子与情人》中的那种较为规范的叙述手法,采用一种全新的语体来探索人物微妙的心理世界。今天,越来越多的评论家认为,"这本小说的语言及其思想与情感是现代的,甚至是现代主义的"。连劳伦斯本人也声称,《虹》仿佛"是一部用外语写成的小说"。劳伦斯创造性地运用了一种新的小说形式来表现旧式宗法社会全面解体过程中的两性关系和现代工业制度对人性、婚姻及家庭的消极影响。从表面上看,《虹》通过对布朗温一家三代人的生活经历的描写反映了传统的现实主义小说中常见的题材,即普通人的生老病死和婚丧嫁娶。然而,劳伦斯进一步发展了小说的模式及其历史意识,采用一种新型的小说艺术来表现普通人的生活经历和情感世界,从而有力地推动了英语小说现代化的进程。

《虹》全书共分十六章,生动地描绘了居住在诺丁汉郡马希农场上的布朗温一家三代人从 19 世纪中叶至 20 世纪初的生活经历。富裕农民汤姆·布朗温同一位名叫莉迪亚的波兰寡妇结婚。莉迪亚与前夫生有一个女儿名叫安娜。长期以来,母女俩一直相依为命。安娜长大后与威尔·布朗温结婚。由于二人在性格上具有很大的差异,因此,他们婚后不久便出现了感情冲突。尽管如此,他们还是生育了一群活泼可爱的孩子,其中大女儿厄秀拉是父亲的掌上明珠。厄秀拉八岁那年,祖父汤姆被洪水淹死,这使她幼小的心灵受到了伤害。厄秀拉代表了技术时代的新女性,其具有强烈的现代意识和独立精神。后来,她同英国陆军中尉斯克里宾斯基相爱。但不久,布尔战争爆发,这位年轻军官奉命赴南非参战。随后,厄秀拉与她中学的女教师英格尔发生了短暂的同性恋。在经历了一番感情波折之后,英格尔与厄秀拉的一位当经理的叔叔结婚,而厄秀拉则不顾父母的反对到当地一所学校任教。两年后,她进入诺丁汉大学攻读学士课程。在她大学毕业前夕,斯克里宾斯基从战场返回家园。经过一段时间的交往之后,厄秀拉逐渐对斯克里宾斯基的人格和价值观感到失望,于是同他中断了恋爱关系。斯克里宾斯基在同上校的女儿仓促结婚之后便去印度为殖民者效劳。厄秀拉在经受了感情的折磨和流产的痛苦之后获得了新的力量。小说结尾,她看到了丑陋的工业世界上空悬挂着一条美丽的彩虹,不禁百感交集,对人生产生了新的感悟。

《虹》是一部以心理探索为宗旨的现代主义小说。劳伦斯曾经明确指出:"看得见的世界并不真实,看不见的世界才实实在在。一个人必须从那里开始生活与工作。"为了深刻揭示社会急剧演变时期人们的心理现实及其婚姻、家庭与两性关系,劳伦斯不仅成功地创造了一种新的小说模式,而且还发展了一种与人物不断涌动的情感之流和血的意识相吻合的小说语体。在作品的谋篇布局上,劳伦斯也果断地摈弃了传统的创作规则。在他看来,"它们只是对那些模仿其他小说的小说行之有效"。他劝别人"不要按照某些人物的线索来观察这部小说的发展进程,因为这些人物归于某种富有节奏的形式"。然而,《虹》的一个最显著的现代主义特征莫过于其结构形式的"开放性"和"延展性"。也就是说,小说的事件并不朝着死亡或婚礼等传统的结局模式发展,而是体现了一种不断拓宽、继续延展的进程。与传统小说不同的是,安娜的婚礼出现在小说的三分之一处,而在小说结尾厄秀拉并未与斯克里宾斯基结婚。从某种意义上来说,《虹》所反映的布朗温一家三代人的生活经历并不是建立在一种直线发展的结构之上,而是体现了一个不断扩展的过程,犹如一个滚动的雪球一般,越滚越大。事实上,当厄秀拉开始寻求自我、探索男性世界时,她面临的是一次无止境的心灵的旅程。因此,《虹》的结尾不是真正的结局,而是这一旅程的一个新的开端,同时也为其姐妹篇《恋爱中的女人》的开局奠定了基础。显然,《虹》的这种"开放性"和"延展性"结构不仅充分体现了劳伦斯的实验精神,而且也首次向人们展示了以心理探索为宗旨的现代主义内省小说的新颖模式。

《虹》全面体现了劳伦斯的现代主义思想和创新精神。劳伦斯通过布朗温一家三代人的生活经历深刻揭示了人们在旧式的宗法社会向新型的工业社会转化过程中的性意识和婚姻关系,从而使心理探索与社会批判融为一体。在《虹》中,劳伦斯不仅创造了一种新颖的小说模式,而且还发展了一种独特的小说语体,充分体现了他的现代主义审美观念和艺术倾向。然而,作者并未因此而感到心满意足,他的下一部长篇小说《恋爱中的女人》体现了他对小说艺术的进一步追求。

## 三、《恋爱中的女人》

《恋爱中的女人》是劳伦斯的"布朗温世系"的第二部。作为《虹》的姐妹篇,这部小说进一步探索了厄秀拉及其妹妹古德伦在第一次世界大战前夕的心理现实。劳伦斯曾明确指出:"《虹》与《恋爱中的女人》的确是艺术的有机统一。"然而,后者在艺术上绝不是对前者的模仿或重复,而是再次体现了作者的独创精神与革新意识。《恋爱中的女人》不仅生动地描述了几位青年男女之间的恋爱关系和感情冲突,而且还深刻反映了 20 世纪初英国的现实生活和时代气息。劳伦斯借人物之口表达了同时代的人对工业主义、民族主义、现代美学和现代主义艺术等问题的认识与态度。不仅如此,《恋爱中的女人》进一步探索了现代人的性意识和情感世界,再次通过男女之间的恋爱和婚姻关系来揭示自我与社会之间的激烈冲突。正如劳伦斯在这部小说的序言中所说:"我们现在正处于一个危机时代。每一个活着的人都在与自己的灵魂进行激烈的斗争。"他公开声称:这部小说是"对自我的最深沉的经验的记录"。不言而喻,劳伦斯对现代经验和现代意识的生动表现使《恋爱中的女人》成为"康拉德、乔伊斯和艾略特所创作的在一个复杂而无序的世界中建立艺术同一性的现代主义作品的忠实伴侣"。

《恋爱中的女人》全书共三十一章。作品生动地描绘了英国中部的煤区小镇贝尔多佛的几位青年男女的恋爱生活。厄秀拉是当地一所普通中学的教师,她妹妹古德伦不久前从伦敦的一所艺术学校回到家中。姐妹俩先后结识了当地的学校监察员伯金和煤矿主杰拉尔德。厄秀拉与伯金相见恨晚,而古德伦与杰拉尔德则一见倾心。然而,伯金与贵妇人赫梅尔妮关系暧昧。在经历了激烈的心理冲突和感情波折之后,伯金中断了与赫梅尔妮的关系,与厄秀拉结婚。与此同时,古德伦同杰拉尔德之间的关系却出现了裂痕。这位工业巨子的傲慢、自私与冷酷使古德伦大失所望,两人争吵不休,使冲突加剧。婚后,伯金并不满足他与厄秀拉的两性关系,于是,向体格健美但精神空虚的杰拉尔德表示了爱心,试图追求一种所谓"血谊兄弟"般的同性关系。然而,杰拉尔德对这种畸形的同性恋却感到不知所措。不久,厄秀拉与伯金、古德伦与杰拉尔德结伴前往奥地利境内的阿尔卑斯山区旅行。其间,古德伦与一名德国颓废艺术家过于亲热,从而使她与杰拉尔德的关系进一步恶化。杰拉尔德在痛苦和绝望之中独自出走,最终倒在积雪中身亡。小说结尾,古德伦去了德国东部城市德累斯顿,而厄秀拉与伯金则依然无法摆脱他们在婚姻中所面临的困境。

同《虹》一样,《恋爱中的女人》也采用了一个开放性的结尾,从而再次展示了劳伦斯的现代主义艺术倾向。尽管杰拉尔德的死亡使他与古德伦之间的关系就此了结,但厄秀拉与伯金之间的感情冲突却还在延续,他们婚姻关系中的许多问题依然悬而未决。

在《恋爱中的女人》中,劳伦斯的语体再次显示了令人无法抗拒的艺术魅力。同伍尔夫和海明威等现代主义小说家一样,劳伦斯十分强调语言文体的表意功能和对小说主题的渲染作用。他经常采用隐喻和类比等手法来描绘人物复杂的心理变化与技术时代两性关系的严重危机。引人注意的是,他不时采用物理意义上的剧烈动作来折射人物激烈的心理冲突。劳伦斯曾明确表示:"人类的物理现象,即非人性的成分,比陈旧的人性的成分更使我感兴趣。"在《恋爱中的女人》中,劳伦斯经常使用具有隐喻效果的语体来描绘人物的剧烈动作,并借此揭示出生动的心理画面。

《恋爱中的女人》成功地将心理探索与社会批判交织一体,深刻地揭示了第一次世界大战前后英国青年一代的精神危机。为了充分展示现代工业机器对人性的严重压抑和摧残,劳伦斯不遗余力地将现代西方人的性意识和性关系作为小说的重要内容加以表现,取得了巨大的成功。

## 四、《查泰莱夫人的情人》

《查泰莱夫人的情人》是劳伦斯的最后一部长篇小说,也是现代英国小说史上最有争议的作品之一。"就其内在的艺术价值而言,《查泰莱夫人的情人》算不上一部杰作,但它遭受谴责和起诉的历史确实提高了它的重要性。"由于作者对性行为直率和大胆的描写,这部小说于 1928 年在意大利问世后即遭到有关当局的查禁。虽然《查泰莱夫人的情人》的盗版本早已在欧美大陆广为流传,但直到 1944 年这部小说的删节本才得以进入美国市场。而英国当局于 1960 年才最终取消对这部长期以来被视为洪水猛兽的文学作品的禁令。同乔伊斯的意识流长篇小说《尤利西斯》一样,《查泰莱夫人的情人》已经成为 20 世纪上半叶现代主义作家与政府审查制度长期斗争的焦点。半个多世纪以来,这部小说在文学评论界引起了强烈的反响和激烈的争论。有人称之为"一个由精力充沛的中毒的天才创造的邪恶的里程碑",也有人将其视作"英国文学中第一部向我们直率和诚实地描绘性行为的严肃的小说"。今天,依然将《查泰莱夫人的情人》视作"色情小说"或"下流作品"的人似乎并不多见。人们仿佛已经达成了这样一种共识:这是一部直接从性爱的角度来探索现代工业社会中人性和人际关系的严肃的文学作品。正如劳伦斯本人所说:"这部小说的确没有什么不妥之处,我总是努力争取达到同一个目标,即让性关系变得既可靠又珍贵,而不是可耻。这是我走得最远的一部小说。"显然,《查泰莱夫人的情人》不但进一步反映了劳伦斯独特的审美意识,而且也成为 20 世纪最著名的一部以性爱为主题的现代主义小说。

《查泰莱夫人的情人》全书共十九章,故事背景为英国中部的煤区小镇特弗希尔。小说生动地描绘了克利福德·查泰莱爵士的太太康妮与自家的猎场看守人梅勒斯之间的两性关系。艺术家的女儿康妮从小生活在国外。第一次世界大战前夕,她返回家乡,并与男爵的儿子克利福德结婚。不久,克利福德赴前线参战。战争结束后,克利福德返回家乡,并继承了其父亲在雷格比庄园的遗产。然而,他在战争中负了重伤,下身瘫痪,只得在轮椅上度过余年。康妮在精神上深受打击,对生活悲观失望,并与丈夫之间的感情也日趋疏远。她经常独自到庄园附近的小树林去散步,以摆脱家庭的沉闷气氛和本人的烦恼情绪。不久,康妮与庄园的猎场看守人(同妻子分居)的梅勒斯交往密切。梅勒斯健壮的体魄和男子汉的气概使她春意萌动,兴奋不已。梅勒斯不仅使康妮享受到了人间的快乐,而且也使她精神振奋、青春焕发。当康妮怀孕后,她与其姐姐希尔达共同前往威尼斯和家人商讨离婚之事。与此同时,梅勒斯的妻子伯莎四处传播有关其丈夫与康妮的丑闻。克利福德闻讯之后大发雷霆,即刻解雇了梅勒斯。康妮回到庄园后将此事如实地告诉了丈夫,并向他提出离婚。而克利福德则断然拒绝她的要求。小说以康妮与梅勒斯之间频繁的书信来往而告终。

《查泰莱夫人的情人》是一部内涵深刻、题材独特的现代主义小说。它不仅超出了普通心理小说的艺术范畴,而且还反映了劳伦斯在他创作后期审美意识的重大变化。读者不难发现,这部小说在更加直截了当地描写性行为的同时充分展示了男性力量的强盛。如果说,原先作者笔下的男主人公保罗、斯克里宾斯基、伯金和杰拉尔德不同程度地体现了男性力量的变态、堕落或死亡,那么《查泰莱夫人的情人》中的梅勒斯则象征着阳刚之气的复原。正如劳伦斯本人所说,他试图通过这部小说"在意识上对基本的自然现实做明确而有力的调整",将男性力量描绘成生命的源泉和自然的象征。显然,劳伦斯既不想通过对性行为大胆、直率的描写来改变读者的趣味和英国文学的发展方向,也不想号召人们都不顾自己的婚姻和家庭去寻找他们理想中的康妮或梅勒斯。事实上,劳伦斯试图通过这部小说来表达他赞美生命、向往自然的原始主义情结。在他看来,现代工业制度和机械力量不仅使人性受到严重的摧残,而且也使两性关系遭到极大的破坏。从某种意义上来说,梅勒斯这一文学形象的出现反映了劳伦斯对男性力量和人类自然本能的充分肯定,同时也体现了他试图在现代荒原上寻找一种新的生命源泉的创作动机。在他看来,完美、纯洁的性爱不只是人类的理想或目标,而是可贵的生命之源,是一种巨大的创造力和凝聚力。毫无疑问,《查泰莱夫人的情人》不但深刻反映了劳伦斯现代主义思想的基本内涵,而且也充分体现了他独特的审美意识。

应当指出,在《查泰莱夫人的情人》中,劳伦斯对小说的结构和形式的实验与革新精神已经明显减退,但他对人物的潜意识和性意识的探索却有所加强。尽管这部小说在结构上似乎并无多少现代性可言,但它所反映的人物形象却令人耳目一新。事实上,像康妮和梅勒斯这样的人物无论在传统文学还是在现代主义文学中都是极其罕见的。他们敢于抗拒一切世俗偏见和旧的道德观念,不顾一切地追求完美极致的两性关系,将性爱视作一种神圣的宗教和精神复苏的再生力量。

劳伦斯的创作使艾略特等文学家的心理小说发生了质的变化。他以一个现代主义者特有的目光来审视西方人的性经验和性关系,并深刻揭示了他们血的意识和流动不已的肉体感。显然,他的创作不仅将心理探索提高到一个新的层次,而且也使心理小说的题材、结构和语体产生了重大的变化。劳伦斯在短暂的一生中取得了惊人的成就,为现代主义文学的发展做出了极为重要的贡献。迄今为止,世界各国已经出版和发表的有关劳伦斯的书籍与文章达六千多种,充分反映了他在西方现代文学中的地位和影响。毫无疑问,劳伦斯不仅是继享利·詹姆斯之后英美文坛的又一位重要的心理小说作家,而且也是 20 世纪最杰出的现代主义者之一。

## 第二节　乔伊斯
### ——《青年艺术家的肖像》《尤利西斯》
### 《芬尼根的苏醒》

乔伊斯是西方现代文学史上一位举足轻重的人物,他不仅是现代英美文坛的天王巨星,而且也是举世公认的意识流文学大师。乔伊斯的出现标志着英美意识流小说的真正崛起,而他的经典力作《尤利西斯》的问世则将现代主义文学推向了高潮,使其达到了顶峰。今天,这位爱尔兰出生并长期侨居海外的小说家已经成为现代主义精神的象征,而他的意识流长篇巨著《尤利西斯》也已成为现代主义小说的杰出典范。半个多世纪以来,乔伊斯的小说在西方文坛久盛不衰,不仅对普通读者和专家学者的审美意识产生了深刻的影响,而且对 20 世纪整个西方文学的发展也起到了极为重要的推动作用。

### 一、《青年艺术家的肖像》

《青年艺术家的肖像》是现代英国文学史上一部极为重要的实验小说。它不仅充分反映了乔伊斯从传统走向革新的过程中所表现的一系列现代主义审美观念,而且也为《都柏林人》的"精神顿悟"手法和《尤利西斯》的意识流技巧之间提供了一个必然的过渡。同劳伦斯的《儿子与情人》一样,《青年艺术家的肖像》也是一部自传性很强的心理小说。主人公斯蒂芬·迪德勒斯的成长过程同作者本人的遭遇极为相似。作者从本人的生活经历与精神感受中摄取了丰富的创作素材,成功地塑造了一个为追求高尚的艺术事业而决心摆脱社会、教会和家庭桎梏的青年艺术家的形象。在这部小说中,乔伊斯首次将人物的精神世界作为重要的内容加以表现,使读者有幸领略到人物错综复杂的意识活动。尽管《青年艺术家的肖像》还算不上一部真正的意识流小说,但作者已在一定程度上采用了内心独白、感官印象和自由联想等意识流技巧。因此,它不仅是作者朝现代主义方向迈出的难能可贵的第一步,而且也为我们全面系统地研究意识流小说的发展过程提供了重要的依据。

《青年艺术家的肖像》全书共分五章。作者以生动、细腻的笔触描述了主人公斯蒂芬从婴儿朦胧时期到青年成熟时期的成长过程以及他在道德瘫痪状态中的精神发育和心理发展。斯蒂芬出生在都柏林的一个中产阶级家庭,从小受到各种社会势力的影响和压抑。他从父母身上看到了当时在爱尔兰社会中无孔不入的一股势力:狂热的民族主义和保守的宗教思想。六岁时,斯蒂芬进入一所教会寄宿学校读书。在那里,他不仅感到孤独,而且还经常受到同学的欺侮和嘲弄。圣诞期间,斯蒂芬回家度假,却看到亲友们对刚去世的民族运动领袖帕纳尔的功过争得面红耳赤。不久,斯蒂芬与父亲一起参观了爱尔兰港市科克。其间,他发现自己与父亲缺少共同语言。随着年龄的增长,他的异化感日趋严重。他经常独自一人在都柏林肮脏、狭窄和昏暗的街道上游荡,还曾经投入过一个妓女的怀抱。他无法抵制各种诱惑,更无法抗拒社会、宗教和家庭的影响。在大学期间,斯蒂芬勤奋好学,对艺术和美学产生了浓厚的兴趣。他反对某些师生狭隘与自负的民族心理和故步自封的文化观念,但他因此而在校园内备受冷遇,处于非常孤立的地位。小说结尾,斯蒂芬对人生有了新的感悟。他意识到爱尔兰无法向他提供施展才华的机会,于是决意离家出走,赴欧洲大陆追求艺术。

《青年艺术家的肖像》生动地描述了青年艺术家斯蒂芬从童年到青年的心理成长过程以及他为摆脱腐朽势力追求艺术事业所做的精神斗争。小说自始至终以主人公的心理矛盾和精神感受为基本内容,深刻地揭示了他隐秘的内心世界与各种社会势力之间的冲突。乔伊斯别开生面地采用了形象与象征的手法来表现主人公内心深处错综复杂的意识活动。从某种意识上来说,形象与意识的相互对应,用形象反映意识,并使复杂的意识寓于丰富的形象之中,这是《青年艺术家的肖像》一个十分重要的现代主义艺术特征。在小说中,作者充分显示了运用形象表现意识的创作才华。在他的笔下,每个形象都具有深刻的象征意义和特殊的表意功能。它犹如一个富有弹性的封套,具有无限的扩展性,往往能折射出一个离奇复杂的精神世界。不仅如此,每个形象仿佛都有一种特殊的刺激作用,常常引起人物微妙的心理反应。显然,用鲜明、具体的形象来暗示朦胧抽象的意识,用客观的物象来影射主观的精神世界,这不仅反映了乔伊斯新的创作观念,而且也体现了他对意识流技巧的一次有益的尝试。

乔伊斯用形象反映意识的创作手法是他在全面运用意识流技巧之前所做的一次有益的尝试。他创造性地采用静态和动态形象来表现主人公的心理障碍与发展,使这两组意义相反、作用相仿的形象与人物动静交替的心理特征交织一体,取得了极强的艺术感染力。作者所采用的形象不仅鲜明、逼真,而且具有深刻的象征意义和道德含义。显然,形象的使用极大地渲染了人物的意识,并对铺垫作品气氛、烘托小说主题也起到了十分重要的辅助作用。

综上所述,《青年艺术家的肖像》是一部技巧新颖和内涵深刻的现代主义小说。尽管它还称不上真正的意识流小说,但乔伊斯的许多意识流技巧已在这部作品中得到了初步的尝试和成功的运用。《青年艺术家的肖像》的问世标志着乔伊斯创作生涯的一个新的开端。它不仅为意识流巅峰之作《尤利西斯》的问世奠定了可靠的基础,而且也对我们深入研究意识流小说的发展规律提供了重要的参考价值。

## 二、《尤利西斯》

《尤利西斯》是英美小说史上最富有革新精神的作品,也是乔伊斯对世界文学的一大贡献。这部驰名西方文坛的经典力作不仅代表了意识流文学的最高成就,而且也是现代英美文学史上的一个重要的里程碑。《尤利西斯》充分体现了乔伊斯的现代主义审美观念,是对传统文学的一次有力挑战。乔伊斯标新立异的谋篇布局和创作技巧使人们大开眼界,为现代主义小说的发展开辟了新的途径。乔伊斯成功地发掘了人们头脑中潜意识和无意识的广阔领域,淋漓尽致地描绘了现代经验和现代意识,深刻地反映了爱尔兰乃至整个西方社会中现代人纷乱复杂的心理结构。他大胆地摈弃传统小说的固有模式,突破时空界线,将人物瞬息万变的精神世界和恍惚迷离的意识活动原原本本地展示在读者面前。《尤利西斯》几乎汇集了现代主义文学中所有新奇的艺术手段,它不仅为意识流小说提供了一个成功的范例,而且也对现代主义文学的创作与发展产生了巨大的影响。著名诗人艾略特曾经对《尤利西斯》做了高度的评价:"这部小说是对当今时代最重要的反映,它是一部人人都能从中得到启示而又无法回避的作品。"因此,不了解《尤利西斯》的深刻内涵和独特技巧,就无法真正了解第一次世界大战后整个西方现代主义文学。

在《尤利西斯》中,乔伊斯刻意追求神话与现实、象征与写实之间的巧妙结合和有机统一。他凭借《荷马史诗》的框架结构和智勇双全的伊塔克岛首领尤利西斯在特洛伊战争结束后漂流沦落,历尽艰险,最终返回家乡与妻子珀涅罗珀团圆的故事来讽刺 20 世纪西方社会的现实。在与《奥德赛》基本对应,但并非完全相同的框架结构中,乔伊斯巧妙地摄入了大量的现代社会生活镜头,使历史与今天、神话与现实以及英雄与反英雄相互映照,产生一种强烈的反衬效果。在作者的笔下,现代的尤利西斯(布鲁姆)是个俗不可耐、懦弱无能的庸人;当今的特莱默克斯(斯蒂芬)只是个意志消沉、多愁善感的悲观主义者;而 20 世纪的珀涅罗珀(莫莉)却是个水性杨花、沉湎于肉欲的荡妇。换言之,古希腊神话中英雄的光辉业绩在当时的西方社会里已经蜕变成荒唐和可鄙的现实。这无疑是对西方现代文明莫大的讽刺和无情的嘲弄。

《尤利西斯》不仅具有广泛的象征意义,而且也是西方现代意识的一个缩影。尽管这部小说只是描述了一个人口仅四五十万、面积不过数百平方千米,在西方大都市行列中无足轻重,而且具有十分狭隘的地方观念的普通城市,但作者成功地将这个城市中一天的生活转换成具有普遍象征意义的社会现实。迄今为止,世界上也许还没有一位小说家对一个城市做过如此详尽而又生动的描绘。《尤利西斯》的内容可谓包罗万象,几乎反映了都柏林社会的每一个侧面:街道、商店、酒吧、旅馆、学校、澡堂、博物馆、海滩、教堂、医院和妓院等。不仅如此,小说还涉及哲学、政治、历史、宗教、医学、化学、音乐、魔术、心理学、修辞学、经济学、植物学、建筑学和航海学等领域。正如乔伊斯本人所说,它是"一部百科全书"。作者广征博引、借古讽今,以西方文学的源头为基石,以一个道德瘫痪的城市为焦点,使作品产生广泛的象征意义。在充分表现都柏林生活表象的同时,作者以新颖独特的手法向读者揭示了人物飘忽不定的意识和一个光怪陆离的心理世界,全面展示了在一个动荡不安的社会中人们严重的异化感,从而使他的小说成为西方现代意识的一个缩影。

在《尤利西斯》中,内心独白(interior monologue)是作者使用最多,也是作用最大的一种艺术手法。顾名思义,内心独白是默然无声、一人独操的心理语言,或者说是无声无息的,由语言表示的意识。通常,乔伊斯采用直接内心独白来表现人物的意识活动,即让主人公作为第一人称直接将本人的思想与感受和盘托出。读者看到的是人物原原本本的意识活动。这种由直接内心独白表现的意识不用解释,不受作者的控制或支配,显得极为自然和坦率,的确十分接近思维的实质。此外,人物的内心独白在小说中通行无阻,并且同作者的第三人称叙述之间的接轨也十分自然。乔伊斯似乎从来不用"他想"或"他对自己说"等解释性词语,也极少在叙述语和内心独白之间插入其他次要成分。他在转轨或接轨时只是巧妙地将人称或时态做相应的调整,一般不留明显的痕迹,读者往往在不知不觉的情况下感受到人物的意识领域。

综上所说,乔伊斯的意识流技巧成功地表现了人物见诸文字前尚属隐晦、混沌的思绪与浮想,真实地描绘了人物杂乱无章、稍纵即逝的意识活动。他别具一格的艺术手法不仅使19世纪的传统作家望尘莫及,而且也使20世纪的绝大多数作家自惭形秽。《尤利西斯》通过都柏林三个普通市民一天的感性生活揭示了一个危机四伏的世界和极端异化的时代,并使1904年6月16日的都柏林成为一个无始无终、无穷无尽、永远无法回避的绝对而又无情的现实。显然,《尤利西斯》的问世不仅为现代主义小说的发展开辟了新的途径,而且也标志着自文艺复兴时期以来的英雄文学的结束。作者笔下的布鲁姆是西方"现代人"的象征。他那既可怜又可笑的神情,含羞忍辱、胆小怕事的性格以及庸庸碌碌、俗不可耐的举止使他成为20世纪当之无愧的最佳反英雄人物。毋庸置疑,《尤利西斯》不仅代表了意识流小说的最高成就,而且也成为世界文学史上一个重要的里程碑。

### 三、《芬尼根的苏醒》

也许只有乔伊斯这样的艺术天才方能写出《芬尼根的苏醒》这样的小说。也许世界文坛今后不会再出现像《芬尼根的苏醒》这样的作品了。概括地说,这是一部在西方评论界地位极高、争议极大、问津者极少而至今仍无人能完全读懂的作品。继《尤利西斯》之后,乔伊斯花了整整十七年的时间完成了他最后一部连专家学者都望而却步的意识流小说。如果说《尤利西斯》生动地展示了醒着的都柏林人在白天的精神活动,那么,《芬尼根的苏醒》则详尽地描绘了一个睡着的家庭在黑夜的梦幻意识。就此而论,这两部小说可算是姐妹篇,或者说,后者是前者的继续与发展。在创作后期,乔伊斯的意识流技巧由成熟逐步走向老练,由清晰逐步变得晦涩,并体现出越来越朦胧化的倾向。在《芬尼根的苏醒》中,他将意识流技巧推向了极限,最终使这种原本生动活泼、富于极强表现力的艺术手法超越了合理的界限。《芬尼根的苏醒》的问世不仅标志着现代主义文学的形势危机,而且也拉开了后现代主义文学的序幕。《芬尼根的苏醒》以其独特的多语种艺术、多义符号以及内涵深刻的文字密码将作者的现代主义审美意识推向了一个新的高度。尽管这部小说的艰涩程度令人难以想象,但它不仅引起了世界各地一部分有志献身于"乔伊斯工业"的忠实学子的浓厚兴趣,而且也受到了不少后现代主义作家的极力推崇。作者曾戏称这部作品将"使评论家至少忙上三百年",但不到半个世纪,《芬尼根的苏醒》的基本内容与情节已见端倪。

《芬尼根的苏醒》全书分为四个部分,共十七章。小说开局正值黄昏时分。此刻,天空雷声隆隆、闪电不断。在都柏林郊区的一个酒吧外,酒店老板伊厄威克的三个孩子正与镇上的一些姑娘玩耍。他的两个孪生儿子森与桑为博得姑娘们的欢心而争风吃醋。显然,桑更受女孩们的青睐。吃罢晚饭,三个孩子上楼去做老师布置的作业。其间,森与桑继续争吵不休,而他们的妹妹伊莎贝尔则保持中立。此刻,楼下店堂里顾客盈门,收音机不时发出一阵阵喧闹声。店主伊厄威克一边做生意,一边向顾客讲述各种趣闻,忙得不可开交。午夜时分,客人离去,酒店关门。已有几分醉意的伊厄威克将顾客杯中剩下的各种酒喝得一干二净。这时,外面有人猛敲店门,想要进店喝酒,遭拒绝后便对店主肆意辱骂。酒店女佣凯特被吵声惊醒后跑下楼来,只见酒店老板已是酩酊大醉,一丝不挂地站在店堂中。伊厄威克在上楼时从楼梯上不慎摔了下来。当他与妻子安娜同枕共寝时,森和桑则在暗中窥视父母的秘密。随后,伊厄威克在睡梦中开始了他的噩梦与狂想。家庭的其他成员也在梦呓与幻觉中度过了这个夜晚。清晨,安娜望着身边一丝不挂的丈夫,百感交集,浮想联翩。小说以安娜长达十页的内心独白而告终。

作为一部意识流小说,《芬尼根的苏醒》的故事情节不仅十分简单,而且平淡无奇。就此而言,它与《尤利西斯》有着惊人的相似之处。然而,它的轮廓与内容却比《尤利西斯》更加朦胧和晦涩。这似乎情有可原,因为它是一部致力表现人物夜间梦幻意识的现代主义小说。阅读《芬尼根的苏醒》的难度既令人震惊,又令人生畏。对英语国家的读者来说,阅读这部意识流小说的困难程度绝不亚于阅读一部古代拉丁文作品。令人遗憾的是,乔伊斯在他的最后一部作品中显示出更加不愿与读者携手合作的态度,从而使《芬尼根的苏醒》与读者之间存在着一道简直无法逾越的障碍。最令人困惑的莫过于小说的语言。作者采用了一种世界语言史上绝无仅有的"梦语"来表现黑夜的梦幻意识。他通过对英语词汇的重新组合与改编创造出无数令人费解的杜撰新词。他似乎并不满足于双关语的表意功能,经常将几个词的多种意义注入同一个词汇,并利用语言的音韵效果来渲染作品的主题。此外,他还运用了十几种外国文字,使作品几乎成了一个充满代码和文字谜语的语言殿堂。

在主题上,《芬尼根的苏醒》明显地受到了18世纪初意大利著名哲学家詹巴蒂斯塔·维科的历史循环论的影响。维科认为人类历史处于反复更迭和不断循环之中,每一个周期包括"神灵时代""英雄时代""凡人时代"和"混乱时代"四个历史阶段,尔后又回到起点,周而复始,循环不已。在维科看来,人类社会必然从上帝创世纪开始,经过君王贵族统治和民主政治阶段,最终走向虚无主义和无政府主义。乔伊斯认为,历史正处于维科所说的第四阶段,即一个危机四伏、文明衰落、无政府主义猖獗的混乱时代。为了充分表现这一思想主题,作者有意采用了以一夜为布局的小说框架,用茫茫黑夜来象征暗无天日、混乱无序的现代社会,用黎明的来临和芬尼根的苏醒来象征混乱时代的结束与新时代的开始。为此,《芬尼根的苏醒》的结构与维科的历史循环论之间存在着明显的对应关系。小说的四个部分"人类堕落""斗争""人性"和"更生"与维科所说的四个历史阶段基本吻合,明显地反映了时代交替更迭、历史循环不已的哲学观点。

在谋篇布局和时间安排上,《芬尼根的苏醒》与《尤利西斯》之间保持着一种对应关系。小说以傍晚开局,并以次日清晨结束。仅仅一夜之间,爱尔兰乃至全世界的历史从伊厄威克的醉梦中飘然而过,上下几千年,纵横数万里,一切有形无形、虚虚实实的事物像幽灵一般在茫茫黑夜中飘来转去,在人物的梦幻意识中不断游荡。在《芬尼根的苏醒》中,尽管钟表时间依然存在,但它的作用与其在《尤利西斯》中相比显得更加微不足道,只是为小说提供了一个模糊的轮廓。此外,《芬尼根的苏醒》从傍晚到黎明的框架同《尤利西斯》从早晨到深夜的布局恰好同作者的历史与自然循环不已的观点完全吻合。显然,作者试图通过这样一个艺术循环来展示人类历史的基本规律。

作为一部意识流小说,《芬尼根的苏醒》的主题是严肃的,作者的创作意图也是明确的。他以离经叛道的艺术形式来表现两次世界大战期间西方人的混乱意识。然而,乔伊斯超越合理界线的表现方式和令人费解的文字谜语不仅无法使这部作品产生应有的社会效果,而且也无法使其在普通读者中引起共鸣。令人遗憾的是,乔伊斯在他的晚年向世界展示了一个令人永远无法走出的迷宫,使英语意识流小说最终走向了极端。

毋庸置疑,乔伊斯的意识流小说在现代西方文坛引起了一场强烈的地震,其震动之猛、影响之大在世界文学史上是罕见的。他的创作不仅使意识流小说进入了全盛时期,而且还将英美现代主义文学推向了高潮。他以时间与意识为核心,深刻地揭示了一代人的精神危机和病态心理。正如伍尔夫所说:"乔伊斯先生是精神主义者。他不惜任何代价来揭示内心火焰的闪光……将一切在他看来是外来的因素统统抛弃。"乔伊斯勇敢的实验精神和非凡的艺术才华使他不仅成为 20 世纪最杰出的意识流作家,而且也无可争议地被公认为现代世界文学史上最有影响的作家之一。

## 第三节　伍尔夫
### ——《达洛威夫人》《到灯塔去》《海浪》

伍尔夫是英语意识流小说的另一位重要代表人物,也是现代英国文学史上最杰出的女作家。自 1925 年起,伍尔夫开始在她的作品《达洛威夫人》《到灯塔去》《海浪》等作品中尝试意识流这一写作技巧。伍尔夫通过小说的实验创造了极具特色的意识流小说的内心独白、自由联想以及视角转换写作技巧。

### 一、《达洛威夫人》

《达洛威夫人》是 20 世纪英美意识流小说中的上乘之作。在这部小说中,伍尔夫不仅找到了符合自己的创作意图及适合表现自己所说的那种生活的艺术形式,而且也形成了自己独特的创作风格,并完全脱离了传统的轨道。在创作这部小说时,伍尔夫对她的构思充满了自信。她在自己的日记中写道:"我认为这种设计比我其他任何作品中的设计更加出色。"伍尔夫对小说结构与布局的关注充分表明了她试图对现代小说进行彻底改革与创新的决心。值得注意的是,《达洛威夫人》在结构与技巧上同《尤利西斯》有着惊人的相似之处。这部意识流小说也以一日为框架,详尽地记述了一位英国国会议员的妻子达洛威夫人和一位名叫史密斯的精神病患者从上午九点到午夜时分约十五个小时的生活经历。从作者对小说的时间与空间的处理以及对人物意识的表现手法来看,《达洛威夫人》不仅具有十分明显的现代主义特征,而且也体现了意识流小说发展过程中无独有偶的创作模式①。

作为一部意识流小说,《达洛威夫人》的故事情节十分简单,且平淡无奇。小说包含了两条并行不悖的故事线索,生动地描述了达洛威夫人在伦敦街头熙来攘往的人群车流中的凝思遐想和史密斯在街头神志恍惚、精神失常的情景。六月的早晨,英国上层社会的家庭主妇达洛威夫人为准备家庭晚会上街买花。她一路上心游神移,浮想联翩。年过半百的达洛威夫人虽然过着优裕富贵的生活,但却寂寞无聊,整天生活在一种莫名的孤独与焦虑之中。她从住宅到花店一路上触景生情,心猿意马。与此同时,小说的另一个主要人物史密斯在妻子的陪同下也在街上游荡。这位在第一次世界大战中因受炮弹惊吓而患精神病的退伍军人整日胡思乱想、惊恐不安。一辆行驶在庞德街上的汽车发出的巨大噪声和一架在伦敦上空为太妃糖做广告的飞机先后引起了达洛威夫人与史密斯的无限遐想。下午,达洛威夫人与她三十年前的恋人彼得相会,但两人视同陌生人,昔日的恋情已荡然无存。晚上,达洛威家贵客盈门,高朋满座,直到深夜才曲终席散。小说结尾,史密斯自杀身亡,从而使自己受伤的灵魂得到彻底的解脱。而达洛威夫人则感到无限惆怅,并将继续孤零零地面对人生。

伍尔夫通过小说的实验创造了极具特色的意识流小说的内心独白、自由联想以及视角转换写作技巧,在《达洛威夫人》中多次体现。首先是内心独白。内心独白原是戏剧术语,指规定情境中人物行动过程的思想活动。在文学中,内心独白是人物语言的表现形式之一。直接内心独白是伍尔夫意识流小说创作技巧之一。直接内心独白是指描写这样的独白时既无作者介入其中,也无假设的听众,它可以将意识直接展示给读者,而无须作者作为中介来向读者介绍。在《达洛威夫人》中,克拉丽莎通过内心独白及自我分析来展示自己。下面的内心独白体现了达洛威夫人的自我分析以及对自己的评估。

---

① 王蕾:《〈达洛威夫人〉中意识流写作技巧的分析》,《青年文学家》2013 年第 20 期,第 32 页。

> She felt very young; at the same time unspeakably aged. She sliced like a knife through everything; at the same time was outside, looking on. (Woolf, 1996:10).
>
> She knew nothing, no language, no history. (Woolf, 1996:11)

达洛威夫人内心很渴望当她进来时,所有人都很欢迎她。通过内心独白,作者向读者展示了达洛威夫人的多面性,以及全面的人物性格。

其次是自由联想。自由联想是描绘人物内心世界的重要写作手法之一。在《现代小说》一书中,伍尔夫直接阐述了自由联想的写作技巧:

> Let us record the atom as they fall upon the mind in the order in which they fall, let us trace the pattern, however disconnected and incoherent in appearance, which each sight or incident scores upon the consciousness. (Woolf, 1996:104)

在《达洛威夫人》开篇之处就出现了一系列的自由联想,将读者直接带入人物的内心世界。在一个晴朗的早晨,达洛威夫人打开窗户,正思量着为晚上的聚会购买食物。美好的天气使她联想起自己逝去的青春,以及她年轻时与彼得的热恋情形,随后她又思量到自己嫁给可靠的达洛威,而不是捉摸不透的彼得是否是正确的决定。在这一系列的自由联想中,从她打开落地窗呼吸到早晨新鲜的空气,思绪又跳入现实生活中,再走进回忆中,之后回到了自我分析。

再次是视角转换。视角转换是指对于人物性格的塑造不是通过作者的直接描述,而是通过自我的分析及他人的内心世界和心理活动。《达洛威夫人》是伍尔夫运用视角转换写作技巧的典型之作。伍尔夫没有直接描写达洛威夫人,而是通过他人对达洛威夫人的印象以及内心独白来刻画人物。在普威士眼中,达洛威夫人是迷人的女人;在露西的眼中,达洛威夫人是她最羡慕的人;在皮姆的眼中,达洛威夫人是天使,只是现在看上去有些岁月的痕迹了。达洛威夫人的举止优雅,但身体虚弱;她善良大方,但对一些人是势利的;她性格外向,善于交际,但有时对这些事情却持批评态度。通过这种多重视角转换,读者能够看到矛盾的、复杂的达洛威夫人人物形象。

在《达洛威夫人》中,伍尔夫以新颖独特的创作技巧揭示了极为深刻的社会主题。尽管作者的故事已经结束,但它并不是有了一个圆满的结局,而是因为小说以一日为布局的框架与内在结构达到了自身的完美和和谐。史密斯只能在死亡中实现他的全部价值，而达洛威夫人家无聊得不能再无聊的晚会也已曲终席散。作者最终为西方人的意识流颤音画上了一个耐人寻味的休止符。达洛威夫人将在新的时间与空间内孤零零地面对人生的真谛，继续在严酷的现实中探本穷源，寻觅精神上的寄托。这种探索在伍尔夫的下一部意识流小说中以新的艺术形式体现出来，并且具有更丰富的内涵和更深刻的象征意义。作者为她笔下的人物告别黑暗提供了一条幽深曲折的途径:到灯塔去。

## 二、《到灯塔去》

随着《达洛威夫人》的问世，伍尔夫的创作技巧日趋成熟，逐渐完善。随着她艺术观念的不断更新，她的意识流小说在形式上也产生了相应的变化。如果说《达洛威夫人》在创作技巧和框架结构上与《尤利西斯》比较相似，那么伍尔夫的意识流代表作《到灯塔去》在谋篇布局和时间安排上则与《芬尼根的苏醒》有些雷同。这两部意识流小说的一个最显著的共同特征便是采用了一个以傍晚到早晨为时间顺序的框架。显然，伍尔夫与乔伊斯几乎同时对以一夜为布局的小说产生了浓厚的兴趣。不仅如此，这两部作品均以一个家庭为小说背景，以时间和意识为中心，从而再次证明了英语意识流小说发展过程中有趣的巧合与雷同。概括地说，《到灯塔去》是一部具有浓郁的象征主义和极为诗歌化的意识流小说，作者不但向我们提供了观察生活与世界的一种新的角度和透视方式，而且也向我们展示了一种新的审美态度，在这部小说中，我们不再领略达洛威夫人那种飘忽不定的凝思遐想或史密斯那种纷乱复杂的意识活动，而是感到了一种美妙的旋律和朦胧的印象。显然，《到灯塔去》是伍尔夫对意识流创作的又一次成功的尝试。

《到灯塔去》由长短不一的三个部分组成，在谋篇布局和情节安排上具有独到之处，令人耳目一新。第一部分"窗口"占全书篇幅的一半以上，它所叙述的事件发生在九月的一个黄昏，地点是拉姆齐夫妇在海滨的夏日别墅，人物除拉姆齐夫妇外还包括他们的几个孩子和几位来访的客人。这部分主要揭示了各种人物的性格及其相互关系，并叙述了拉姆齐一家到灯塔去的计划以及因天气恶劣而使计划失败的过程。第二部分"时光流逝"仅占全书篇幅的十分之一，然而它却以抒情的笔调勾勒了十年的人世沧桑。作者采用象征着痛苦与死亡的黑暗来表现十年的动乱和变迁。在茫茫的黑夜中，拉姆齐太太不幸去世,一个儿子捐躯疆场,一个女儿死于难产,全家备受磨难。与此同时,拉姆齐家的海滨别墅在风雨的侵蚀和岁月的风化中也变得陈旧不堪。这一部分就像前后两幕的间奏曲,成功地将十年的不幸压缩到象征性的一夜之内加以表现。第三部分"灯塔"揭示了全书最富于诗意和最充满激情的一幕。黑夜过去,光明重现,拉姆齐先生与孩子们在十年后的一个上午重返别墅。十年一梦,弹指一挥间,误解与隔阂已成为历史。在拉姆齐先生的率领下,全家泛舟驶向灯塔,了却了埋在心中长达十年的夙愿,完成了这一漫长的心灵的旅程。小说以拉姆齐家的帆船到达灯塔和莉丽小姐挥笔完成十年前开始创作的那幅油画而圆满结束。

《到灯塔去》以完美与和谐的结构形式充分展示了伍尔夫非凡的艺术功力,同时也体现了她对意识流小说的结构与布局的进一步探索和实验。她巧妙地将这部小说的框架建立在一种异乎寻常的时间顺序上:第一部分描述了一个傍晚的情景;第三部分叙述了一个上午所发生的一切;而在这两幕之间则是象征着茫茫黑夜的十年动乱与不幸。作品在时间上既中断,又延续;既有压缩,又有扩展,再次显示了伍尔夫在处理小说的结构和时间问题方面卓越的艺术才华。从审美的角度来看,像《到灯塔去》这样的作品在现代英语小说史上并不多见,它充分反映了作者在进一步发展与完善意识流小说方面所取得的可喜成果。

《到灯塔去》深刻地揭示了人物的感性生活,探索了精神世界与客观现实之间的联系,并且挖掘了位于表象之下的内在真实。读者发现,《达洛威夫人》中的那种焦虑、恐惧和严重的异化感在这里已被淡化,而笼罩着灯塔世界的则是一种平静与安宁的气氛。不仅如此,《达洛威夫人》中的蒙太奇和时空跳跃等意识流技巧在这里也已悄然撤离,代之的是微妙的印象、丰富的情感和对人类命运与生活本质的沉思。这种印象与情感几乎渗透于小说的每一幅生活画面之中,充分显示了作者希望从动乱中求得宁静,从混沌中寻求秩序的创作意图。不少评论家认为,在这部意识流小说中,作者的创作技巧变得更加精湛和纯熟。她采取了间接内心独白的手法从各个不同的角度来揭示人物微妙的心理变化,并自由地出入于人物的情感世界。此外,她通过作品视角的频繁转换不断使人物的意识互相渗透,并以此来揭示人物的真实性格和作品的全部意义与内涵。伍尔夫的意识流技巧将人物瞬间的感官印象描绘得丝丝入扣,其捕捉人物情感意识的印象主义手法既细致入微,又包罗万象;既朦胧含蓄,又充满了诗的意蕴。她在小说中投放了种种暗示,也留下许多空白,往往使读者产生了一种只可意会而不可言传的感觉,从而不得不凭借自己的生活经验和精神感受去把握人物的内在真实。

应当指出,《到灯塔去》集中反映了生活中最重要的两种关系,即人与人之间的关系以及精神世界和客观现实之间的关系。整部小说对如何妥善处理这两种关系进行了深入的探索。在这部作品中,伍尔夫似乎有意在这两种关系之间建立某种联系,使其达到统一与和谐,并力图在混乱与矛盾之中建立某种秩序。《到灯塔去》在一定程度上反映了第一次世界大战后西方人在焦虑与恐惧之中渴望平静、安宁和祥和的心态。作者似乎在向人们暗示:人类只有通过互谅互爱才能摆脱痛苦,只有放弃自私与冷漠才能使精神得到升华、使心灵得到净化。人们在克服了自身的狭隘心理和消除了与他人之间的隔阂之后便能步入一种崇高的精神境界,从而摆脱时间的束缚和死亡的威胁。就此而论,《到灯塔去》不只是一次物质意义上的航行,而且还是一次发现自我、探索真理、超越个人和步入新的精神境界的心灵的旅行。

《到灯塔去》是一部别具一格的意识流小说。伍尔夫的创作技巧在此有了新的发展与突破。她似乎有意回避自己在《达洛威夫人》中所涉及的尖锐的社会矛盾,而是从抽象的角度来揭示人际关系和生活的本质,其表现手法往往具有十分隐晦的象征意义,甚至带有非常浓郁的神秘色彩。伍尔夫不但通过人物的内省与直觉来揭示他们的性格,而且也通过捕捉瞬间的情绪波动和心理变化来展示作品的主题。她采用富于诗意和优美旋律的抒情语体来记录人物的感性生活,使读者不知不觉地步入人物的精神世界去把握他们心灵的脉搏。人物的不少内心独白意味蕴藉,只能意会而难以言传,有些甚至超越了我们的理解能力。作者的意识流语体韵律悠扬、节奏明快,既有散文的风格,又有诗歌的意境,充分体现了她高雅的艺术情趣和超凡的审美意识。

不言而喻,《到灯塔去》展示了一种用于观察精神世界和内在真实的新的透视方式。尽管它缺乏《达洛威夫人》所揭示的那种深刻的社会主题,更缺乏《尤利西斯》所反映的那种广阔的生活图景和严重的精神危机,但它完美无瑕的结构形式、富于诗意而具有旋律的优美文体,以及作者在表现人物情感和印象时所体现的精湛技巧,使我们又一次领略了20世纪英语意识流小说的风采,目睹了英美现代主义文学史上的又一座辉煌的里程碑。

## 三、《海浪》

《海浪》是伍尔夫继《到灯塔去》之后出版的又一部重要的意识流小说。

不少评论家认为,《海浪》是伍尔夫所创作的最复杂、最抽象的一部作品。作者对小说形式的实验与改革在这部作品中几乎达到了无以复加的地步。她在日记中曾对这部小说的构思做过明确的说明:

> ……我一生中从未处理过如此模糊而又如此复杂的布局;每当我在作品中写一个词,我不得不考虑它与其他许多词语之间的关系。尽管我可以无拘无束地写下去,但我总要不时地停下来考虑整部小说的效果。

尽管《海浪》和《青年艺术家的肖像》在出版时间上前后相隔十五年,但它们均成功地探索了西方现代都市中的青年在混乱无序的现实生活中寻找自我的痛苦经历。如果说,《青年艺术家的肖像》深刻地描述了青年艺术家斯蒂芬在反抗家庭、教会和爱尔兰社会过程中所表现的个人意识,那么《海浪》则成功地刻画了英国社会中六个具有不同性格和不同经历的人物的集体意识,包括他们由于遭受抹杀人性的社会机器的压抑而产生的严重孤独感和失落感。不仅如此,《青年艺术家的肖像》的主人公斯蒂芬和《海浪》的中心人物伯纳德均代表了西方现代社会中无立足之地的艺术家的形象,真是无独有偶,不谋而合。

《海浪》全书共分九章,书中几乎无情节可言,只有像汹涌的海浪一样此起彼伏的意识的波涛。伍尔夫以极其朦胧的笔触描绘了六个人物即伯纳德、内维尔、路易斯、苏珊、珍妮和罗达从童年到老年的心理发展与共性意识。虽然这些人物的性格不同,经历不一,但他们均面临了严重的精神危机。小说的每一章都描述了人物成长过程中的某个阶段。同这六个人物的意识连在一起的还有他们共同的朋友——一个名叫波西弗的年轻人。当波西弗去印度之前,他们六人共同为他饯行。不久,波西弗在印度突然死亡。噩耗传来,他们六人夜聚汉普顿宫,互倾衷肠,哀叹人生。随着时间的流逝,他们都先后成家立业,各奔东西。其中苏珊与一位农场主结婚,路易斯成为一个有钱的商人,而伯纳德则是一名备受挫折的艺术家。书中的六个人物在浩瀚和无序的人生海洋中茫然若失,无所适从,体现出严重的"性格认同危机"(identity crisis)。小说以伯纳德对死亡的一声痛苦的呼唤而告终。

《海浪》是一部朦胧晦涩、难以卒读的意识流小说。它独特的框架结构体现了伍尔夫在意识流小说创作中新的实验与探索。在小说中,九章的正文全部由人物的内心独白组成,但每章的正文之前都有一篇描述自然景色的抒情散文。这九篇富于象征意义的散文在语言风格和句法结构上与正文截然不同,并以斜体词来表现,以示区别。尽管《海浪》与《青年艺术家的肖像》在主题和形象使用方面有不少相似之处,但这两部小说的框架结构和艺术形式却迥然不同。《青年艺术家的肖像》结构严谨,布局合理,故事情节环环相扣,一波未平,一波又起,生动地反映了斯蒂芬跌宕起伏的心理发展和坎坷不平的生活经历。而《海浪》不仅没有《青年艺术家的肖像》那种坚实的基础和牢固的结构,甚至连《到灯塔去》中那样的模糊框架也不具备。作品中的一切都显得如此抽象与朦胧。读者似乎很难找到具有实际意义的画面,而只是依稀感到这部作品同巴勃罗·毕加索的立体画十分相似。伍尔夫似乎意识到了《海浪》在描绘客观现实与社会生活方面可能出现的不足之处,因而她有意在作品中大量掺入了人物对社会现实的意识反应和印象感觉,以弥补小说在这方面存在的欠缺。尽管如此,读者依然很难想象他是在读一本文艺小说,而只是感到自己同书中沉溺于浩瀚的人生海洋中的六个人物一样茫然若失。然而,大多数评论家认为,《海浪》的结构与布局在西方小说史上是绝无仅有的。整部作品显得既松散又严谨,混而不浊,乱中有序。伍尔夫凭借这种艺术形式深刻地探索了自我与存在的关系,生动地反映了现代西方人的生活本质和社会归属。在这部小说中,九个抒情散文所展示的太阳、海涛和花草的变化几乎成了作者对客观景物描述的全部内容,而有关社会生活与人物外貌特征方面的直接描绘几乎不复存在,从而使抒情散文与充满意识波涛的正文形成了鲜明的对照。显然,这种布局不仅表现了浓郁的象征主义色彩,而且也反映了作者在推动意识流小说的发展过程中对作品结构的匀称与和谐所做的新的探索与尝试。

　　引人注意的是,《海浪》在时间安排上同样别具一格,充分体现了作者的艺术匠心。在作品中,有限的物理时间在自然景色的变化中得到巧妙的暗示。作者在每一章开头的抒情散文中生动地描绘了太阳的运动与日影的变化,从旭日东升到日挂中天直至日落西山,以此来象征时间的流逝和人物从童年到老年的各个阶段。同时,伍尔夫还通过对花园内富于象征意义的花草树木的描述来暗示人生的进程,以植物的开花、结果和枯萎来象征人类的诞生、成熟与死亡。不过,小说中最能代表岁月流逝的莫过于汹涌澎湃的海浪。万顷波涛构成了作品的全部背景。海流滚滚,此起彼伏,潮起潮落,周而复始。大自然这种永恒的模式不仅暗示了时光的飘逝,而且也象征着生与死、兴与衰的循环过程。在《海浪》中,伍尔夫对时间问题的处理可谓别出心裁。小说从日出到日落仅仅涉及从黎明到黄昏一个白昼的物理时间,然而,它却反映了书中六个人物从童年到老年的人生经历。整部小说的叙述程序包含了这两个分散独立却又相辅而行的进程,从而体现出作品内部结构的某种匀称与和谐。显然,这种物理时间与心理时间的有机结合不仅有助于作者总揽全局,而且也反映了她在意识流小说创作过程中锲而不舍的创新精神。

《海浪》为意识流小说提供了一种新的模式。伍尔夫成功地采用了一种模糊的艺术形式来反映一个混乱无序的世界和人物错综复杂的意识。在《海浪》中,太阳、嗓音和大海等形象对揭示小说主题与铺垫作品气氛起到了极为重要的辅助作用。伍尔夫凭借这些形象巧妙地将六个人物连在一起,用一段段无言的独白展示了他们意识的波涛。此外,她还利用小说中从不露面的神秘人物波西弗作为联系六个人物的无形纽带,使一个个分散的灵魂聚集到一起,对严酷的现实做出共同的反应,对复杂的人生发出同样的叹息。毫无疑问,《海浪》是一部不可多得的意识流小说,同时也是英美现代主义文学的杰出范例。

综上所述,伍尔夫的意识流小说不仅在创作技巧上别具一格,而且在结构布局上不同凡响。她的几部意识流作品在主题、结构和技巧上不尽相同,充分体现了她在推动现代主义小说的发展过程中所做的认真探索和努力尝试。她的意识流小说风格典雅、文体优美,且不落俗套,都以一种新颖的结构和独特的风格来反映人的精神世界与时代气息。显然,伍尔夫的创作不仅对危机四伏的英国社会具有一定的揭露作用,而且也对英美现代主义文学的发展做出了重要的贡献。

# 第五章 "迷惘的一代"小说

　　第一次世界大战之后，英美现代主义小说发展迅猛，在西方文坛掀起了阵阵热浪。正当意识流小说在欧美大陆蓬勃兴起、盛极一时之际，菲茨杰拉德、海明威和帕索斯等一批遭受严重战争创伤继而流亡法国的美国年轻作家异军突起，形成第一次世界大战后举足轻重的"迷惘的一代"文学家阵营。在经历了硝烟弥漫的战争之后，整个西方世界疮痍满目。这场空前规模的残酷斗争以及由此引起的尖锐的社会矛盾和严重的精神危机必然在文学作品中得到真实的反映。显然，深刻揭示第一次世界大战后西方世界普遍的异化感和幻灭感，真实反映动荡不安的社会生活，是这一危机四伏的时代中文学家所面临的一个重要的创作任务。因此，同意识流小说一样，"迷惘的一代"小说不仅在一定程度上满足了一部分青年知识分子的创作欲望，而且也充分反映了文学发展的基本规律。它的崛起揭开了英美现代主义文学的新篇章。

　　"迷惘的一代"的产生具有极其特殊而复杂的历史背景。第一次世界大战结束后，那些曾受"爱国主义"口号影响并富有浪漫主义思想和冒险精神的美国热血青年不仅目睹了这场战争的疯狂与野蛮，而且也看清了现实的荒谬与残酷。这些在战争期间毅然投笔从戎赴前线参战，或赴法国和意大利参加战争救护与支援工作的美国青年非但不能实现自己的价值，成为众人崇拜的英雄，甚至失去了原来支撑他们的人生理想和信念的精神支柱。他们在深感上当受骗的同时，对前途丧失了信心，在人生道路上迷失了方向,严重的失落感和虚无感像迷雾一般笼罩着整个美国社会。广大青年对现实深感不满,思想空虚,精神孤独,成为美国社会中史无前例的"迷惘的一代"。美国在第一次世界大战后人才的大量外流不仅改变了部分青年作家和艺术家的命运,而且对美国文学的发展也起到了推波助澜的作用。移居法国的青年作家接受到现代主义思潮的影响,同时也从乔伊斯的意识流小说中获得了深刻的启示。此外,他们还经常聚集在斯泰因在巴黎的寓所内,共同探讨创作问题。斯泰因曾是他们中间的核心人物并风趣地称他们为"迷惘的一代"。海明威随后将这句话写进了小说。斯泰因的话不胫而走,最终成为美国在第一次世界大战后"异化文学"的代名词。值得一提的是,在"迷惘的一代"作家中,既有菲茨杰拉德、海明威、帕索斯和卡明斯这样的文坛名流,也有哈罗德·斯特恩斯、哈里·克罗斯比和哈特·克莱恩等普通文学家。当然还有更多的文人始终怀才不遇、默默无闻。"迷惘的一代"文学家犹如时代的弃儿,颠沛流离,一生坎坷,心灵受到了极大的伤害。他们中有些人长期生活在忧郁与烦闷之中,始终无法克服心理障碍,最终亲自结束生命以求解脱。自杀身亡者中既有克罗斯比和克莱恩这样不太成功的文学家,也有遐迩闻名的诺贝尔文学奖得主海明威。他们的行为不仅反映了时代的危机,而且也是美国第一次世界大战后"迷惘的一代"对社会的抗议。然而,尽管"迷惘的一代"文学家的生活道路艰难曲折,但他们取得了举世瞩目的艺术成就。他们以非凡的才华和真实的情感写出了一部部几乎是美国文学史上最优秀的小说,从而使 20 世纪 20 年代成为美国有史以来长篇小说创作最辉煌的时期。他们的作品生动地记载了第一次世界大战后动荡不安的社会局势和严重的精神危机,不失为美国整个"迷惘的一代"的坎坷命运的真实写照,

## 第一节　菲茨杰拉德
### ——《人间天堂》《了不起的盖茨比》
### 《夜色温柔》

在美国"迷惘的一代"文学家中,菲茨杰拉德也许是具有代表性的一位小说家。他那充满名利与颓废以及浪漫、忧郁而又短暂的一生不仅为其小说提供了最生动的创作素材,而且也成为美国在第一次世界大战后整个"迷惘的一代"悲惨命运的一个缩影。在美国现代文学史上,菲茨杰拉德不仅是

"迷惘的一代"文学家中最杰出的代表之一,而且也是美国放荡不羁、富有刺激性的"爵士时代"的重要代言人。他的小说无情地宣告了"美国梦"的破产,并强烈地震撼了千百万读者的心灵。

## 一、《人间天堂》

菲茨杰拉德的第一部长篇小说《人间天堂》是他的成名作,同时也是一部反映第一次世界大战期间美国青年一代生活方式的社会小说。对于今天的读者来说,这部作品仿佛向他们提供了一个极为有趣的社会考古现场,使他们从这堆精神废墟中看到了一代人的失落与沉沦。从某种意义上来说,这部小说深刻地反映了放纵、轻浮的"爵士时代"来临之前美国社会出现的青春的骚动。它像一首极为动听却又令人忧伤的流行歌曲在美国读者的心中引起了强烈的共鸣。小说主人公艾莫利·布莱恩犹如一名隐藏在"迷惘的一代"文学家中的文化间谍,向公众泄露了其中某些鲜为人知而又至关重要的内幕。

《人间天堂》生动地叙述了主人公艾莫利从童年时代到大学阶段的成长过程,并深刻揭示了他在坎坷的人生道路上所遇到的种种困惑与挫折。艾莫利出生在一个富裕家庭。童年时代,他曾经乘坐其父亲的私人火车游遍美国和墨西哥的城市与乡村。十五岁时,他进入新泽西的一所中学读书。其间,他热衷于橄榄球运动,追求个人在学生中的声望,同时结识了比他年长三十岁的良师益友达西。他与达西经常互倾衷肠,畅谈人生,从中得益匪浅。不久,艾莫利进入普林斯顿大学就读。同以往一样,他喜爱社交,但学习成绩却不尽如人意。然而,他对文学产生了浓厚的兴趣,广泛地阅读了叶芝、王尔德和史文朋等的作品,并开始创作诗歌。像其他同学一样,艾莫利喜欢寻欢作乐,并经历了不少浪漫的生活插曲。他大学二年级时结识了他的第一位女友伊莎贝拉,不久却又恋上了身为寡妇的三表姐克莱拉。这两场爱情均以失败而告终。第一次世界大战爆发,艾莫利应征入伍,并随美军赴法国参战。其间,他目睹了人类历史上最疯狂、最残酷的一幕。战争结束后,艾莫利返回美国。此刻,他父亲因投资不当而破产,全家生计窘迫。不久,他又爱上了普林斯顿大学的一位同窗好友的妹妹罗莎琳德。尽管两人卿卿我我,爱得如胶似漆,但罗莎琳德最终因嫌艾莫利贫穷而拒绝同他结婚,使他的心灵受到沉重的打击。艾莫利心灰意冷,丢弃了他的广告设计工作,整天借酒浇愁。不久,他离家出走,来到华盛顿寻找他中学时代的启蒙老师达西,但未见其踪影。然后他又去了马里兰州寻访一位舅舅,并与一位叫埃莉诺的十八岁少女艳遇。两人一见钟情,不仅共同作诗,而且还携手游遍了那里的乡村。然而,二人的浪漫爱情仅延续了六个星期便结束了。小说结尾,艾莫利重访了普林斯顿大学以及他从前生活过的地方,他百感交集,感慨万分。此刻,他已经"长大了,并发现所有的上帝都死光了,所有的战争都打过了,人们所有的信仰都动摇了"。

《人间天堂》忠实地记载了美国"迷惘的一代"形成初期耐人寻味的社会现实。尽管这部小说在艺术上有欠成熟,缺乏应有的完整与和谐,但它揭示了极为重要的社会主题,并为第一次世界大战后"迷惘的一代"小说开了先河。正如著名批评家埃德蒙·威尔逊所说:"《人间天堂》几乎犯了一部小说可能犯的所有错误。它的确犯了所有的错,但它并没有犯一个不可饶恕的错:它不会消失。在这异乎寻常的混合体中充满了生命。"今天,我们依然没有忘记这样一个事实:《人间天堂》不仅是美国第一次世界大战后最畅销的小说之一,而且也是"迷惘的一代"的真实写照。

## 二、《了不起的盖茨比》

同《人间天堂》一样,菲茨杰拉德的代表作《了不起的盖茨比》也是一部反映美国战后精神危机和道德堕落的社会小说。如果说,前者生动地表现了第一次世界大战后青年一代的轻浮与放纵以及对传统道德观念的"一种模糊的反叛",那么后者则深刻地揭示了中年人在"爵士时代"的道德沉沦和"美国梦"的彻底破产。《了不起的盖茨比》不仅反映了作者对美国社会现实更加严厉的批判态度,而且也体现了他更为精湛与成熟的写作艺术技巧。显然,它使读者深入地了解了美国现代经验的本质以及第一次世界大战后一代对金钱、婚姻和道德的基本态度。它所揭示的有产阶级腐化堕落的生活方式及其无可救药的精神空虚既令人震惊,又发人深省。绝大多数评论家认为,《了不起的盖茨比》是美国文学史上最优秀的小说之一。它的问世有力地促进了英美现代主义文学的发展,并将"迷惘的一代"小说的创作推向了高潮。

《了不起的盖茨比》全书共分九章,故事发生在1922年夏天,地点为纽约市和长岛。小说的主要人物有五位:刚过而立之年的暴发户盖茨比,来自中西部的纽约债券经纪人尼克,大富翁汤姆和他贪图虚荣的太太戴西,以及戴西的女友、相貌迷人的乔丹。此外,还有与小说情节有关的威尔逊夫妇。

小说主要描述了盖茨比与汤姆之间的对立和冲突,并以此来揭示美国社会新发迹的一代与地位已经确立的有产阶级之间的斗争。同绝大多数现代主义小说一样,《了不起的盖茨比》的故事情节也十分简单。小说叙述者尼克放弃了家乡的五金生意来到纽约经营债券业务。他在长岛西区租了一个小屋,与盖茨比的豪华别墅邻近。尼克与汤姆曾是大学校友,而汤姆的妻子戴西则是尼克的远房表妹。不久,尼克拜访了住在长岛东区富丽地段的汤姆夫妇,同时也见到了乔丹,并逐渐了解了一些有关汤姆夫妇婚后关系不和以及汤姆与威尔逊太太私通的情况。随后,尼克在邻居盖茨比举行的一系列豪华的宴会上结识了这位慷慨阔绰却又神秘莫测的主人。尼克通过各个渠道逐渐了解了盖茨比的生活背景。他出身贫寒,年轻时曾帮助他人开采黄金。第一次世界大战期间立过功,并曾与戴西艳遇,后因贫穷而无法与她结婚。近几年,盖茨比靠从事违法交易和投机买卖发迹,成为赫赫有名的暴发户,并一直想与戴西重温旧梦。不久,他通过尼克穿针引线与戴西相会,并以他的财富使戴西重新投入他的怀抱。汤姆很快得知二人的风流韵事。事后,盖茨比与戴西同行,戴西驾车时将威尔逊太太撞死,随后逃离现场。汤姆幸灾乐祸,并嫁祸于人。威尔逊不明真相,却报仇心切。当他发现车主是盖茨比时,便向他射出了复仇的子弹,然后自杀身亡。小说结尾,尼克为盖茨比举行了简单的葬礼,并决定离开长岛返回家乡。

《了不起的盖茨比》能获得成功的一个主要原因是它题材的现代性,其重要价值在于深刻揭示了美国复杂的现代经验的尖锐的社会矛盾。第一次世界大战之后,美国人的价值观念发生了严重的裂变,金钱取代了上帝,整个传统秩序全面解体。

《了不起的盖茨比》生动地描绘了"美国梦"所引发的一场悲剧,并成功地塑造了一个受害者的形象。它深刻暴露了美国"爵士时代"虚假繁荣的背后所隐藏的尖锐的社会矛盾和"迷惘的一代"所面临的严重的道德危机。菲茨杰拉德以其高度的社会责任感向读者展示了一个时代弄潮儿的兴衰沉浮和遭受毁灭的全过程,并以此来揭示美国现代社会的本质。不言而喻,《了不起的盖茨比》无论从内容到形式都体现了现代主义文学的艺术特征,它为美国现代主义小说的发展模式提供了一个杰出的范例。

### 三、《夜色温柔》

继《了不起的盖茨比》之后,菲茨杰拉德因家庭和健康等原因明显地放慢了其创作步伐。然而,作为一名胸怀大志的小说家,他始终向往艺术,心系文坛,即便在他最困难最失意的时候也不例外。他凭着惊人的毅力,花了九年时间(1925—1934)完成了他的长篇小说《夜色温柔》。同《了不起的盖茨比》一样,这部小说也以第一次世界大战后美国"迷惘的一代"的骚动、失落与沉沦为主题,深刻揭示了在动荡不安的 20 世纪 20 年代美国人所面临的日趋严重的异化感。然而,不同的是,菲茨杰拉德在这部小说中向读者展示了在第一次世界大战后"出国潮"中冲出"围城"、移居欧洲的普通美国人的坎坷与惆怅。正如他在 1932 年的一封信中写道:"我想我们大家都有些悲观厌世,但历史的逻辑又不允许我们向后倒退。"《夜色温柔》正是反映了"迷惘的一代"这种悲观意识和厌世情绪,并以生动的笔触描绘了复杂和令人烦恼的现代经验。作为英美现代主义文学鼎盛时期的产物,《夜色温柔》不可避免地受到了革新思潮的影响,并在一定程度上体现了现代主义的艺术风格。

　　《夜色温柔》由三个部分组成,主要叙述了一对美国夫妇于第一次世界大战后在欧洲长达十余年的生活经历,包括二人之间的恩恩怨怨以及他们与其他人物之间的复杂关系。小说的主要人物有四位:美国心理医生迪克·戴弗和他的妻子尼科尔,迪克的情妇女演员罗斯玛丽以及迪克夫妇的老朋友美国军官汤米。小说第一部分描述了 1925 年夏天迪克夫妇在法国东南部的旅游胜地里维埃拉度假的情况。十八岁的美国女演员罗斯玛丽结识了迪克夫妇,并对他们穷奢极侈的生活方式羡慕不已。随后,罗斯玛丽与他们结伴前往巴黎旅行,并对三十四岁风度翩翩的迪克产生了爱情。迪克在罗斯玛丽的强烈攻势下失去了自控能力,同样迷恋上了这位姿秀貌美的妙龄女郎。迪克的妻子尼科尔因此深受刺激,并出现了精神错乱的现象。小说第二部分的时间跨度长达十年左右。其中既有对迪克与尼科尔于 1917 年在瑞士初恋时的倒叙和尼科尔对婚后生活的回忆,也有对二人从巴黎旅行归来之后感情冲突的描述。迪克夫妇的关系日趋紧张,争吵不断。迪克的工作因此受到严重影响,同时他对自己成为尼科尔万贯家产的奴隶而耿耿于怀。他整天闷闷不乐,借酒浇愁,常常酗酒滋事,并因此而曾被警察拘捕。迪克的堕落行为不仅遭到诊所同事们的鄙视,而且还使尼科尔再度精神失常。迪克对生活失去了信心,于是便独自离家出走。他先到了慕尼黑,见到了他的老朋友汤米,随后返回美国参加父亲的葬礼;继而又来到罗马与正在拍电影的罗斯玛丽约会。小说第三部分叙述了迪克夫妇不断恶化的家庭关系。迪克的堕落行为毫无收敛,从而不仅使他失去了诊所的股份和工作,而且也导致了夫妻离婚。现年二十九岁的尼科尔爱上了军官汤米,并试图恢复青春的魅力。小说结尾,迪克怀着一种沉重的失落感和莫名的悲哀告别了欧洲繁华的都市生活回到了美国。从此,他变得越来越微不足道,并接二连三地移居一个比一个更小的城市。

《夜色温柔》的叙述形式充分体现了现代主义的艺术特征。同乔伊斯等意识流作家一样,菲茨杰拉德也在作品的视角转换方面显示了自己的写作艺术才华。他巧妙地通过罗斯玛丽、迪克和尼科尔三个不同的视角来叙述小说的情节,这不仅有助于刻画人物的性格,而且也增强了作品的艺术感染力。

# 第二节　海明威
## ——《太阳照样升起》《永别了,武器》

在美国"迷惘的一代"小说家中,最杰出、最有影响的也许是诺贝尔文学奖得主海明威。西方不少评论家认为,在现代美国小说史上,福克纳算得上一位里程碑式的人物,而菲茨杰拉德无疑是他最强大的竞争对手。其实,真正对福克纳的文学地位构成威胁的则是海明威。从某种意义上来说,海明威是美国"迷惘的一代"的具体化身,他本人的生活经历已被西方评论界视为整个"迷惘的一代"的缩影,而他的小说则无可争议地成为"迷惘的一代"悲惨命运的真实写照。

## 一、《太阳照样升起》

海明威的著名长篇小说《太阳照样升起》在美国现代文学史上具有举足轻重的地位。1925年以前,美国文坛出现了诗歌兴旺而小说衰弱的不平衡格局。庞德的意象主义运动和艾略特的现代主义诗歌在诗坛掀起了阵阵热浪,对英语诗歌的发展起到了积极的促进作用。然而,美国的小说创作依然未能摆脱传统艺术的影响,尚未出现重大突破。这不仅与美国诗坛一片热闹的景象格格不入,而且在英国的劳伦斯和乔伊斯所取得的小说成就面前更是相形见绌。《太阳照样升起》的问世无疑开创了美国小说发展的新局面。它使同时代的作家和读者大开眼界,使他们初次领略了美国现代小说全新的主题和人物形象。从某种意义上来说,《太阳照样升起》和《了不起的盖茨比》的相继问世不仅将发展中的"迷惘的一代"小说创作推向了高潮,而且也标志着美国现代主义小说的真正崛起。《太阳照样升起》的重要意义不仅在于它真实地反映了"迷惘的一代"在海外的坎坷命运,而且还在于它为美国现代小说的发展提供了一种新的模式。

同《了不起的盖茨比》一样,《太阳照样升起》深刻地反映了美国第一次世界大战后一代所面临的严重的道德危机。如果说前者以讽刺的口吻描述了主人公在"美国梦"的怂恿下逐步走向毁灭的过程,那么后者不仅以讽刺的口吻而且还以一种故意节制的陈述方式表现了"迷惘的一代"在欧洲大陆所面临的一种强烈的异化感和难以容忍却又不得不忍的巨大的"精神创伤"。在海明威的小说中,盖茨比的那种"天真"的幻想和"浪漫"的追求已经不复存在,取而代之的是一种在虚无的人生中设法忍受痛苦、继续生活的无奈心态。读者惊讶地发现,海明威笔下的人物是如此的痛苦,以致使他们受伤的心灵开始麻木。这些在肉体和精神上均遭到战争蹂躏的人物形象是美国小说中前所未有的,也是传统作家难以想象的。

《太阳照样升起》由三个部分组成,共十九章,由主人公杰克以第一人称叙述。小说生动地描述了 20 世纪 20 年代移居欧洲的一群美国青年知识分子百无聊赖、游手好闲和放纵无度的生活经历。在这一耐人寻味的社交圈中,有因在战争中负过重伤而完全丧失性功能的美国记者杰克;有美国历史上第一代烟酒成瘾、服饰性感、行为放荡的女性典型布莱特;有漂泊海外、精神空虚的"迷惘的一代"作家科恩;还有杰克的一位同病相怜的朋友比尔以及与布莱特同样在滚滚红尘中游戏人生的她的未婚夫迈克。小说第一部分(1~7 章)主要描述了这些人物在巴黎放荡不羁的生活。主人公杰克与他的几位美国朋友在巴黎经常出入酒吧或夜总会,或乘坐出租车在市区漫无目的地游荡。杰克虽爱上了相貌迷人、举止轻浮的年轻寡妇布莱特,但因其身体在战争中受残而无法结婚。他经常借酒浇愁,有时烂醉如泥。不久,他的"网球朋友"科恩也迷上了水性杨花的布莱特,并与她结伴同往西班牙圣塞巴斯蒂安游览。小说第二部分(8~18 章)描述了杰克等人在西班牙度假期间的矛盾与冲突。杰克与比尔率先前往伯盖特钓鱼,途中遇到正在等候他们的科恩。布莱特则与其未婚夫迈克随后赶往潘帕罗那与他们会合,并共同观看在那里举行的斗牛表演等一系列活动。在西班牙期间,布莱特喜欢上了当地一位名叫鲁梅罗的年轻、英俊的斗牛士,这使迷恋她的科恩醋意大发。他不理解布莱特为何同他在圣塞巴斯蒂安度过了浪漫的一周之后现在竟然对他如此冷遇。曾获得普林斯顿重量级拳击冠军的科恩一怒之下将杰克和迈克击倒在地,随后又到旅馆将正在与布莱特寻欢作乐的鲁梅罗打得鼻青眼肿。尽管如此,鲁梅罗在斗牛场上依然风度翩翩,身手不凡。当天晚上,布莱特与鲁梅罗一起离开了潘帕罗那,而科恩则在旅馆的房间里号啕大哭。他告诉杰克:"我感到太痛苦了。我好像去过地狱一般,杰克。现在一切都完了,一切都完了。"小说的第三部分(第19章)描述了主人公杰克与布莱特在西班牙首都马德里的约会。此刻,潘帕罗那为期一周的节日活动已经结束,曲终席散,书中的人物像幽灵一般纷纷离去。杰克独自前往圣塞巴斯蒂安旅行,在那里收到布莱特因缺钱从马德里一家旅馆内打来的求助电报。小说结尾,杰克与布莱特乘坐一辆出租车开始了新的游荡。

同《尤利西斯》等许多现代主义小说一样,《太阳照样升起》也以人物在特定的时间与空间内的旅行或游荡为作品的基本框架。整部小说建立在主人公从巴黎经伯盖特到潘帕罗那,继而转往圣塞巴斯蒂安最终到达马德里的旅程中。这便形成了由巴黎至马德里,继而又从马德里开始旅行的"环形结构"。毫无疑问,这种周而复始的循环旅行不但揭示了人物漫无目的的游荡生活,而且也暗示着他们不断发现自我和认识自我的心理过程。不仅如此,海明威同乔伊斯等现代主义作家一样竭力淡化小说的故事情节。《太阳照样升起》既没有传统小说中的那种开局,也没有真正意义上的结尾,更没有一条曲折动人、扣人心弦的故事线索。读者只是见到了一个个十分相似而又不尽相同的生活镜头:喝酒、闲聊、游荡、寻欢作乐和自我折磨。钓鱼和斗牛表演等情节也实在不足挂齿,只是给人物空虚乏味的生活增添了一点儿小小的刺激,使他们暂时忘却内心的痛苦。然而,海明威巧妙地将这些分散独立而又似乎平淡无奇的生活镜头交织一体,使它们不仅成为一个完整与和谐的艺术整体,而且还折射出极为深刻的思想内涵。显然,这与其他现代主义小说有着惊人的相似之处。

综上所述,《太阳照样升起》深刻地揭示了第一次世界大战后移居欧洲的美国青年极其严重的异化感和幻灭感。海明威通过清晰、洗练的语言风格,真实、细腻的心理描写和丰富、生动的艺术形象成功地展示了"迷惘的一代"的不幸遭遇和复杂心态。《太阳照样升起》的问世不仅使广大读者首次目睹了美国现代主义小说中像杰克这样的典型的反英雄人物,而且也标志着美国小说创作的一个重大转折。它使不少美国小说家摆脱了长期的困境,告别了艺术道路上的蹒跚,积极投身于美国小说的重建工作。毋庸置疑,《太阳照样升起》是一本不可多得的美国现代主义小说,对英美现代主义文学的发展产生了重要的影响。

## 二、《永别了，武器》

如果说《太阳照样升起》生动地描绘了第一次世界大战后美国青年在欧洲大都市巴黎的生活经历，那么海明威的长篇小说《永别了，武器》则将读者直接带到了欧洲硝烟弥漫的战场上，向他们展示了这场荒唐而又残酷的战争对青年一代造成的巨大伤害。事实上，《永别了，武器》是美国文学中最早也是最成功地描述第一次世界大战的小说之一。作者从本人在战争中的亲身经历和真实感受中摄取了丰富的创作素材，经过反复提炼和艺术加工，成功地表现了这场惨绝人寰的战争所导致的一场催人泪下的人间悲剧。从某种意义上来说，这部小说不仅向读者描述了美国"迷惘的一代"在战争中的不幸遭遇，而且还深刻地揭示了他们在战后如此迷惘、失落和沉沦的根本原因。显然，《永别了，武器》的问世进一步扩大了"迷惘的一代"小说在美国社会的影响，同时也在一定程度上丰富了美国现代主义小说的题材与形式。

《永别了，武器》由五个部分组成，共四十一章。小说生动地描述了美国驻意大利救护队中尉弗雷德里克·亨利与英国护士凯瑟琳·巴克利在第一次世界大战期间的浪漫爱情和不幸遭遇。小说第一部分（1～12章）主要叙述了主人公亨利在前线参加救护时的负伤经过以及他同英国野战医院的护士凯瑟琳之间的艳遇。其间，亨利与凯瑟琳先后四次相会，并接受了她所赠的纪念品"安东尼奖章"。第二部分（13～24章）描述了亨利在米兰的医院中接受治疗和养伤期间与凯瑟琳的浪漫爱情。亨利因负重伤而对生活丧失了信心，他在医院经常偷偷喝酒，夜间噩梦频繁。在凯瑟琳的细心照料和无微不至的关怀之下，亨利数月后伤愈出院，重返战场。此刻，凯瑟琳已经怀孕。在小说的第三部分（25～32章）中，读者随着主人公亨利的足迹重新回到了战火纷飞的前线，目睹了战争的疯狂、残酷和恐怖场面。亨利同部分士气低落的士兵在战斗中被德军俘虏。他们大多数人被德军审判后当场处决。亨利夜晚乘机逃跑，幸免于难。此刻，他完全看清了这场战争荒唐与残酷的本质，决定离开部队，与武器永别。小说的第四部分（33～37章）描述了亨利开小差回到意大利后方与凯瑟琳重逢的经过。亨利虎口余生，并同恋人再次相逢，真是喜出望外。爱情的火焰随之越烧越旺。为了躲避当局对逃兵的惩罚，亨利与凯瑟琳冒险逃到了中立国瑞士，以求过幸福、安宁的生活。在小说的最后一部分（38～41章），亨利和凯瑟琳在瑞士的山区度过了一段美好的时光,满怀希望地等待着他们的孩子降临世上。然而,凯瑟琳在洛桑的医院中不仅生下一个死胎,而且她自己也因大出血而身亡。小说结尾,亨利怀着无比沉痛的心情离开了医院,他冒着大雨在黑暗中默默地朝旅馆走去。

《永别了,武器》再次体现了作者在谋篇布局上的艺术才华。全书五个部分不但紧扣战争与爱情这两个基本主题,而且还像钟摆一样在两者之间来回运动,从而使作品的结构建立在一种匀称的动态模式之上:战争,爱情,战争,爱情,最后的悲剧。小说在这一框架内主要叙述了主人公亨利两次极为重要而又十分相似的经历,即由奔赴前线转为撤离战场,第一次因身负重伤,而第二次则因对现实的感悟。亨利的这两次重要经历恰好同他与凯瑟琳之间的悲欢离合相辅而行,从而使战争与爱情这两个主题巧妙地融为一体。从某种意义上来说,《永别了,武器》犹如一部交响曲,以战争与爱情为两根主要的旋律线,而书中的五个部分就像轮流奏响的五个乐章。在小说中,这两根主要的旋律线往往互相交织,彼此呼应,最终形成一个悲剧性的结尾(coda)。显然,小说的这种动态模式和音乐结构不仅充分反映了作者的现代主义创作倾向,而且也使作品获得了一定的匀称与和谐,从而产生了良好的美学效果。

## 第三节　帕索斯
### ——《曼哈顿中转站》、《美国》三部曲

在美国现代文坛上,帕索斯是与菲茨杰拉德和海明威几乎同时崛起的又一位重要的"迷惘的一代"小说家。今天,帕索斯的声誉似乎不如他们那样卓著,但他在20世纪30年代曾被许多评论家推崇为美国最优秀的作家。他的照片曾两次出现在美国著名的《纽约时报书评》的封面上,而且该杂志的文章曾将他比作托尔斯泰、巴尔扎克和乔伊斯。1938年,法国重要作家让-保罗·萨特公开宣称:帕索斯是"我们时代最伟大的作家"。而美国第一位诺贝尔文学奖得主辛克莱·刘易斯甚至认为,帕索斯的《曼哈顿中转站》"无论从哪方面来说都比格特鲁德·斯泰因和马赛尔·普鲁斯特写得任何东西都强,甚至比那头大白猪——乔伊斯先生的《尤利西斯》更加重要"。今天,在绝大多数评论家看来,尽管帕索斯无法与托尔斯泰、巴尔扎克和乔伊斯相提并论,但他无疑是美国第一次世界大战后最重要及最具有社会责任

感的小说家之一,同时也是"迷惘的一代"作家中改革意识最强、在文学实验中步伐迈得最大的小说家。

## 一、《曼哈顿中转站》

《曼哈顿中转站》是帕索斯的成名作,也是一部充分体现其革新精神的现代主义小说。作者以精湛的现代主义创作技巧生动地反映了20世纪初西方现代大都市纽约的生活气息和美国人所面临的包括工业化、商品化、城市化和非人化在内的现代经验的巨大压力。据帕索斯本人称:"《曼哈顿中转站》试图记录一个城市的生活,它描述了许多不同的人。"英国作家劳伦斯对这部小说的创作技巧极为欣赏,认为整部作品就像一个关于"从失败逃向失败"凹得错综复杂的迷宫。而刘易斯对这部小说更是赞不绝口,他认为:"多斯·帕索斯先生巧妙地使用了他们(乔伊斯等作家)所有的实验性心理描绘和风格,像他们一样背离了古典小说的叙述方式……《曼哈顿中转站》本身是一首动人的交响曲。""它也许会成为小说创作整个新流派的基础。"同《尤利西斯》等现代主义小说一样,《曼哈顿中转站》也是一部几乎没有情节、没有高潮,而只是由各种社会镜头和生活画面拼凑而成的实验性作品。从某种意义上来说,它向读者展示了与传统道德标准所暗示的那种同因果关系毫不相干的一系列人物的生活经历。

总之,《曼哈顿中转站》是一部主题深刻、结构独特、技巧新颖的现代主义小说。它所体现的实验精神和革新程度几乎超过了1925年以前美国的所有小说,使人们看到了美国实验主义小说顽强崛起的最初信号。不言而喻,《曼哈顿中转站》为帕索斯的长篇巨著《美国》三部曲的成功奠定了重要的基础。

## 二、《美国》三部曲

《美国》三部曲代表了帕索斯文学创作的最高成就。这部由《北纬四十二度》《一九一九年》《赚大钱》三本小说组成的长篇巨著不仅全面反映了20世纪前30年美国社会的动荡与变迁,而且还高度集中地反映了现代主义小说的各种创作技巧。不仅如此,这部洋洋洒洒、集历史事实和艺术虚构于一体的现代主义小说不同程度地受到20世纪初盛行于西方世界的各种"主义"和思潮的影响,其中既有文学艺术方面的时髦理论,又有社会、政治和经济等领域的最新学说。《美国》三部曲反映了帕索斯独特的审美意识、非凡的艺术才华和高度的社会责任感。它是迄今为止英美现代主义文学中篇幅最长的作品,同时也是美国 20 世纪最重要的小说之一。

同《尤利西斯》等现代主义小说一样,《美国》三部曲也并不具有一个生动曲折、引人入胜的故事情节。据作者本人在小说的序言中所说的:"《美国》三部曲是美洲大陆生活的一个侧面……但它更主要的是美国人的话音。"作者在小说中采用了比《曼哈顿中转站》更为成熟的片段性纪实方式,描绘了形形色色的人物和混乱无序的社会生活。

《美国》三部曲的主要内容是由作者采用第三人称叙述的。从某种意义上来说,帕索斯的第三人称叙述形式与传统小说的同类形式相比并无明显的区别。这似乎表明,像乔伊斯和福克纳等现代主义作家一样,作者在追求小说的实验与创新的同时对传统文学中有生命力的艺术成分表现了应有的尊重和信赖。在《美国》三部曲中,帕索斯经常采用一种当时被欧洲文学批评界称为"自由的间接语体"(style indirect libre)进行叙述,取得了良好的艺术效果。这种语体不仅赋予他根据人物的身份与性格自由选择词汇的机会,而且还有助于他随时表现自己对人物的同情或嘲讽等不同态度。应当指出,作者的第三人称叙述总体上反映了美国社会的堕落与失败,它既充分表现了人际交往中的虚与委蛇和陈词滥调,又深刻揭示了社会生活的无聊和乏味。此外,帕索斯的第三人称叙述还明显地体现了它的琐碎性和间断性。一方面,作者对人物过去和现在的经历从不做全面和完整的叙述,而只是提供一些支离破碎的信息;另一方面,几乎所有涉及小说中十一位主要人物的叙述都出现了中断的现象。有时,同一个人物的前后两次登场相隔竟达数百页之多。作者第三人称叙述的琐碎性和间断性充分反映了现代主义作家淡化故事情节、强调人物经验的创作倾向。

总之,《美国》三部曲全方位地反映了第一次世界大战前后美国的社会生活,同时也深刻地揭示了"社会机器"对人性的压抑与摧残。从某种意义上来说,这部长篇巨著不仅全面地描述了"迷惘的一代"的形成与发展的全过程,而且也是对这一代人命运的概括与总结。不少评论家认为,《美国》三部曲是反映"迷惘的一代"的最后一部重要小说,它的问世为美国第一次世界大战后盛极一时的"迷惘的一代"小说画上了一个圆满的句号。

# 第六章　黑色幽默小说

　　20 世纪 40 年代,第二次世界大战的硝烟弥漫全球,整个世界百孔千疮,惨绝人寰,包括生命和文学艺术在内的一切美好事物都受到了严重的践踏和摧残。英美现代主义文学的发展也因此由强转弱,日渐式微。随着一些意识流小说家和"迷惘的一代"作家的相继去世或引退,现代主义小说发展的势头受到了明显的抑制。然而,作为一种快乐、自由而又有生命力的艺术力量,现代主义小说在时代及自身的危机中悄然演化、新质萌生,在经历了约 20 年的修整之后发展成一种新的样式:黑色幽默小说。

　　黑色幽默小说是 20 世纪 60 年代盛行于美国文坛的一种新的现代主义文学体裁。黑色幽默小说的崛起与美国当时混乱的社会局势和复杂的文化背景密切相关。第二次世界大战、朝鲜战争和越南战争的相继爆发不仅使美国的社会生活受到了严重的影响,而且也使国民意识处于极度混乱之中。国内反战情绪不断高涨,种族矛盾日趋尖锐,社会局势进一步恶化。与此同时,美国传统价值观念和文化秩序均发生了严重的裂变。面对那些一触即发、能将地球毁灭数十次的核武器以及因资本主义工业的飞速发展而造成的令人可怕的"非人化"倾向,人们发现整个世界不仅缺乏理性、秩序混乱,而且滑稽可笑、荒诞不经。显然,社会的急剧演变必然要求文学作品对其做出相应的反应。以巴斯、海勒和库尔特·冯内古特为代表的一批受现代主义思潮影响的年轻小说家不约而同地表现了一种新的生存观念与审美意识。他们热衷于采用讽刺、嘲笑、怪诞、夸张甚至变形的手法来表现存在的滑稽和世界的荒谬,不仅充分体现了强烈的反传统艺术倾向,而且还成功地发展了一种全新的小说艺术——黑色幽默。不言而喻,黑色幽默小说的诞生是美国社会、政治、道德和文化急剧演变的必然结果,同时也完全符合文学发展的基本规律。正如一位美国评论家指出:"60 年代初出现的现代主义和实验主义小说浪潮与对社会疾病的新的感觉有着微妙的联系。"黑色幽默小说的问世无疑表明了这样一个事实:现代主义小说已经摆脱了长达 20 年的艺术困境,东山再起,形成了一股新的艺术潮流。

# 第一节 巴斯
## ——《漂浮的剧院》《旅途的终点》

"他是我们这个时代最优秀的作家,也是我们历来所遇到的最优秀的作家之一。"这是美国当代著名评论家罗伯特·斯科尔斯于 1966 年对巴斯的评价。在美国现代文学史上,巴斯不仅是最早崛起的黑色幽默作家之一,而且也是一位处于现代主义向后现代主义转折阶段的过渡性人物。迄今为止,"他所创作的作品基本上可以被贴上'前现代主义''现代主义'以及'后现代主义'的标签"。自 20 世纪 60 年代以来,西方评论家已经给予巴斯为数不少的称谓和雅号,如"寓言家""滑稽讽刺家""荒诞派小说家""疲惫文学(the literature of exhaustion)作家"以及人们叫得最多的"黑色幽默小说家"等。有趣的是,尽管巴斯曾经将自己称为"一个披着现代主义外衣的传统主义者",但有些评论家却一口咬定"他是当代作家中最渴望佩戴后现代主义勋章的人之一"。然而,无论巴斯在过去曾经拥有多少种称谓或在将来还会获得何种雅号,我们必须接受这样一个无可争议的事实:他是美国现代文坛最重要的黑色幽默小说家之一。

### 一、《漂浮的剧院》

《漂浮的剧院》是巴斯的第一部长篇小说,也是美国最早的黑色幽默小说之一。作者曾将这部作品称为"虚无主义的喜剧"。小说出版后在读者中引起强烈的反响,并被提名为 1956 年"美国国家图书奖"的候选作品。尽管巴斯在写这部小说时年仅二十五岁,但这部小说不仅表现了他非凡的艺术才华,而且他还对当时尚未盛行的黑色幽默手法进行了大胆的尝试。从某种意义上来说,《漂浮的剧院》似乎为巴斯以后三十年的创作奠定了一种基调,同时也为20世纪60年代黑色幽默小说在美国文坛的全面崛起提供了一个成功的范例。

《漂浮的剧院》是一部具有极端虚无主义色彩的黑色幽默小说。巴斯通过一位"反英雄"人物的喉舌以及其戏谑的口吻描述了现实的荒诞与可笑。这部小说的出版使作者在开创黑色幽默文学的道路上迈出了难能可贵的第一步,并为他今后的小说创作奠定了重要的基础。

## 二、《旅途的终点》

《旅途的终点》是巴斯的第二部黑色幽默小说,也是一部受存在主义思潮影响较深的作品。作者曾将其称为《漂浮的剧院》的姐妹篇。同他的第一部小说一样,《旅途的终点》也是一部具有时代气息的现代主义作品。小说以20世纪50年代初的马里兰州为背景,描述了第二次世界大战之后美国知识分子队伍中出现的虚无主义和存在主义倾向。不少评论家认为,《旅途的终点》算得上一部以黑色幽默为基调的新型的"思想小说"(novel of ideas),它以怪诞和变形的讽刺手法表现了极为深刻的思想主题,取得了与存在主义小说不尽相同的艺术效果。

在小说中,巴斯凭借黑色幽默的手法仿佛向读者展示了一幕反映现代社会实际问题并由精神病人直接演出的荒诞可笑的心理剧(psychodrama)。《旅途的终点》表面上只是描写了两名大学教师和一个女人之间的爱情纠葛,或更通俗地说是第三者插足他人家庭生活,但实际上它揭示了美国现代社会的一个深层次问题:存在的虚无和荒诞。为了充分表现这一主题,作者巧妙地运用了与社会的荒谬和人物的病态相适应的黑色幽默手法,取得了极强的艺术感染力。

《旅途的终点》以一系列荒唐可笑的事件反映了20世纪50年代美国知识分子的无足轻重和病态心理。同其他现代主义作家一样,巴斯成功地展示了一个混乱与荒诞的世界,并深刻地揭示了人物的虚无意识和绝望心态。在小说中,作者并未向读者提供任何答案,而是凭借黑色幽默手法表现了一个令人震惊的荒诞世界以及现代人企图摆脱荒诞却又力不从心的困顿与悲哀。显然,"反英雄"人物雅各布最后所说的"终点"一词具有广泛的象征意义,它是雅各布与他的同类对第二次世界大战之后美国社会现实的高度概括和最终结论。毫无疑问,巴斯的黑色幽默不仅对揭示作品主题、刻画人物形象起到了极为有效的辅助作用,而且也使读者对荒诞的现实产生了更深刻的理解。

综上所述,巴斯在他的姐妹篇《漂浮的剧院》和《旅途的终点》中运用的黑色幽默手法反映了一个混乱无序而又荒唐可笑的世界。这两部作品不仅表现了作者在创作初期的审美意识和艺术技巧,而且还体现了他对黑色幽默手法的有益尝试。应当指出,巴斯的这两部小说虽然不是他的代表作,但它们成功地表现了美国的现代经验和现代意识,比他后来的作品具有更坚实的社会基础,可读性更强,并更具有现代主义后期的艺术特征。毫无疑问,巴斯的创作为美国 20 世纪 60 年代黑色幽默小说的蓬勃发展起到了积极的推动作用。

## 第二节　海勒
### ——《第二十二条军规》

20 世纪 60 年代崛起的美国黑色幽默作家中,海勒也许是最杰出和最有影响的代表人物之一。尽管海勒已经发表了五部长篇小说,但绝大多数读者似乎只记得他的第一部小说《第二十二条军规》。这不仅因为他的第二部小说隔了十三年之后才得以出版,而且还因为《第二十二条军规》的问世在美国社会引起了强烈的反响,其影响之大、读者之多在美国文学史上十分罕见。"现在,人们普遍认为海勒的第一部小说是第二次世界大战以来美国人写得最重要的作品之一。"不仅如此,"《第二十二条军规》是 60 年代代表美国文学新方向的一批小说中的第一部"。显然,海勒的创作对现代主义后期美国黑色幽默小说的勃然兴起产生了十分重要的影响。

《第二十二条军规》在美国现代文学史上,具有极其特殊的地位。第二次世界大战之后,随着一批杰出的现代主义文学大师的相继去世或引退,美国的现代主义运动逐渐步入低潮。《第二十二条军规》的问世不仅使现代主义文学摆脱了止步不前的困境,而且也标志着美国现代主义小说的一个重要突破。海勒以非凡的艺术想象力和独特的创作才华成功地发展了一种以黑色幽默为特征的新的小说样式,同时还向读者展示了一个他们闻所未闻的小说世界,一个荒诞、可笑、疯狂、恐怖以及笼罩在死亡阴影中的世界。应当指出,《第二十二条军规》不只是一部描写第二次世界大战的小说,而且还是一幅反映美国社会令人捧腹而又耐人寻味的讽刺画。正如海勒本人所说,他创作这部小说是因为"受到 50 年代美国平民生活状况的触动"。他甚至公开宣称:"《第二十二条军规》与第二次世界大战无关。""就其意义而论,它与其说涉及第二次世界大战,倒不如说更能反映越南战争。"由于这部作品既体现了一种异乎寻常的艺术魅力,又具有十分重要的现实意义,因此,它成为美国 20 世纪 60 年代反战运动高涨时期最热门的社会小说之一,对当时的民族意识产生了重要的影响。据统计,《第二十二条军规》在出版后的二十五年中共售出一千万册,成为英美两国在第二次世界大战后最畅销的小说之一。不仅如此,"第二十二条军规"这一名称也不胫而走,不但成为众所周知的口头禅,而且还堂而皇之地走进了美国 20 世纪 60 年代以后出版的一些权威的英语词典和百科全书。从某种意义上来说,《第二十二条军规》的问世为黑色幽默文学的崛起拉开了序幕,同时也为现代主义小说的发展提供了一条新的途径。

《第二十二条军规》既是一部讽刺现代战争的黑色幽默小说,又是一部揭示第二次世界大战后美国荒诞现实的社会小说。海勒不但继承而且进一步发展了现代主义的创作风格。他用异乎寻常的艺术手法来表现自己对西方现代生活的新的体验,并以黑色幽默小说家特有的目光对现代主义后期的美国社会做了全面的审视。毋庸置疑,《第二十二条军规》不仅是美国黑色幽默小说中的上乘之作,而且也是现代主义后期英美文学中的一部经典力作,它对 20 世纪 60 年代黑色幽默小说的蓬勃发展产生了难以估量的影响。

## 第三节 冯内古特
### ——《猫的摇篮》《五号屠场》

冯内古特是美国著名的小说家之一,是美国后现代小说的代表人物之一[1],更是黑色幽默小说家中出类拔萃的人物。冯内古特的创作形式多样

---

① 王蕾:《冯内古特作品中后现代生态思想探析》,《湖北开放职业学院学报》2020 年第 33 卷第 9 期,第 186–187 页。

化,包括剧本、散文和小说。同海勒一样,他不仅直接参加过第二次世界大战,而且也将战争视为人类社会一种荒诞的现象和疯狂的举动。尽管冯内古特同其他黑色幽默小说家一样热衷于表现世界的无序性和荒诞性,但他别出心裁地将现代主义创作技巧与科幻小说的艺术形式交织一体,通过现实世界和外星球的交错并置与互相对照,充分表现了现代人以逃避时空作为逃避荒诞现实的可笑举动。冯内古特四十多年的创作生涯表明,他既是一位富有实验与革新精神的现代主义者,又是一位深受读者欢迎的小说家。他的小说不但作为通俗读物出现在超市的书架上,而且成为高等学府研究生课程的重要教材。今天,在绝大多数评论家看来,冯内古特是 20 世纪 60 年代美国文坛最出色、最活跃的黑色幽默小说家之一。

## 一、《猫的摇篮》

《猫的摇篮》是冯内古特的第四部小说,也是他告别长达十余年的艺术上的蹒跚并走向成功的重要标志。在这部小说中,读者不仅看到了冯内古特成熟的艺术构思和精湛的创作技巧,而且还体验到了一种强烈的黑色幽默感。从某种意义上来说,《猫的摇篮》是继《第二十二条军规》之后又一部引人注目的黑色幽默小说。不仅如此,它还代表了现代主义后期的一种新的小说艺术,展示出严肃而又荒诞的主题、复杂而又松散的结构以及直率而又戏谑的笔调。毫无疑问,《猫的摇篮》以其新的创作模式和独特的艺术感染力为 20 世纪 60 年代现代主义小说的复兴提供了一个成功的范例。

《猫的摇篮》以讽刺与嘲弄的笔调描述了 20 世纪 60 年代初严重困扰西方人的一系列道德和社会问题,如宗教信仰危机、对创造发明的狂热崇拜与追求、对核破坏的恐惧以及对荒诞现实的无奈等。在小说中,冯内古特用"冰晶 9 号"的发明者霍尼卡同其儿子牛特玩的"挑绷子游戏"来比喻人类将科学研究一再推向极端的愚蠢行为和对新型核武器的狂热追求。作者试图表明,科学的发展和技术的进步使现代社会中一部分丧失理性的人为所欲为,从而像玩"挑绷子游戏"一样来发明和制造他们所渴求的任何工具或武器。这无疑会使社会的混乱和非人化倾向不断加剧,还可能导致人类与地球的最终毁灭。正当原子弹在广岛爆炸时,它的发明者霍尼卡恰好在家里玩"挑绷子游戏",其中的象征意义也就不言而喻了。

《猫的摇篮》是一部集现实描写和科学幻想于一体的黑色幽默小说。冯内古特以充满喜剧色彩的语言描绘了一幕因科学和宗教的失败而造成的人间悲剧。显然,《猫的摇篮》充分反映了作者对混乱无序、荒诞不经的西方社会的讽刺与嘲笑,同时也体现了他在现代主义后期对英语小说创作的进一步实践与尝试。

## 二、《五号屠场》

如果说美国在 20 世纪初没有发生一系列令人烦恼的事件,那么冯内古特也许就写不出《五号屠场》这样的作品。第一次世界大战的爆发、华尔街股市的崩溃以及随之而来的经济大萧条对他世界观的形成产生了重要的影响。如果说没有第二次世界大战的爆发,那么冯内古特也许依然写不出《五号屠场》这样的作品。在经历了战争的磨难并在德累斯顿大轰炸中死里逃生之后,他觉得有必要将战争的残酷性和危害性告诉读者。如果说美国在 20 世纪 60 年代没有发生社会动荡、政治危机和道德混乱的现象,那么冯内古特就更写不出《五号屠场》了。在目睹了越南战争期间美国的混乱局势和荒诞现实之后,他终于获得了创作这部黑色幽默小说的艺术灵感。在现代英语小说史上,《五号屠场》具有极其重要的地位,它不仅高度集中地体现了 20 世纪 20 年代盛极一时的现代主义创作技巧,而且还充分反映了 20 世纪 60 年代现代主义小说集科学幻想和黑色幽默于一体的艺术倾向。不言而喻,《五号屠场》为我们深入研究现代主义小说的发展与演变提供了十分重要的依据。

《五号屠场》充分体现了 20 世纪 60 年代现代主义小说的新方向。冯内古特不仅有意识地继承了乔伊斯和福克纳等意识流作家的创作技巧,而且还成功地开拓与发展了新的小说艺术。在这部小说中,一个最为引人注目的艺术特征也许是作者的叙述手法。在人类对太空的研究与探索取得重大突破以及电视和广播等现代媒体迅猛发展的时代中,冯内古特创造性地运用了一种令人耳目一新的叙述手法,以唤起广大读者的兴趣。与一般现代主义小说不同的是,作者将自己作为《五号屠场》的叙述者和中心人物之一。他不仅在小说的第一章和最后一章中占有举足轻重的地位,而且还多次出现在小说的其余章节中。于是,小说的开头与结尾部分并不是对生活的模拟,而是作者对本人的经历和历史事件的真实记录。冯内古特向读者介绍了本人的生活经历,包括他的家庭、孩子及本人的职业。

充分展示现代主义的时空观念,并使其与科学幻想交织一体,这是《五号屠场》的另一个重要的艺术特征。同乔伊斯和福克纳等现代主义作家一样,冯内古特在小说中毫不留情地推翻了传统的时空观念,并按照自己的创作需要组建了新的时空秩序。在《五号屠场》中,作者既巧妙地展示了时间的倒流与重叠,又成功地表现了空间的错位与分解。小说主人公比利不仅在过去、现在和将来之间往返徘徊,而且也在地球与特拉法麦多尔星球之间频繁穿梭。冯内古特通过前后穿插和多次往返的叙述,将主人公比利在不同时期和不同空间内的生活经历不加说明地串为一体。在小说中,作者完全不按时间顺序来交代故事的来龙去脉,而是通过各种事件的更迭与交替,将无数零碎、分散和孤立的回忆、印象、展望与生活片段交织成一幅有意味的艺术画面。然而,与乔伊斯和福克纳不同的是,冯内古特巧妙地将现代主义的时空观念与科学幻想融为一体,从而极大地增强了现代主义小说的艺术表现力和感染力。在《五号屠场》中,主人公比利在第二次世界大战期间的可怕经历和战后的恐惧心理及精神错乱同他在特拉法麦多尔星球上的奇事异闻与超凡生活交错并置、互相映衬,既丰富了作品的层次感和象征意义,又增强了它的可读性和趣味性。就此而言,《五号屠场》不是一部普通的战争小说,更不是一部纯粹的科幻小说,而是一部以新的时空观念和艺术形式来揭示荒诞现实的现代主义小说。

综上所述,冯内古特的黑色幽默小说紧紧地卡住了荒诞世界的脖子,并用喜剧的形式来表现人类的悲剧,取得了极强的艺术效果。同巴斯和海勒等黑色幽默作家一样,冯内古特运用戏谑、夸张甚至变形的手法描绘了世界的荒诞与混乱。然而,与他们不同的是,冯内古特在小说的艺术形式和创作技巧方面做了进一步的实验与探索,并成功地为现代主义后期的小说发展开辟了一条新的途径。

# 第七章 实验主义
# 和荒诞派戏剧

　　19 世纪末,当现代主义思潮席卷西方世界,以破竹之势对传统文学进行猛烈冲击时,英美剧坛同样风起云涌,日新月异。众所周知,英语戏剧文学源远流长。在英国,戏剧的问世比小说至少提前了三百多年。早在文艺复兴时期,戏剧文学盛极一时,简直到了家喻户晓的程度。现代主义文学浪潮声势浩大、所向披靡,不仅冲破了英语诗歌与小说领域的各种陈旧的观念和准则,而且也震动了整个英美剧坛。任何一位具有现代主义思想的艺术家都清楚地意识到,戏剧的改革与创新已经迫在眉睫。

　　纵观英美现代主义戏剧的发展历史,我们不难发现,它大致经历了一个从实验走向"荒诞"的演变过程。20 世纪初,正当英语诗歌和小说的革新运动蓬勃兴起之时,英美剧坛长期以来风平浪静、安然自得的局面也已不复存在。尽管萧伯纳、王尔德和高尔斯华绥等的传统戏剧依然占有统治地位,并使戏剧改革显得步履维艰,困难重重,但现代主义者对工整匀称、剪裁干净的传统戏剧提出了强烈的挑战。

　　第二次世界大战之后,随着世界局势的不断紧张和英美两国社会矛盾的日趋尖锐,存在主义、悲观主义和虚无主义等思潮泛滥成灾,并对现代主义戏剧的发展产生了重要的影响。20 世纪 50 年代初,英语戏剧文学发生了惊人的变化,一个新的艺术流派——荒诞派戏剧在沸沸扬扬的贬褒声中登台亮相。同法国荒诞派戏剧大师亚瑟·阿达莫夫和尤金·尤涅斯库一样,英美剧作家塞缪尔·贝克特、爱德华·阿尔比、哈罗德·品特和诺曼·辛普森等也表现出一种变形的审美意识，大胆地推出了一部又一部形式奇特、内容荒诞的作品，在社会上引起了强烈的反响。荒诞派戏剧不仅更加远离英语戏剧的传统模式，而且还以一种低调的、扭曲的、矛盾的，甚至是支离破碎的形式来表现混乱无序和荒诞不经的现实世界。

英美现代主义戏剧从实验走向"荒诞"的演变过程充分反映了社会现实与文学创作之间的辩证关系，同时也完全符合文学发展的客观规律。英美现代主义剧作家不仅成功地开辟了新的审美领域，采用新的戏剧结构来反映 20 世纪的复杂经验，而且对戏剧的表现技巧和语言形式也做了大量的探索与实验，并取得了一系列重要的突破。毋庸置疑，他们的作品是英美现代主义文学的重要组成部分，同时也为世界戏剧的历史增添了崭新的一页。

# 第一节　斯泰因
## ——《四个圣人三幕戏》《我们共同的母亲》

在英美现代文学史上，美国女作家斯泰因具有十分特殊的地位。她既是一位出色的小说家和诗人，又是一位优秀的剧作家。斯泰因一生致力于文学的实验与革新，坚定不移地走文学改革的道路，为推动现代主义文学的发展做出了积极的贡献。作为新一代流亡作家的领袖，斯泰因似乎已经成为英美现代主义运动的具体化身。她不仅为移居法国的英美现代主义作家建立了一个重要的联系网络，而且也是这场异乎寻常的文学革命的积极倡导者。她在巴黎弗勒鲁斯街 27 号的寓所已经成为英美现代主义文学运动的一个重要象征。近年来，越来越多的评论家认为，斯泰因在戏剧创作上的业绩与她在小说方面的成就相比毫无逊色。她的剧本一再重版，并且受到读者和评论家的高度评价。今天，斯泰因已被公认为美国 20 世纪最重要的剧作家之一。她从事戏剧创作长达三十余年，创作了七十多部剧本，为英语戏剧的改革与创新鸣锣开道，立下了汗马功劳。

## 一、《四个圣人三幕戏》

《四个圣人三幕戏》是作者"语景剧"中的杰出范例，也是她全部戏剧中的上乘之作。这部戏剧于1934年2月在美国康涅狄格州的首府哈特福德首次公演,随后在百老汇连续上演四十八天,在观众和评论家中引起了强烈的反响。一些保守的戏剧评论家指责斯泰因的这部作品毫无意义,尽是胡言乱语,然而,具有现代主义审美观念的批评家们则对《四个圣人三幕戏》的音乐性和内部结构的统一性赞叹不已。他们发现,同乔伊斯一样,斯泰因试图创造一种新的文学语言,并通过对语音和节奏的巧妙安排使其发挥音乐的功能。从某种意义上来说,《四个圣人三幕戏》体现了其艺术的两重性。一方面,它难以卒读的语言和混乱无序的结构使其成为一个抵制传统表演艺术的"反文本"(countertext);而另一方面,这部戏剧的主题与内涵能够通过语言的音韵效果、音乐节奏和歌曲形式加以表达。显然,斯泰因在戏剧创新的道路上又向前迈了一大步。

《四个圣人三幕戏》主要讲述了一位正在工作的艺术家的生活,或者说一位艺术家的创作过程。剧中的圣人不仅是舞台角色,而且也是艺术家的象征。从某种意义上来说,这是一部力图将艺术家创作戏剧的过程搬上舞台的新戏剧。这位艺术家只能是斯泰因本人,而她所创作的则正是《四个圣人三幕戏》。斯泰因在戏剧中不仅将生活和艺术交织于一体,而且也使戏剧创作和舞台表演彼此交融。有趣的是,这部戏剧的名字在读者和评论家中引起了极大的争议。迄今为止,人们对剧中究竟有多少位圣人依然争论不休。斯泰因笔下的主角是西班牙女圣人特丽萨和另一位长期在亚洲传教的西班牙圣人艾格纳西斯。然而,剧中其他有名有姓的圣人至少还有七位。至于标题所显示的"三幕戏"也并非属实。事实上,这部戏剧包括四个第一幕、两个第二幕、两个第三幕和一个第四幕,总共九幕戏。应当指出,剧名与实际不符恰好反映了艺术家的创作过程。正如在完成设计之前建筑师很难确切预料一幢大楼究竟需要多少门窗和墙壁一样,只有当一部剧本最终完成之后,剧作家才能确定它的人数和场次。就艺术创作而言,原来的任何构思和设计都是可以改变的。

《四个圣人三幕戏》的这种临场发挥和即兴创作的艺术特征首先体现在人物的形象上。斯泰因将西班牙16世纪的女圣人和神秘主义作家特丽萨作为女主人公与艺术家的象征,这固然无可非议。但她同时又将西班牙18世纪末的另一位在亚洲从事传教活动长达半个世纪,且与特丽萨毫不相干的艾格纳西斯作为男主角,这无疑使人感到意外。不仅如此,剧中另外两名角色即"设计圣人"(Saint Plan)和"定稿圣人"(Saint Settlement)的出现也同样使剧本显示了即兴之作的特征。这些"圣人"以及另外一些有名无实、半真半假的"圣人"不仅是剧中的角色,而且也仿佛共同参与了剧本的整个创作过程。每当他们畅所欲言、各抒己见时,斯泰因就借机表现艺术创作的自然与真实过程,有意将冗词、赘语、遗漏、重复以及格言和妙语等各种"语言景观"原原本本地展示出来。正如作者本人所说:"所有这些圣人组成了我的风景。这些出场的圣人都是风景,这部戏剧的确是一个风景。"毫无疑问,斯泰因通过这些人物形象不仅巧妙地在生活和艺术之间建立了有趣的联系,而且也充分展示了艺术创作的真实过程,从而使观众身临其境,通过舞台形象全面了解艺术家在创作剧本时所遇到的各种程序和细节。

毋庸置疑,《四个圣人三幕戏》是英美戏剧史上前所未有的优秀剧本。斯泰因巧妙地采用了一种充满"残句"和"病句"的静态语言来反映戏剧的创作过程,她别开生面地将戏剧创作与舞台表演合二为一,使生活与艺术交织于一体,从而达到戏剧创作舞台化、舞台表演文字化的目的。《四个圣人三幕戏》反映了斯泰因全新的戏剧观念和非凡的艺术想象力,同时也是世界现代戏剧史上的一个重要创举。

## 二、《我们共同的母亲》

《我们共同的母亲》是斯泰因的代表作,也是第二次世界大战之后美国最重要的戏剧之一。这部戏剧于1947年在纽约首次公开上演,并获得成功。今天,它依然受到美国观众的青睐,久盛不衰。这部两幕剧生动地反映了美国女权运动领袖苏珊·安东尼为广大妇女争取社会地位和政治权利而奋斗的经历。然而,斯泰因不仅将美国的妇女运动视为现代经验的重要组成部分,而且还将苏珊的奋斗经历同其本人的创作生涯联系起来。正如苏珊为美国妇女的自由与独立不屈不挠、奋斗终身一样,斯泰因也为美国现代主义文学的发展忍辱负重、呕心沥血,耗尽了毕生的精力。从某种意义上来说,作者试图在临终前凭借苏珊的喉舌来为自己长期倡导的现代主义运动作最后的辩护。在剧中,斯泰因将自己比作苏珊的意图是显而易见的。除了执着追求事业之外,二人的确具有许多共同之处。苏珊和斯泰因均提倡妇女独立,反对落后的婚姻制度。尽管她们既未结婚,也未生儿育女,但二人却不愧是"我们共同的母亲"。显然,苏珊与斯泰因之间的这些共同之处不但进一步丰富了这部戏剧的内涵,而且也使其具有深刻的象征意义。

由于斯泰因晚年将创作视线从形式转向了题材,从无序的生活表象转向了无情的历史事实,因而她在创作中不再一味追求新的技巧和形式。然而，《我们共同的母亲》依然体现了某些现代主义的艺术特征，与传统的现实主义戏剧不可同日而语。细心的读者不难发现，这部作品在一定程度上体现了斯泰因的现代主义时间观念。尽管这是一部反映历史人物的戏剧作品，但作者并未按时间顺序来表现人物与事件的发展过程，而是像乔伊斯等现代主义作家一样将过去、现在和将来融为一体，从而使整部戏剧处于"现在"的时间流程之中。在斯泰因的笔下，时间既不是直线的，也不是断裂的，而是呈现出一种块状结构。她凭借这种时间结构成功地让美国一百五十年历史中原本互不相干的形形色色的人物走进了作品，其中不仅有亚当斯与约翰逊等美国总统和政客，而且还有不少与斯泰因同时代的人。位于他们中间的则是一位静态、永恒和伟大的人物苏珊。她犹如一位超越了时间与空间的大地母亲式的人物，在历史与现实、女权主义与现代主义之间建立起一条重要的纽带。

综上所述，斯泰因彻底打破了传统的创作观念，推翻了固有的戏剧模式，为现代主义戏剧文学的发展开辟了新的途径。在西方现代戏剧史上，斯泰因也许是最富有革新精神的女剧作家，她早期创作的剧本改革力度之强，在语言和形式上的突破之大实属罕见。

# 第二节　奥尼尔
## ——《琼斯皇帝》《大神布朗》

1953 年 12 月，当尤金·奥尼尔去世两个星期之后，美国《纽约时报》的一位评论家悲痛地写道："一位文学巨匠从地球上消失了。一种伟大的精神和我们最伟大的戏剧家离开了我们。现在，戏剧世界变得更狭小、更平庸了。"这是对奥尼尔的高度评价。奥尼尔是美国文学史上第一位在国际上享有盛誉的戏剧大师，也是 20 世纪美国最杰出的戏剧家。虽然美国戏剧的振兴与繁荣并不能归功于奥尼尔一人，但他的确为美国戏剧在世界文坛异军突起立下了汗马功劳。在世人眼里，他是美国剧坛的一位里程碑式的人物，其地位与诗坛的惠特曼不相上下。作为美国剧坛唯一的诺贝尔文学奖得主，奥尼尔不仅是美国表现主义戏剧的先驱，而且也为英美现代主义戏剧的发展做出了重大的贡献。自 20 世纪 20 年代以来，奥尼尔的作品在世界各国的舞台上不断上演，久盛不衰，引起了无数观众的共鸣。

## 一、《琼斯皇帝》

《琼斯皇帝》是奥尼尔早期最重要的作品之一。它的问世不仅使作者声誉鹊起,而且也标志着他戏剧革新的开始。在这部作品中,奥尼尔首次采用欧洲表现主义技巧来反映人物的心理冲突,从而为美国的表现主义戏剧艺术提供了一个成功的范例。无论是仰承传统的还是推崇现代主义的评论家都对这部戏剧赞不绝口。当这部作品在纽约普罗文斯镇剧社上演大获成功之后,一位著名导演迫不及待地将它搬上了百老汇舞台,并连续上演了二百零四场。不少评论家认为,奥尼尔的现代主义技巧与其现实主义题材的珠联璧合是《琼斯皇帝》获得成功的一个重要原因。

《琼斯皇帝》生动地反映了美国黑人布鲁特斯·琼斯在西印度群岛的一个原始部落中从发迹到毁灭的冒险经历。主人公琼斯原本是一位受人歧视的火车行李搬运工,曾坐过牢,后越狱从美国逃往西印度群岛。由于受到资本主义原始积累思想和殖民主义扩张行为的影响,他背弃了黑人的民族文化心理,利用白人狡猾的统治手段使自己成为一个原始部落的"皇帝"。琼斯在原始部落中巧取豪夺,称王称霸,成为一个贪得无厌而又残酷无情的统治者。在白人史密塞斯的煽动下,当地居民起来造反,从而迫使琼斯仓皇出逃。但他却在黑暗的原始森林中迷失方向而逃回原地,终于被造反者枪杀。这部由八场戏组成的悲剧集中表现了"琼斯皇帝"最后一天的统治,并生动展示了他从傍晚出逃到第二天清晨被杀期间的心理骚动,以及他发现自我、探索民族意识根基的心灵的旅程。在作品中,奥尼尔不仅巧妙地将现实与幻觉交相并置,而且还运用表现主义技巧充分展示主人公夜间在原始森林中的内心冲突。整部戏剧结构匀称,进展有序。前两场描写了琼斯统治的最后一刻及其出逃的情景,后五场展示他在黑暗的原始森林中的狂想与独白,而最后一场则表现了"琼斯皇帝"的最终毁灭。

奥尼尔笔下的"琼斯皇帝"是一位性格复杂的人物。他既是种族的败类,又是白人统治的受害者。为了权力和金钱,他出卖自己的良心,杀害无辜,并用白人压迫黑人的手段来统治他的部落。然而,琼斯本人也曾遭到白人的残酷迫害,并最终被白人史密塞斯的阴谋诡计所陷害。尽管琼斯背弃自己的民族,但他始终无法跻身白人社会,从而使自己成为一个既无根又无归属的"孤家寡人"。在黑暗的森林中,他身上的黄袍被树木勾得支离破碎,层层脱落,最终使他几乎到了赤身裸体的地步。当他被剥去了遮在身上象征着白人统治的虚假的护纱之后终于原形毕露。戏剧结尾,琼斯枪杀了一条正要袭击他的象征着原始自然力量的鳄鱼,因而暴露了自己的位置,终于被追兵用"银弹"击毙。"琼斯皇帝"的毁灭不仅是他个人的悲剧,而且也是其种族和人类历史的悲剧。

在《琼斯皇帝》中,奥尼尔成功地采用了声、色、光、影来表现主人公的心理世界,同时也巧妙地将皇宫与森林、白昼与黑夜,以及现实与幻觉交相并置,使作品产生了极强的艺术感染力。正如一位研究奥尼尔的美国学者所指出的:"《琼斯皇帝》不仅在观念上而且在创作上均是一部里程碑式的戏剧……它标志着美国戏剧时代的开始。"毫无疑问,奥尼尔出色的表现主义技巧和他所反映的在当时颇有争议的美国种族问题,使《琼斯皇帝》在美国剧坛占有十分特殊的地位。

## 二、《大神布朗》

《大神布朗》是奥尼尔最有趣、最庞杂的戏剧之一。它包含了作者在戏剧创作中最大胆的构思和实践。除开场白和尾声之外全剧由四幕十一场戏组成。前两幕主要表现了艺术家狄俄的心理矛盾以及他与物质社会之间的冲突,而后两幕则集中描绘了建筑公司老板极端的物质主义者布朗的性格危机。虽然剧本结构完整,情节有趣,但人物的性格分裂与角色转换使作品显得朦胧晦涩。在开场白中,作者生动地展示了狄俄与布朗在高中毕业舞会上的冲突。双方父母都迫切希望自己的儿子不仅能成为出色的建筑师,而且能在事业上超过对方。此刻,狄俄与布朗为博得玛格丽特的欢心而争风吃醋。狄俄戴着古希腊潘神的面具遮住了"他自己那张黝黑、精神饱满,富有诗意和情感以及对生活充满了宗教般信念的易受伤害的孩子般的脸"。玛格丽特极为欣赏狄俄的面具和艺术才华,并接受了他的求婚。玛格丽特也"戴着一张与她的面孔完全一样而且几乎透明的面具,展示了一种代表普通少女而不是具体个人的抽象的气质"。狄俄和玛格丽特整天戴着面具,因为玛格丽特只爱戴着潘神面具的狄俄,而拒绝接受不戴面具的丈夫。同样,狄俄也痛苦地承认"我爱玛格丽特,但我不知道谁是我的妻子"。随着岁月的流逝,"他自己的脸衰老了许多,变得更加忧伤和痛苦"。狄俄心灰意冷,悲观失望,不但放弃了艺术创作,而且开始借酒浇愁。尽管他在玛格丽特的敦促下到布朗的建筑公司担任了制图员,但这无法改变他内心的痛苦。具有讽刺意义的是,狄俄只有与妓女莎贝尔在一起时才能摘掉面具,并能获得

"生活的力量"。然而,当他在家里摘掉面具时,玛格丽特却突然惊叫起来:"狄俄,别这样,我受不了!你像个幽灵!你死了!啊上帝,救命啊!救命啊!"随后,她竟然昏倒在地。显然,面具不但已经成为他们互相认可的标志和彼此交往的重要依据,而且也成为他们赖以生存的必要手段。

如果说狄俄是一位性格扭曲、意志消沉的艺术家,那么布朗则是西方现代物质神话中的上帝。然而,布朗在生意上的成功始终无法弥补其精神上的空虚。尽管"他相貌堂堂,衣着讲究,是一名能干而又受过高等教育的美国商人",但他却无所寄托,缺乏创造力和艺术灵感,并对失去玛格丽特一直耿耿于怀。从某种意义上来说,布朗和狄俄不仅是两个互相对立的人物,而且也代表了人物分裂的性格。出于忌妒和仇恨,布朗在自己家中将狄俄扼死,并将尸体埋在花园里,随后戴上狄俄的面具与玛格丽特共同生活。然而,布朗这种张冠李戴的骗人花招非但未能使他获得幸福,反而使他产生了更严重的性格危机,并最终导致了他的自我毁灭。

如果说在前两幕中,面具遮盖了狄俄的真实自我并无情地支配着他的内心世界与日常生活,那么在后两幕中,面具则充分展示了布朗因角色转换与错位而出现的性格分裂。在家中,他戴着狄俄的面具与玛格丽特及其孩子共同生活。然而,在公司他却戴着布朗的面具。布朗必须戴上狄俄的面具才能博得玛格丽特的欢心,从而使他对本人的真实身份产生了怀疑,甚至感到厌恶。戴着面具生活使他的自我受到了极大的伤害。随着剧情的发展,威廉·布朗逐渐变成了"狄俄·布朗",其性格出现了严重的扭曲与分裂。同狄俄一样,布朗似乎离开面具已无法生存。然而,戴着面具,他的心灵却备受折磨,痛不欲生。正如他自己所说:"我是威廉·布朗的遗骸!我既杀害了狄俄,也被他所杀!"最终,布朗倒在妓女莎贝尔的怀里死去。临死前他还喃喃自语:"我找到了上帝!我听到了他的声音。"耐人寻味的是,当警察撕下戴在他脸上的狄俄的面具并询问莎贝尔死者的真实姓名时,她干脆利落地回答说:"人!"显然,布朗是西方现代人的化身,他的毁灭是资本主义物质社会中现代人的悲剧。奥尼尔以讽刺的笔调描绘了一个现代物质神话中上帝的形象,并通过他的最终毁灭来揭示现代西方社会严重的精神危机。

《大神布朗》以生动的艺术形象揭示了深刻的社会主题。奥尼尔成功地使用面具来反映现代西方人在各种社会势力冲击下的性格危机和表里不一的可怕现实。在作品中,面具不仅支配着角色的命运,而且也成为其心理冲突和性格分裂的象征。显然,作为一种新型的戏剧手段,面具对渲染气氛、揭示主题起到了十分重要的辅助作用。它在增强作品艺术感染力的同时，还充分展示了自身的心理学价值。毫无疑问，《大神布朗》再次体现了奥尼尔的实验精神和艺术追求，并为现代主义戏剧的发展开辟了一条新的途径。

# 第三节　贝克特
## ——《等待戈多》《残局》

20世纪，贝克特的名字令西方读者肃然起敬。在评论家的眼中，他是一个现代主义者、存在主义者和荒诞主义者；近年来，又有人称他为后现代主义者。凡此种种，因人而异，不一而足。许多学者认为贝克特是20世纪下半叶一位极其重要的作家。事实上，他不仅是"荒诞派"戏剧的创始人之一，而且也是第二次世界大战之后英美现代主义文学最杰出的继承者之一。

## 一、《等待戈多》

自20世纪50年代以来，贝克特的第一部剧本《等待戈多》几乎成了荒诞派戏剧的代名词。从某种意义上来说，《等待戈多》不仅是第二次世界大战后英美剧坛的一个重要里程碑，而且也是20世纪50年代初现代主义文学复兴的一个显著标志。它充分体现了第二次世界大战后现代派作家新的审美观与艺术观。《等待戈多》是一部既没有开头和结尾，也没有情节和高潮的戏剧。它只是展示了一个充满沉默和具有悬念的情景，而未能按时间顺序来表现人物在我们熟悉的环境中可能产生的行为，从而迫使我们重新思考那些历来被人们视为天经地义的传统戏剧标准的可靠性与合理性。

《等待戈多》由两幕戏组成，剧中发生的事情实在平淡无奇。在第一幕中，两个分别名叫弗拉蒂米尔和爱斯特拉冈的流浪汉于晚上在公路旁交谈，背景为一棵仅有四五片叶子的矮树。二人好像昨天也在这里交谈过，而且明天也极有可能在此重新相会。他们漫无边际地聊天，时而脱靴子，时而解手，更多的时候则互相嘲弄、挖苦、责备、争吵、言和、拥抱……他们似乎在等候一位名叫戈多的人。其间，波卓和卢克主仆两人路过此地，与他们聊了一会儿，随后离去。弗拉蒂米尔和爱斯特拉冈曾企图上吊自杀，但因树枝太细而未成功。第一幕结束时，一名男孩跑来对二人说："戈多先生让我告诉你们他今晚不来,但明天肯定会来。"第二幕开场,这两名流浪汉次日在"同一时间、同一地点"再次相遇,并经历了与昨晚大致相同的过程。他们再次试图上吊自杀,但因绳子断了而未得逞。他们等待的戈多依然未能赴约。看来他明天很可能继续失约,永远失约。这便是《等待戈多》的全部内容。它无情地揭示了西方社会的荒诞现实和现代人的绝望心理。

《等待戈多》展示了作者所追求的那种"能够容纳混乱的形式"。这种形式充分反映了作者对作品的结构、空间、时间和人物的精心安排。首先,作品的结构巧妙地体现了一种与主题完全吻合的失衡状态。尽管全剧两幕发生于同一时间和同一地点,但其篇幅前长后短,有欠平衡。虽然两幕都有波卓与卢克的角色,但相对来说,他们在第二幕中更晚出现却更早离场。显然,这种结构上的不和谐暗示了现实的无序性。同时,《等待戈多》所展示的是一种静态的乃至呆滞的戏剧结构。全剧没有高潮或低潮,只有自身的重复;没有进展,只有重复;没有启示,只有等待。这种结构巧妙地暗示了生活的乏味和无望。

《等待戈多》以新颖的戏剧结构表现了一个荒诞无稽的现实世界,同时也充分展示了第二次世界大战之后现代主义作家独特的审美观念。贝克特别出心裁地运用剧情的停顿和人物的沉默来揭示人物的孤独感与空虚感,从而为荒诞派戏剧创造了一种前所未有的"沉默美学"。此外,贝克特的戏剧语言也别具一格。自相矛盾、缺乏连贯或毫不相干的戏剧对白比比皆是,生动而自然地表现了人物心中的矛盾、悲哀和绝望。《等待戈多》成功地反映了20世纪西方世界中极为阴郁的一幕,为荒诞派戏剧的发展奠定了十分重要的基础。

## 二、《残局》

《残局》是贝克特在20世纪50年代出版的又一部十分重要的荒诞派戏剧。作者再次以一种"能够容纳混乱的形式"表达了他对现代西方社会的否定态度。同《等待戈多》一样,《残局》也是一部包括四个人物且只有对白而没有情节的戏剧。如果说《等待戈多》集中表现了处于绝境之中的两名流浪汉的精神孤独,以及他们彼此之间的依赖关系,那么,《残局》则通过一个行将衰亡的家庭中的主人汉姆与仆人克洛夫的形象再次揭示了人们在荒诞的世界中互相之间的依赖关系。然而,不同的是,贝克特放弃了他在《等待戈多》中所展示的那种贫瘠和荒凉的戏剧背景,而是采用了一个"内部缺乏装饰",只有"两扇小窗",并安放着"两只用旧布盖着的垃圾箱"的房间作为空间形象。此外,贯穿全剧的也不再是昏暗的夜色,而是一种象征着风烛残年的"灰光"。顾名思义,"残局"既可指进入结束阶段的棋局,也可指社会动乱或生活失败后的局面。在剧中,作者用象棋的"残局"来比喻主人公汉姆的苟延残喘,并借此来影射整个西方文明的衰败。

《残局》是一部内容紧凑、结构简单的独幕剧。作品展示了由四个人物构成的一个令人悲哀的场面:双目失明、下身瘫痪的主人汉姆坐在椅子上,怒气冲冲的仆人克洛夫在料理家务,而房间左前方的两只垃圾箱内分别躺着汉姆失去双腿的父母纳格和内尔。除了奄奄一息的内尔之外,其余三人都在等待某种东西。汉姆在等止痛药,纳格在等半流质食物,而克洛夫则在等汉姆归天,以便能早日结束眼下的残局。引人注目的是,人物赖以生存的止痛药和半流质食物已经耗竭;而内尔在下半场则气绝身亡。不仅如此,平时滔滔不绝的纳格今天也显得没精打采,似乎气数已尽。最终,汉姆无可奈何地宣布:"结束了,克洛夫,我们到达了终点。我不再需要你了。"《残局》自始至终充满了一种强烈的末日感。它不仅体现了一种"结束"的气氛,而且也以独特的艺术形式模仿了死亡的过程。

作为一部现代主义作品,《残局》不仅深刻地揭示了异化的主题,而且还充分反映了贝克特对戏剧结构的实验与探索。作者再次将作品建立在一种静态结构之上。剧中既没有情节的发展,也没有冲突与高潮,而只有主题的重复、盘旋和交织。作者巧妙地通过某些关键词语和动作来渲染"残局"的气氛,并自始至终强调了一种"结束感"。事实上,"结束"一词不但在剧中反复出现而且也与剧名遥相呼应,彼此吻合。然而,《残局》的这种封闭式的静态结构同时也暗示了一种难以结束的感觉。主人公虽痛不欲生,但对结束和死亡的态度却模棱两可。正如汉姆所说:"我对结束依然犹豫不决。不错,该是结束的时候了,可我对结束依然犹豫不决。"显然,作品迂回、盘旋的结构形式巧妙地暗示了人物这种既不想生又不愿死的矛盾心理。

《残局》是一部题材独特、结构新颖的现代主义作品,也是 20 世纪 50 年代英美荒诞派戏剧中的上乘之作。同《等待戈多》一样,它不但反映了贝克特新的戏剧观念,而且深刻地揭示了第二次世界大战后弥漫于西方社会的末日感与幻灭感。毫无疑问,《残局》为现代主义后期英语戏剧的发展再次提供了一个极为成功的范例。

# 第八章　后殖民生态批评小说

　　后殖民批评在20世纪70年代的西方学术界悄然兴起,它是一种着眼于宗主国和前殖民地之间的话语,主要研究西方与东方之间的复杂关系和冲突,批判欧洲中心主义是这一理论的基本内容。后殖民批评在20世纪70年代到80年代期间研究视角仅仅局限于人与社会的维度,批判西方在世界范围内的文化霸权、政治霸权,探讨"人"的生存,注重研究人与人、文化与文化的关联和冲突,将矛盾聚焦在人的关系上,往往遗漏了自然这一重要的角色,更广阔的自然空间未被纳入研究范围。与后殖民批评同样发轫于20世纪70年代的生态批评关注的对象主要是自然,生态批评倡导建立人与自然和谐的关系,构建天人合一的自然伦理。生态批评理论从诞生到发展再到完善一直都是西方主导的话语场,生态批评学者只关注欧洲的"人类中心主义"而非全世界的"人类中心主义",可以说它为西方自然提供了一种话语保护,而非为全人类的生态负责,可见这两种学术思潮在早期都存在不足,具有互补的特征。

　　随着全球化时代的到来,资本主义的发展模式和价值观在全世界进一步推进,高速发展的现代化使众多第三世界国家("第三世界"一词作为特殊历史时期不发达国家的统称,一方面能更准确地体现全球资本主义体系下落后国家的地位,另一方面相较于"发展中国家","第三世界"更容易从整体上把握殖民时期和后殖民时代西方与殖民地之间的关系)经济取得成就的同时,也导致了严重的生态恶化问题。西方线性的发展观念淡化了人对自然的尊重与环境保护意识,落后的第三世界模仿西方的发展路径,否定了传统自给自足的农业生产,一味追求工业化、城市化,却在资源的日益枯竭中愈加贫穷、孱弱。摆脱了殖民统治的第三世界依旧处于西方的隐形控制之中,世界也没有真正走向多极化,权力的顶峰依然是西方国家,它们消耗着最多的资源却承担最少的环境责任,将全球性的气候变暖、空气污染、资源枯竭等问题归结于第三世界,却丝毫不提及利用技术优势对第三世界资源的掠夺、自然生态的控制。全球化时代随着愈发错综复杂的生态问题的产生,政治和环境之间产生了更加微妙的关系,解决环境问题必须从文化根源出发,这一时期生态批评内部出现了"环境正义转向",即关注欠发达地区的环境权力,重点维护西方/非西方二元对立的双方中弱势一方的地位。与此同时,后殖民批评家也认识到任何罔顾社会历史作用的生态批评都是有问题的,后殖民理论开始向自然主体倾斜,前殖民地的英语文学作品引起了一些后殖民学者们的注意,学者们用"生态"的眼光重新审视这些作品,认为这些作品揭露了殖民统治对生态的破坏,反思了战争带给原生生态系统的灾难,于是生态和环境逐渐成了后殖民批评在 20 世纪 90 年代关注的对象,后殖民批评内部出现了"生态转向"。生态批评的"环境正义转向"和后殖民批评的"生态转向"使两个学科理论逐渐走向融合,最终经过长期的磨合、对话、交流,一种新型的跨学科理论"后殖民生态批评"诞生,这一理论旨在为他者化的自然和人类等一切弱势群体发声。

"后殖民生态批评"是后殖民批评和生态批评的跨界学说。该理论指向人类历史进程中的唯发展主义(developmentalism)与发展正义(development justice),提出构建环境正义和社会正义。它以环境为中心,坚持在历史和当前的生态与生态伦理辩论中考虑文化差异因素。该学说强调在全球一体化背景下,对自然、环境、动物和人类关系的重新审视,探究在文学文本中反映的(新/旧)殖民主义影响,关注富裕的第一世界发达国家以发展之名对于贫困的前殖民地在土地、植物、动物、生命基因、环境、种族、语言、精神和文化等方面造成的破坏,揭示这种破坏的根源在于西方古典哲学的二元对立思维模式和逻各斯中心主义思想,基督教宣扬的人类中心主义和由此产生的欧洲中心主义,以及工具化理性和实用主义科学所强化的对于动物的偏见,反思西方文化中人类对于动物和环境的主宰关系,展示第三世界和原住民社会与西方不同的文化观念,最终目的是消除全球范围内各种形式的新殖民主义霸权行径,追求社会正义与环境正义。

# 第一节  奈保尔
## ——《曼门》《世间之路》

维·苏·奈保尔是 20 世纪英语文学世界的一个奇才,他出生于加勒比,后求学于英国伦敦的牛津大学,是被西方文化滋养起来的世界级作家。他写作不拘一格,独创了首屈一指的游记体小说,受威廉·毛姆、狄更斯等作家影响,文字辛辣、凝练,作品脍炙人口、独具匠心。奈保尔被赞誉为"最无可争议"的诺贝尔文学奖获得者之一,也被一些我国学者称为"第三世界的鲁迅"。他的作品书写了殖民统治时期的生态暴力与种族矛盾,在他笔下,有色人种和自然处于同样卑微的地位,殖民暴力造成了原住民的心灵创伤与基本生存权的丧失,自然被无尽的索取,土地变得贫瘠,森林规模锐减,整个生态系统处于崩溃的边缘。奈保尔的游记还充分表现了后殖民社会的环境问题,聚焦第三世界的现代化"发展",以旁观者的角度揭示了西方工业化模式的痹症,指出殖民主义话语和物质实践对第三世界的环境非正义,以及历史上的殖民统治如何影响了今天的自然环境。奈保尔小说包含种族关系、环境污染、生态破坏等现代社会面临的热点问题,描绘了宗主国和殖民地之间错综复杂的生态关联与矛盾,展现了强烈的社会责任和生态意识。

奈保尔从 1957 年发表他的处女作《神秘按摩师》开始,几乎每年都有作品出版,获得多项文学大奖,如布克奖、毛姆奖、诺贝尔文学奖等,与石黑一雄、萨曼·拉什迪并称"英国文坛移民三雄"。纵观奈保尔的小说,主题非常鲜明且洞察力超强,2001 年诺贝尔文学奖对他的评价是:"奈保尔的著作将极具洞察力的叙述与不为世俗左右的探索融为一体,是驱策人们从被压抑的历史中探寻真实的动力。"从中足以看出奈保尔作为世界级作家的一种责任感,一种不断探索真实殖民历史、揭示现实社会的精神。奈保尔小说主要分为以下两种。

第一种是他通过游历非洲、亚洲、拉丁美洲所撰写的游记,这一部分占据了创作一半左右的数量。在奈保尔初次登陆印度"寻根"之时,写下了他的"印度三部曲"的第一部《幽暗国度》。这部著作的行文之中充满了愤怒,他认为"印度是世界上最贫穷的国家",并指出了印度存在的痹症。在后来的几部游记《信徒的国度》《失落的黄金国》《重访加勒比》《印度:受伤的文明》中奈保尔都以客观之眼看待第三世界,为世人深刻地了解第三世界提供了多样的视角。他的目光从美洲到非洲再到亚洲,他用犀利的言辞和执着的信念对自然、对社会、对人加以评判和议论,并在这一过程中完成对个人身份的追寻。在奈保尔眼里,第三世界是贫穷、落后、混乱的代名词,他对第三世界充满悲观的情绪,因此他被一些国内外的评论者片面地理解为"殖民主义的奴仆"。但是随着时代的进步和思想观念的变化,评论界认识到这样的评价实际上失之偏颇,人们对奈保尔游记的认识越来越客观,态度也越来越温和。

第二种是虚构小说,包括最早发表的《米格尔街》《灵异推拿师》和封笔之作《半生》《魔种》等。虽然是虚构小说,但无论是哪一部小说都有意无意地弱化虚构与非虚构的界限,作者的个人经历和主人公的故事穿插并行,给读者带来了一种全新的阅读感受。奈保尔的虚构小说带有鲜明的个人特色,语言洗练、辛辣,聚焦社会问题。虚构作品大多具有半自传性质,对边缘人和流散者的书写最丰富也最具代表性,反映了人物在多重文化背景的社会中艰难生存的状况,深刻描摹了后殖民社会的重重问题,在文学界独树一帜。

随着现代主义文学思潮的到来,诸多作家偏爱借助动物意象来喻指人性以及殖民地区原住民的社会和生活境遇,奈保尔也不例外。奈保尔笔下的动物书写具有普适性,这足以说明人类社会与整个生态环境之间的恶化程度。以后殖民生态批评视角解读奈保尔的动物生态书写,生态系统中的一切物种是人类命运共同体,动物和人类在自然生态系统中都是不可或缺的一部分,起到相互制约以及平衡的作用。奈保尔借助工业发展进程中动物的生存境遇,揭示了工业化、城市化价值观已经偏离了生态整体主义观。通过对原住民生存境遇与动物的生存状况对比,奈保尔始终如一地在引领读者设身处地感受动物和原住民的生存环境,呼吁读者生态意识的觉醒,维护生态系统整体性的统一。奈保尔不仅在作品中呈现出殖民时期动物的生存危机,而且在现代社会背景中同样书写动物的生存状况,充分表明了奈保尔对动物的关注。在奈保尔的笔下,读者从《抵达之谜》中看到了雪地里的野兔、斜坡上的鹿和古墓里的孔雀所构成的一幅动物、人类与环境和谐的生态景观。奈保尔对动物展现出无限的怜爱之情,通过细致入微的观察,把动物的灵性、举动描写得淋漓尽致。"在乌干达,当一个懵懂的少年踢了一下猫,尽管他知道在非洲的传统文化中,猫是恶灵的化身,但他仍然愤怒地表示了谴责。"在《非洲的假面具》中,奈保尔描写了一位老者与牛和谐共处的场景："他以田园牧歌的方式照顾着这些牲口,每头牛的秉性和脾气他都记得清清楚楚……老人对他的牛群总是忧心忡忡。"非洲原住民对动物朴实的情感,与动物间跨越物种界限的交流,时刻呼唤着人类保护动物意识的觉醒。

地方意识作为文学中探讨环境领域的一个重要维度,要求原住民真正了解生活之地的生态和文化的内涵,并且关注文化和自然之间的错综复杂的关系,进而形成人类与自然和谐共生的生存方式。在后殖民时期,原住民不仅面对满目疮痍的土地、被摧毁的自然,还要面对再次被掠夺的资源、文化的同化以及政治的压迫等棘手问题。因此,地方意识形态的构建不仅对恢复生态环境具有生态意义,而且还对现代生态危机的剖析具有历史文化意义和政治意义。奈保尔在《世间之路》中将自然作为其书写的一个重要部分,使书中九个部分通过自然这一共同的主题连接成为一个整体,将自然历史化,并且将其赋予历史使命,通过回顾这片殖民地的殖民历史,揭示了小岛是如何被殖民化的,土地上的岩石、鸟类和树木成为殖民历史的见证者。"岩石不再是同样的岩石了,却是从他所看到的那些岩石中生发出来的。"奈保尔笔下的热带雨林、自然风光也不再是单一孤立地存在,而是挣脱了西方殖民主义思想的束缚,赋予了美学感受和自然力量,使地方意识油然而生,是抵抗殖民意识和殖民政治的象征。自然所表征出来的地方意识促使了原住民的身份重构,新的身份认同感进而引领着原住民民族身份的重构,这是抵抗殖民政治的强大力量。

奈保尔的作品聚焦于人类与动物和谐共处的美好愿景,这种动物生态伦理观与后殖民生态批评的动物维度思想相辅相成,再现了人类与动物的共情关系,力争恢复动物的能动性,打破认为动物没有情感的偏见,为动物争取了生存权利[①]。

## 一、《曼门》

《曼门》是《米格尔街》中最著名的短篇小说之一,奈保尔以黑色幽默的手法入木三分地刻画了一个与现实格格不入的癫疯流浪汉的古怪行为和他戏仿贫民基督的荒诞经历,从而鲜明地展示了后殖民主义状态下"他者"的

---

① 王蕾:《地方意识与生态文明建设——从后殖民生态批评视角解读奈保尔的动物书写》,《作家天地》2022 年第 8 期,第 39-41 页。

边缘化状态及其在宗主国文化中为确认自己身份而进行的抗争。

（一）殖民文化中的"他者"

后殖民主义理论,很大程度上是围绕着"他者"这一概念建立起来的。然而,这一概念本身存在着复杂性,仍有些问题尚未解决。但基本上可以把它理解为爱德华·萨义德所谓的"东方",即被殖民的一方,是"在西方人对熟悉的事物的藐视和对新奇事物的狂喜或恐惧之间摇曳不定的存在"。后殖民主义批评的杰出代表之一阿卜杜尔·简·穆罕默德指出,所谓的"东方"是以西方殖民文化为中心的一种摩尼教义式的二元对立的思想——如果西方是秩序井然、富有理性、健康强壮的美好社会,那么东方就是杂乱无章、没有理性、饥饿贫困的充满邪恶的社会。

后殖民主义关注的重点就是由"殖民"而产生的"另类"或"他者"。在《曼门》中,主人公曼门就被社会视为这样一个"他者"。小说的开篇就点名了这个主人公的"另类"身份:"米格尔街上人人都说曼门疯了,全不理他。"小说《曼门》的创作背景正值特立尼达从殖民地走向独立的艰难过程中,被殖民者的癫疯状态在长期的殖民统治状态中是不足为奇的。被殖民者长期处于宗主国文化的冲击压抑中,被迫接受宗主国的文化,而迫使自己的本土文化不断边缘化,在两种文化的不断碰撞中,处于统治地位的宗主国文化压抑了从属国的文化,也就造就了像曼门一样所谓"怪癖""癫疯"的"另类"。然而,这种所谓的"疯子"曼门,只是社会对他的看法和定义,是带着一种殖民文化的偏见,只是为了迎合以西方殖民主义文化为中心的价值取向而强加给被殖民者的一种评价。"看上去他一点毛病也没有……不过,他的习惯是有些稀奇古怪的。"曼门的怪癖主要表现在他对政治的热情,对于一个一无所有的街头流浪汉来说政治是他遥不可及的东西,然而他却每次选举都要参加,并在选区到处插上有着"投票"两个字的标语牌用来为自己拉选票。然而每次只收到三张神秘选票。曼门的选举是他成为边缘化的"他者"的有力证明,他力图融入社会,而社会却抛弃排斥他。

作者在小说中用类比的手法形象地刻画了曼门在社会中的处境:"他唯一的朋友是一只耳朵上黑色斑点的杂种狗。那是一条像曼门一样古怪的狗,它从来不叫也不正眼看人,你要是看它,它就把视线移开。它从不和其他狗在一起,要是有的狗接近或是攻击它时,它便轻蔑地看一眼,头也不回,从容不迫地走开了。"被殖民者作为文化的产物,他们的形象既具有确定性,同时也处于变化之中。从西班牙港的群众作为"中心"的角度来看,曼门是一个沉默者,毫无话语权,受到中心意识形态"威胁"的"他者",但当中心意识形态和文化企图"亲近"他并将他同化时,又会遇到被殖民国家文化的抵制。因此曼门在社会中处于边缘化的地位。

### (二)"他者"的身份确认

被殖民者(或"东方")的"身份确认"的过程也是一个"抗争"的过程。这种"身份"不仅仅是被殖民者个体的身份,而是一种"文化身份""民族身份"。而且,这样的"身份"过去通常是由殖民者来加以界定的。在殖民地,为了确认身份的目的,抗争无所不在,影响深刻,形式多种多样,或彻底颠覆,或奋起反抗,或戏谑模仿。著名的后殖民主义批评家霍米·巴巴认为:"殖民者极力推行自己的宗教、文化、语言、制度、思想等,让这些逐渐取代原住居民的原初和本真的文化。而原住居民采取的策略则是成为'模拟人',以鹦鹉学舌为突破口,'模拟既是认同,又是威胁',因为原住居民模拟的同时,加以自己的文化元素,是故意的模拟失真,给殖民地文化造成一种逼真却又不同的双重假想,这样就能干扰殖民权威,打破殖民文化一统天下,解放处于边缘的殖民地文化。"

曼门在西班牙港被群体疏远是因为他的一系列恶作剧。一天,曼门来到米格尔街头的那个大咖啡馆,朝坐在凳子上的顾客又吼又叫,好像他是狗一样。在被葡萄牙老板扔出去以后,连续三天夜晚曼门都潜入咖啡馆,打开所有的门,并在每张凳子的中央和所有桌子的台面上留下一小团、一小团的大粪,另外在柜台上面也规则地摆上了一排大粪。这些恶作剧无疑是一个边缘人为自己身份确认而进行的极端偏激的抗争。他希望得到一种话语权,希望得到社会对他身份的认同,但对于长期处于被殖民主义文化压抑状态的人来说,这种反常的方式是一个人格分裂的被压迫者正常的反应,但却遭到了社会的排斥和扭曲,因此他也选择了更为极端的方式反抗自己作为殖民主义者眼中的"他者"。

作为殖民文化的一个典型的"模拟人"曼门戏仿耶稣布道和耶稣殉难的事使人啼笑皆非。他宣称他看到了上帝,从此便像耶稣一样在大街上布道,作者借曼门之口道出社会的无秩序状态:"一些丈夫在吃妻子的肉,妻子在吃丈夫的肉,父亲在吃儿子,母亲在吃女儿,兄弟吃姐妹,姐妹吃兄弟,这就是那些政客宣传的本岛自力更生的景象……"更让人难以置信的是他宣布要效仿耶稣上十字架。他果然背着巨大的木制十字架来到西班牙港西北面群山中的一个蓝池子中,让人把他绑在十字架上并用石头砸他,但是当愚昧的群众向他扔石头的时候,他大声喝道:"这是怎么回事?你们知道你们在干什么吗?喂,快把我从这玩意上解下来,快放我下来!看我怎么收拾你们这些往我身上扔石头的杂种!"曼门在大声叫唤,"别干这种蠢事了,我说快停下!我已经完成了这鬼差事,听见了吗?"接着,他破口大骂,骂得大家都震住了。这一切荒诞的行径是被殖民者对殖民文化的"模拟",以这样的方式干扰殖民权威,威胁"中心"的意识形态和宗教信仰,使其异化、变形和扭曲。

(三)多元文化的"混杂性"

"混杂性"这一概念首先基于对文化多样性和差异性的认识。它所指的是殖民者和被殖民者的文化中,文化符号和文化实践的混杂与整合。文化实践的趋同和相互适应,文化的相互培育,既是积极的、富有成效的和充满活力的,同时也具有压制性的作用(这种压制性的作用来自强势文化一方)。弱势文化为了从复杂的、业已陌生的过去寻求自身的身份和意义,努力想要去唤回或重建一种属于被殖民者自己的文化。这种文化的发展必然带有不平衡性。它通常是混杂的、包含不同语言的、具有多个意义层面的综合体。

曼门作为一个被殖民者,尽管他一直在为抵御殖民文化而不断以各种形式进行抵抗,但却无法摆脱殖民文化潜移默化的影响。"我发现自己说话时竟在不知不觉地模仿曼门那规范的英国腔。曼门的口音也令人捉摸不透,他说话时,如果你闭上眼睛,就好像在跟一个不太注意语法的英国绅士谈话。"曼门是一个街头流浪汉,但却可以说出地道、纯正的英国口音,这是殖民文化在被殖民者身上打下的烙印,"混杂性"的文化同时存在于一身。萨义德认为"知识首先是人们在话语实践中使用语言,展示说话者(知识拥有者)在某个领域里享有的权利,能把自己的概念完整地编码进入已有的知识系统,供话语进行使用。"他认为知识和意识形态可以相互作用、相互利用、相互加强。在曼门的知识结构中,两种文化混在一起,他的口音听起来像一个上流的英国绅士,却有许多语法错误,这就同纯正的英国文化存在一定的差异性一样。因为他始终无法摆脱母语在自身中根深蒂固的影响。而他的本土文化作为一种弱势文化面对强势文化的同化又无法换回和重建自身的地位,因此不同文化同时存在于一身形成多元文化的"混杂性"。

## 二、《世间之路》

《世间之路》首次出版于1994年,其由九篇看似并无关联的部分组成,其中有自传、游记、历史纪录,也有虚构叙事。其最初在英国出版时被标为"小说",后来在美国出版时则被标为"序列"。该作品将真实与虚构、想象巧妙结合进行重新叙述,体现了奈保尔不为世俗左右的、让弱势的曾经消失的历史重现的独特历史观。

### (一)殖民化与地方意识的消解

特立尼达及周边的岛屿和大陆曾是欧洲殖民者想象中的"黄金国",殖民者为了掠夺黄金和其他自然资源将印第安人的家园夷为平地。曾经这里到处都是森林,现在这片土地被剥得光光的,所有的山脊和凹地都裸露无遗。在多年之前,一位伊丽莎白时代的贵族就在这里进行长途行军,寻找印第安人的黄金,将这片土地"刮得只剩下荒草"。将生态危机简单地归结于人类中心主义是对帝国主义罪行的掩盖,将西方殖民者与第三世界人民不加区别地划归为"人类",让生态殖民的受害者——如今处于后殖民阴影下的第三世界人民,承担同样的环境责任是不公平的。殖民地环境的破坏不是源于人类与自然的二元对立,而是殖民者对被殖民者的压迫和剥削造成的。解决生态危机不能简单地依靠乌托邦理想式的生态中心主义来解决,而要回到人与人之间,立足于现实世界的环境公正问题。

印第安人的森林、自然家园消失了,与它们一同消亡的还有历史的陈迹。作为殖民地的特立尼达岛国,虽然风光旖旎,却完全找不到历史上土著的影子。该地区的历史文献显示,这里曾是一座土著印第安人居住的拥挤的岛屿,和现在的一切毫无关联。历史无从寻觅,即使阅读历史文献,其中也很少有令人信服的描述,给出的具体细节少之又少。在特立尼达殖民统治者编纂的历史书中,岛上的土著人为想象提供的东西比因纽特人还少。"人需要历史,历史帮助人了解自己是谁。"包蕴历史的地方风景被破坏,环境想象的可能性被剥夺,殖民地居民的过去被抽离,陷入身份困境。"过去居住着一个人或者一个民族的住所作为身份的一个聚居地,在吸收过程中得到了重塑。这些记忆是指实际的住所……它们以程式化和主观化的方式与我们在一起,成为身份的标记。"本土化的身份重建对于第三世界人民的政治独立具有重要意义。民族是一种想象的政治共同体,这一共同体经由想象建构的过程中不仅仅需要共同的语言、文化,还需要独特的环境想象,共同的地方意识。西方殖民者已经建构起稳固的民族身份,通过殖民化消解了殖民地人民的住所感和地方意识,其带来的身份感缺失意味着反抗意识的缺位,殖民者将自然改造成他们的同谋。

### (二)殖民者对地方意识的建构

欧洲旅行者和殖民者被特立尼达的热带小岛风情所吸引,他们来这里是为了欣赏异域风情。"某些海湾和海滩,沥青湖,某些繁花盛开的树木,某些建筑,还有我们那种族混杂的人口"成为殖民者观看的对象,成为明信片和邮票赋予的"风光旖旎"的印象,成为游客为了晒太阳,为了躲开冬天的严寒和大萧条的郁闷的欧洲后花园,这片土地和这片土地上的人沦为他者。那些旅行者关注的并非是自然本身,而是把自然当作意识形态工具。"自我意识包含对他者的必要参照。"他们通过殖民地的自然和人来确立自己的统治者身份。"他们来这里也是为了历史。他们想亲身体验18世纪发生了那一场场大海战的这片水域:当时欧洲列强为了争夺加勒比海这片富庶的盛产甘蔗的小岛打得不亦乐乎。"历史是双重的,对历史的解读是对位的,萨义德认为在文本所叙述出来的宗主国历史中,应意识到同时存在的与占统治地位的支配性话语抵抗的其他历史。而土著人抵抗的历史被抹去了,小岛成了帝国辉煌历史的见证,被赋予新的形象。

殖民地的居民回眸历史,发现这片土地过去一片空白,无根的茫然促使人们需要更深入地了解这片土地,但是他们自己却做不到,他们需要来访者提供"关于我们身在何处,我们是何人的知识"。来访者写旅游日记,虽然记述了在这些殖民地的游历,但讲述的依然是一片被抹掉历史的地方。外国人观看殖民地的眼光充满了偏见和漠视,当地人只是背景里遥远而模糊的人物,关于这些人怎么说都可以,他们以偏概全,在游记中建构一个自己想象中的殖民地,"从欧美科学艺术的立场超验地重构、描绘或绘制自然世界及土著居民"就像西方人眼中"东方主义"的东方,他们仿佛是"假装是到这些殖民地去的旅行家"。

殖民者对特立尼达的"重塑"比东方主义作家更胜一筹,东方虽在政治军事上力量薄弱,其历史与文明却具有稳固的根基,并非西方的"误读"所能篡改,而这些被剥夺了过去的加勒比海小岛却没有任何可依附的力量,他们是弱者中的弱者,像一张白纸被殖民者随意涂写而无能为力。哪怕反感殖民者为这座小岛定义的"风光旖旎"的概念,没有这些来访者的见证,没有地方意识的小岛居民只能是一群漂泊无根的人:过去是空白的,历史是缺失的,他们默默无闻地活着,人生是虚空的。对于西方殖民者而言,这片颇具热带风情的土地是供其"环境想象"驰骋的地方,而对于殖民地土著居民而言,建立属于自己的地方意识无从着手,唯有"拿来"殖民者施加给他们的一切。特立尼达的空间被去地方化,被剥去历史曾经赋予它的意义,这一过程伴随着残酷、血腥和流离失所的哀痛。当血迹被时间冲刷干净之时,殖民者重新赋予了特立尼达新的地方意识。这种由西方人建构的地方意识充满意识形态偏见:特立尼达附属于欧洲文明世界,其历史起始于殖民统治。似乎荒蛮的过去从来不曾存在过,小岛居民生来就是西方白人的附庸。

### (三)反殖民主义与地方意识的重建

地方意识是超越物质存在的一种环境想象,是一种情感和体悟:"人与自然风物融为一体,我们所熟知的自然之物不再是简单的物理现象,而是一种与我们相通的精神存在,与我们的传统、历史、文化以及我们自己的一切都融为一体。"地方意识是一个多维度的概念,包含着我们对家园不可割舍的依恋和守护之情。正如生态诗人温德尔·贝里所言:"没有对自己地方的全面了解,没有对它的忠诚,地方必然被肆意地滥用,最终被毁掉。"对于面临后殖民力量威胁的前殖民地,被毁掉的不仅仅是自然,还包括资源的掠夺、文化的同化、历史的消解和政治的压迫。地方意识的重建不仅具有生态意义,同时还具有历史文化意义和政治意义。

《世间之路》中看似不相关的九个组成部分却拥有一个共同的主题——历史的建构性。奈保尔将"自然"作为其中的一个角色,将自然历史化,追溯这片土地遥远的过去,揭示小岛上土生土长的植物如何被抹去了古老的时间连续性,成为哥伦布第三次横渡大西洋之后所目睹的自然风貌的翻版。历史不是人所独有的,自然亦被赋予历史,成为被消解和被重构的对象。作者将这一真相展示出来,将人们习以为常的风景陌生化,恢复自然的历史纵深感,追溯这片土地、这块岩石、这只鸟、这棵树的过去,恢复他们历史见证者的地位。作者写奥里诺科河上的雨,时而暴雨倾盆,时而湿热难耐,这样的雨折磨着英国探险家罗利,也折磨着寻找黄金的西班牙人,然而,"在他们那一本正经、简单到简单抽象的叙述中,没有任何身体感受;没有任何风景"。档案中对殖民地自然的纪录是一种更狭隘的观察和感受方式,而奈保尔描绘的热带雨水、河岸风景中,自然不再是殖民者档案中征服行为的背景,它从西方人建构的牢笼中被释放出来,重获野性的美和狂暴的力量。地方意识经由陌生化重新活跃起来,克服因熟视无睹和殖民者强加的思维定式所带来的地方意识的衰退与淡忘,因此,地方具有一种"抵抗政治"的潜力。从地方意识中生发出新的身份认同感,这份认同将引导殖民地人民的民族身份建构,使之成为对抗后殖民势力的强大力量。

作为流散作家的奈保尔站在新的高度理解故土的自然、历史与地方意识,多重文化背景与英国的教育经历使他能够以冷静、客观的态度看待殖民地的反殖民运动和新民族身份的构建:撇开对过去单纯的形而上思考,让思想回到一个只关心日常生活的层面上。奈保尔对待自然与历史的观念是辩证的:他努力恢复殖民地自然的历史维度,同时反对将思维囚禁于过去的创伤、将民族情感简单化为对殖民者的仇视,"历史如同神圣,能驻足于心,只要有某些东西就足够"。比恢复历史更重要的,是重获历史意识,他反对激进的反殖民运动,反对出于对被殖民历史的耻辱感而对殖民时代风景的肆意破坏和毁弃。地方意识并非纯粹的、一成不变的概念,它随时间的流动和历史的发展而不断充盈自身,人们所经历的一切都成为身份的一部分,塑造了现在的自我,任何对历史的否定都导致身份建构的中断、地方意识的弱化,这反而不利于反殖民运动事业的发展。

## 第二节　库切
### ——《等待野蛮人》《耻》

约翰·马克斯韦尔·库切,南非白人小说家、大学教师,其小说《耻》于2003 年荣获诺贝尔文学奖。库切的后殖民小说主题涉及领域众多,不仅包括对帝国主义霸权行径的强烈谴责,进而促使南非种族问题得以凸显,而且还对人类文明加以审视,引领人类追溯造成现代生态危机的思想根源及政治渊源[①]。对库切后殖民小说的研究,有助于解构新殖民霸权对发展中国家在主权、领土、政治、经济等方面的干涉,为第三世界国家的发展之路扫清障碍,最终实现全世界各国共同繁荣发展的美好愿景。

### 一、《等待野蛮人》

《等待野蛮人》是库切第一部在国际文坛上享有盛誉的小说,曾获得南非中央新闻文学奖。该小说围绕边陲小镇行政长官的心灵救赎之路展开,

---

① 王蕾:《库切小说的后殖民生态批评解读——基于动物伦理观的探讨》,《西昌学院学报》(社会科学版)2017 年第 29 卷第 2 期,第 82-85 页。

讲述着殖民战争前后小镇的变化。小镇的居民们原本过着祥和的生活,但是隶属于帝国第三局的乔尔上校和军队的到来,居民从此心惊胆战,小镇也变得满目疮痍,衰败景象随处可见。乔尔上校身负帝国的使命,即镇压和打击边陲小镇附近的野蛮人。为了所谓平息边境地区的动荡,乔尔上校疯狂地抓捕手无寸铁的百姓,先是抓来了一对无辜的爷孙,最后爷爷被酷刑致死,小男孩被屈打成招为抢劫犯。接着乔尔上校又出兵抓捕与世无争的土著渔民,对其进行严刑拷问。行政长官通过这一系列残暴事件,认清了帝国的残酷本质、帝国文明下扭曲的人性,真切感受到殖民战争与自然的碰撞。行政长官承载着库切的生态责任,走上了救赎之路,护送土著女孩回到属于她的部落,最后却被冠以通敌叛国罪,饱受折磨。库切在小说中没有指出故事发生的时间、具体地点,甚至小说中主人公行政长官的名字读者也不知晓。该小说创作于 1980 年,当时是帝国主义列强瓜分非洲土地最激烈的时期,小说中的 Summer Palace 也很容易使读者联想到帝国列强在我国颐和园的烧杀抢掠。库切将国家、种族歧视、文化背景和意识形态视为人类发展过程中的障碍,其渴望突破这些伦理障碍,最终达到天人合一的愿景。

库切在乔尔上校出场之时,着重描写了其所佩戴的太阳镜。远离首都的行政长官对太阳镜闻所未闻,乔尔上校热情洋溢地介绍着这个稀罕物:"它能保护眼睛,不受阳光的炫照,戴上它就不必成天眯缝着眼,也可减少头痛。"太阳象征着自然,太阳镜可以视为人类文明发展进程中的产物,乔尔上校所说的"我们那里"就是所谓的人类文明世界。太阳镜能够抵御阳光的照射,形象地表明了人类文明与自然界的疏远和隔离。乔尔上校为远离都市的一片净土带来了"人类文明",然而正是这种文明成为人与自然和谐共处的障碍。动物喜欢在这个边陲小镇落脚,树林一片茂盛的景象,当地居民邻里互敬互爱,借着月光,在广场胡桃树下攀谈着。这是最远离尘世喧嚣的地方,这是最接近广袤天地的地方,这里的居民没有"人类文明",过着最淳朴的生活,享受着自然的馈赠。库切勾勒出的人与自然和睦融洽的生态景象与殖民战争爆发后的衰败景象形成了鲜明对比。行政长官渴望悠闲安乐的生活,这种乌托邦式的梦境被扭曲的人类文明和残酷的帝国霸权无情地摧毁。在行政长官的梦中,"城墙、树木、房屋逐渐消退下去,失去了它们原有的形状,消失在世界的边缘"。乔尔上校出兵讨伐野蛮人之时,自然就似乎给予了人类预警,由于帝国的殖民本质,帝国军队为占有和控制更多的殖民地,实现其对殖民地政治、经济的统治目的而不择手段,更不惜以毁坏生态植被为代价。帝国自以为帮助小镇平息了动荡,为小镇带来了文明,"我们把这地方从一片荒野开垦成可耕地,建立了排灌系统,在这片土地上耕耘劳作,建成了坚实的房屋,在城镇四周筑起了围墙"。可是,在当地土著居民心中,他们仍是"来访者,过路人",期待着他们带上所有的一切离开这里。库切引领读者追溯这片绿洲原来的模样:"那是一片靠着湖边的富饶美好的土地,甚至在冬天也不乏丰美的牧草。"这里是属于土著居民的天堂,他们希望这里的土壤"不曾被挖起过一铲或是不曾有一块砖头被垒在这里"。归根结底,土著人希望这里不曾有过"文明"的痕迹。"湖水正在逐年变咸",这样庄稼就会因为盐分太多而颗粒无收,殖民者终究会离开原本属于土著居民的土地。在行政长官与乔尔上校的争论中,我们不难看出一场反殖民战争正蓄势待发。行政长官逃脱了禁锢他的囚室,映入眼帘的是一片不曾见过的残败景象。野蛮人与帝国军队的抗争令人心生怜悯之心,然而夺回土地却同样是以牺牲自然、毁坏生态环境为代价又让人觉得"野蛮"至极,不可理喻。土著部落反殖民战争的爆发预示着这片绿洲的生态灾难已不可避免。最终,帝国军队仓皇而逃,这片原本富饶美好的绿洲变成了支离破碎的荒凉之地,以往的生机景象一去不返。战争无情地践踏着我们大地母亲,水质污染、春小麦颗粒无收、灌溉系统坍塌迫使当地居民只能靠吃虫才能继续存活下去。

在这场帝国文明与野蛮人、殖民与反殖民的战争中,没有哪一方是真正的赢家。战争输掉了人类的人性和真正的文明,留下的只是一群哀鸿遍野的无辜百姓和难以修复的生态环境。库切在《等待野蛮人》中不仅给读者展示了战争所带来的生态灾难,同时也警醒人类,任何对土地、对整个生态系统的不敬之举,最终都会自食其果。正如罗伯特·科瑞比的观点:"生态环境的良性循环需要可持续性,要实现这一点就必须摒弃肆意毁坏环境资源的行为。"帝国为了控制政治、经济、领土而发动殖民战争,摧毁了自然生态系统的完整性。自然的反击迫使帝国军队撤出小镇。毫无疑问,帝国文明、殖民文化、西方帝国霸权必将衰败。

## 二、《耻》

库切通过《等待野蛮人》揭开了帝国文明的假面具,使人类认清西方帝国霸权的残酷、正视殖民战争过后的生态灾难、警惕新殖民主义的扩张。面对自然和人类心灵的巨大创伤,如何重塑一个人与人、人与社会、人与自然"天人合一"的生态系统,库切并没有置之度外。在《耻》中,库切的答案使读者看到了希望,充满对南非美好未来的无限憧憬,燃起修复南非环境的生态情怀。

《耻》的故事具有特殊的历史背景,即处于废除种族隔离制度和建立南非新政权的过渡时期。由于历史遗留的土地问题尚未解决,南非新政权的建立并未彻底解决殖民问题,使新南非陷入诸多困境:黑人犯罪案数量日益增加、白人女性遭受报复性性侵事件屡见不鲜,白人成为殖民政治的牺牲品,新南非社会动荡不安。为了建立一个和谐的新南非,白人付出了巨大的努力来弥补帝国殖民战争对南非土著居民造成的伤害,甚至牺牲自己以抚慰南非人民的心灵创伤,露茜就是其中一位了不起的女性。露茜喜欢在南非生活,热爱非洲这片土地。她对南非土地的喜爱并非出于土地扩张的殖民意识,而是想要远离帝国文明,逃脱城市喧嚣,拥入大地母亲的怀抱,与自然合二为一。露茜每日都在农场辛勤劳作,她会赤着脚在农场里走来走去,享受与自然亲密接触的美好时间。在她的眼里,手指甲里的尘土“那是光荣”的。每逢周六,露茜会带上自己花圃培育的鲜花束、土豆、大蒜以及包心菜到集市上售卖。露茜的改变在南非并不是一个特例,一对白人老夫妻坦特·米姆斯和乌穆·库斯也在集市上出售自己的劳动果实,靠自己的双手来维持生活。露茜在遭受三名黑人男性的报复性强暴之后,她并没有向警方和盘托出,只是轻描淡写地讲述着抢劫事件,对遭受强暴事件只字未提。露茜这样做并不是像他人所认为的这种可耻之事难以启齿,而是想为这“一段充满错误的历史”而赎罪,化解祖辈遗留下来的种族仇恨,缓解种族冲突,“想在历史面前俯首帖耳”。露茜在遭受强暴之后,怀上了孩子,其父亲不得而知,这个小生命原本是仇恨的种子,但露茜心意已定,要生下这个带有非洲黑人血统的孩子。她寄希望于这个孩子,对孩子的“爱会滋长起来——得相信大自然母亲”,希望种族仇恨“就像水渗进土,不见踪影”。露茜并没有退缩,仍然对南非这片土地充满热情,愿意留在这里为南非美好的未来献出自己的一份力量。五十二岁的卢里——露茜的父亲因与自己的学生梅拉妮发生性关系,又拒绝在悔过书上签字而辞去了大学教授的工作,来到了乡村和女儿生活在一起。卢里经历了农场遇袭以及露茜惨遭轮奸事件后,主动找到了梅拉妮的父亲艾萨克斯,放下了“强者”的姿态,为自己犯下的罪行真挚道歉,乞求艾萨克斯一家的原谅。卢里在与艾萨克斯的交谈中,表达出他渴望回归自然的强烈愿望。卢里卖掉了城里的房子,回到乡村后,在露茜家的附近租了一所小房子,重新“开始,没有办法,没有武器,没有财产,没有权利,没有尊严”地生活。卢里来到坡顶,终于真正领悟到了乡村之美,领略了美好之物，"风停了。一阵完全的静寂，他真希望这样的静寂能持续到永远。"库切笔下的这对白人父女憧憬着南非美好的未来，感悟着自然之美，渴望融于自然，以自己的方式努力地生活在南非的这片土地上，共塑南非和谐的自然生态。

为拓展土地领域、统治他国的政治和经济命脉，西方帝国殖民霸权发动了违背人道主义的殖民战争。战争使无辜百姓流离失所，社会动荡不安，自然生态环境遭到严重破坏，种族殖民遗留的棘手问题又难以解决：如何抚慰战区百姓的精神创伤？如何重塑南非的生态环境？"库切意识到对抗和仇恨不可能解决南非的社会问题，不能给南非人民带来和平，自由和秩序才是南非的唯一出路。"库切使读者看到了白人所做的努力，他们对南非美好自然生态的憧憬，然而单凭白人一方的努力是远远不够的，非洲居民和当地政府都应放下殖民战争造成的种族仇恨，共同抵制各种形式的（新）殖民历史，着眼于未来，重振南非①。

## 第三节　卡逊
### ——《寂静的春天》

蕾彻尔·卡逊是一名文学家，但同时也是一名鱼类和野生动物管理局的海洋生物学家。正因为卡逊海洋生物学家的身份，她才能从科学角度出发，秉承严谨的态度，运用生物学、化学的知识，以精确的数据作为支撑撰写了纪实作品《寂静的春天》。

在《寂静的春天》中，卡逊所描写的生态境遇十分生动，读者能够感同身受，如同身临其境一般，再加之卡逊的话语犀利，笔触严谨，使读者更加意识到人类已经深陷于科技滥用的沼泽之中，正在慢慢陷入其中，而无法自拔。卡逊在《寂静的春天》中，主要描写了化学制品和农业肥料这两种科技产物的过度使用给人类带来的严重后果。化学制品给人类赖以生存的空气和土壤带来了难以修复的创伤，空气污浊令人类难以呼吸，土壤酸化使人类的庄稼土地一片贫瘠，颗粒无收。化学制品和农业肥料如果合理适度使用，是可

---

① 王蕾：《战争 土地 未来——后殖民生态批评视阈下库切自然生态观的解读》，《辽宁工业大学学报》（社会科学版）2017 年第 19 卷第 4 期，第 74-76 页。

以为人类服务的,然而,人类为了一己私利,不顾生态系统的整体性,甚至运用所谓的科技新发明来试图提高农产品的产量。化学制品的毒性在土壤里已然根深蒂固,而这些有毒的庄稼正在慢慢地侵蚀着人类身体,如果人类对自己的行为不做出改变,那么这些有毒物质在接下来的几代人甚至几十代人的身体中将会慢慢显现出来,人类最终会为自己的行为而追悔莫及①。

《寂静的春天》共分为十七章,卡逊在第一章以寓言的形式描写了一座美丽的村庄所发生的突然的变化。卡逊在第二~十章"忍耐的义务""死神的特效药""地表水和地下海""土壤的王国""地球的绿色斗篷""不必要的大破坏""再也没有鸟儿歌唱""死亡的河流""自天而降的灾难"中,对生态整体系统中必不可少的组成部分土壤、植物、动物和水源以生态网格的形式进行了详细论述,论证了化学制品的滥用和农药的过度使用对生态环境与水资源的破坏。卡逊在第十一~十六章"超过了波尔基亚家族的梦想""人类的代价""通过一个狭小的窗户""每四个中有一个""大自然的反抗"和"崩溃的隆隆"中警醒世人关注大自然的反击,使读者意识到面对自然的反击人类的科技手段显得如此渺小,人类毫无还击之力,只能做到回归自然,与自然和谐共处,尽一切可能修复科技对自然界造成的伤害。卡逊在最后一章"另外的道路"中展现了文学作家应有的生态责任,以语重心长的话语唤醒了人类的生态意识。卡逊在书中,不惧任何势力的干涉,直面挑战,对政府的政策和农业、化学科学家的不恰当的科学实践活动行为提出了前所未有的质疑,并以强有力的数据作为支撑,使读者清醒地认识到了科技异化对生态环境所造成的深远影响,给人类敲响了警钟,号召人类重塑世界观、价值观,重审人与自然的关系问题,严肃思考人类的社会发展问题,为生态活动的发展做出了卓越的贡献。

《寂静的春天》之所以被称为生态文学界的旷世之作,不仅因为卡逊创作态度科学严谨,论述有理有据,更是因为卡逊对科技滥用的质疑,对政府的不作为行为和政策的过度开放敢于公开挑战,从而唤醒人类对于科技生态伦理观的认知。科学技术的研发是人类智慧不断发展的结晶,是人类社会文明前进的助推力,然而,人类面对日新月异的科技,不免沾沾自喜起来,变得愈发地狂妄自大,并渴望掌控自然、称霸自然的野心油然而生。人类盲目依赖科技来发展经济、利用自然、剥夺自然资源的恶劣行径,最终使人类

---

① 王蕾:《〈寂静的春天〉科技生态伦理观解读》,《青年文学家》2016年第14期,第94页。

付出了巨大的代价,严重违背了代际平等原则。当人类在为自己的新发明双对氯苯基三氯乙烷(DDT)而欢欣鼓舞的时候,其实DDT的毒性早已在人类的身体里、在人类赖以生存的水资源之中逐渐蔓延开来,这种毒性不仅会影响当代人,甚至会影响接下来几代人的健康。因为"DDT以及同类化学品的一个最危险的特征是,它们可以通过食物链从一个有机体传到另一个有机体"。卡逊在《寂静的春天》第五章"土壤的王国"中为读者详细阐述了土壤在生态整体系统中的重要角色,使读者了解了代际平等原则的重要性。"土壤王国是由各种相互交织的生命组成的,每一种生物都以某种方式与其他生物相互联系——生物依赖着土壤,土壤反过来也是地球一个至关重要的元素,只要土壤保持着繁荣的生命力量,人类才能从健康的土壤之中吸取养分。"但是,事与愿违,DDT已经侵蚀了整个生态系统,无处不在,总是会直接或者间接地作用于人类身上,这就如同千疮百孔的大自然面对无动于衷的人类所做出的强有力的回击,但当人类科学家探索到DDT强大的毒性之时,其实早已为时已晚。卡逊以大量的事实和精确的数据证实了生态网络彼此相互影响的结论,人类担忧害虫会破坏庄稼田地、森林以及花园中的植物,就研发了以DDT为主要原料的杀虫剂,而喷洒的杀虫剂不知不觉中便长期存在于土壤之中,顽强的农药残留物又继续游走,透过土壤,来到了地下水资源之中,而水资源又被人类开发出来,用于多方面用途。例如,一部分水资源被用来继续灌溉庄稼和其他植物,一部分水资源直接作为人类的饮用水以及美味的汤直接进入人类的身体中,还有一部分水资源被用来清洗蔬菜、餐具而间接作用于人类身上。河流、湖泊里的水也同样藏有大量DDT,造成了生存于其中的鱼类的大量死亡,而这些鱼类又被人类烹饪成了秀色可餐的美味佳肴。牧场中的奶牛以含有DDT的牧草为食,进而,奶牛所产出的牛奶当然也同样含有DDT,而牛奶又会被加工而成黄油,在加工的过程中,DDT的毒性又会被加剧。所有的污染物都在无形之中被人类端上了自己的餐桌,这些连锁反应真可谓是自食其果。根据代际关系理论原理来进行分析,就连未出生的婴儿同样难以免受其害,母亲身体里不断滋生的毒素,在胚胎时期就饱受了母亲身体里毒素的困扰,在出生之后,这种状况也不会得到改观,毒素只是通过其他的形式从母亲的身上传到婴儿的身体里,这就是有毒的母乳。卡逊在书中一语中的,"将来,子孙一定不会原谅我们的"。

卡逊为人类未来的发展而筹谋,然而,在对利益无限的驱动下,当触及了商人们和化学制造工厂的负责人们的利益之时,他们没有对自己的卑劣行径进行反思,而是选择放弃了道德文化,对卡逊个人及其言论极力诋毁。他们曾经尝试全力以赴抵制《寂静的春天》的出版,他们同样诋毁卡逊,声称她是歇斯底里、疯狂、极端的女性,因为他们深知卡逊的《寂静的春天》一经出版,就会唤醒人类的生态意识,使人类注意到化学制品所带来的一系列连锁反应,就会造成 DDT 等有毒化学制品彻底消失在人类世界,最终就会造成他们工厂的倒闭,经济链条的断裂,经济利益是商人们不可触及的底线。快速发展的西方工业革命所带来的文明,在扭曲的价值观下,使人类痴迷于科技的研发,科技手段的使用不规范,无休止地滥用,造成了人类科技的异化,在利益的追逐下,又造成了人类的精神异化。《寂静的春天》使读者直面现实社会,认清科技异化的实质,追溯精神异化的根源。卡逊运用犀利的语言逼迫政府应该承担起生态责任,不仅为当代人负责,而且也要为子孙后代负责。

卡逊将《寂静的春天》最后一个章节命名为"另一条路",重新燃起了人类对于修复生态环境的希望,道路虽然布满荆棘,但为人类指明了前进方向和发展方向,为人类提供了另一个生存下来的机会。卡逊使人类认识到了生态伦理观的重要作用,意识到了科技的异化和精神的异化为人类所带来的危害,更在书中直接抨击政府的不作为行为,号召人类在科技伦理观的指引下,正确并且适度使用科技,造福人类①。

----

① 王蕾:《科技生态伦理观视角下解读〈寂静的春天〉》,《山西青年》2020 年第 14 期,第 226-227 页。

# 第九章　现代英美文化传播
## ——以生态文化为例

　　19世纪,美国进入工业化时代,社会经济迅猛发展,人类为了获得巨大的经济利益,肆无忌惮地探索自然、控制自然、征服自然,仿如一名不知廉耻的强盗掠夺着自然资源,并对大气、水和土壤等自然环境造成了严重污染,然而人类却对其视而不见。直到自然不再沉寂、不再任人宰割,以一名强者的姿态对人类加以报复之时,人类才意识到满足了对于利益的渴望的同时,也使自己陷入生存危机。水灾、旱灾、地震、海啸、土壤酸化以及核战争威胁等灾难的频频发生,这才使人类真正地从理性角度、精神层面意识到了保护生态环境的重要性。生态问题是人类世界面临的最严重的问题之一,若将其称之为生态危机,一点儿也不为过。于是,一种新的社会思潮——生态批评于20世纪后期在美国的文学领域正式兴起。

# 第一节　生态批评概述

## 一、生态批评的定义和内涵

"生态批评"一词出现于20世纪70年代。约瑟夫·密克尔在1974年出版的《幸存的喜剧:文学的生态学研究》中建议学者应该以生态学的角度来研究文学。1978年,威廉·鲁克尔特在《爱荷华州批评》上发表文章《文学与生态学:一次生态批评的实验》,首次使用了"生态批评"一词,认为文学的研究具有跨学科意义,研究者应具备生态意识,主张在文学研究领域里进行生态思考。然而,对于"生态批评"的前身,我们可以追溯到更早。诺尔曼·福斯特的《美国文学中的自然》于1920—1930年出版,该书宣告了美国文学里一个新的学术领域诞生了。

什么是生态批评?一个被众多学者普遍接受的是出自文学与环境教授彻丽尔·格罗特费尔蒂对生态批评所下的定义:"就是研究文学和自然环境之间的关系。正如女权主义批评从性别意识角度研究语言和文学,马克思主义批评把生产经济阶段的意识纳入文本阅读一样……生态批评就是把地球为中心的思想意识应用到文学研究中去。"生态批评是一种跨学科的研究方式,它结合了生态学、社会学以及哲学等多门学科。生态批评作为一种文学、文化和与生态学相结合的批评方式,主要是通过文学来探究造成人类生存危机的根源,从而帮助人类理性认识生态危机,最终走出生态困境。

在生态批评视域下对文学进行研究,深入探究人类的思想文化根源。生态批评的根本任务可以归纳为三点:第一,生态批评研究文学中所蕴含的生态智慧,帮助人类纠正根深蒂固的传统人类中心主义思想;第二,生态批评的首要任务就是反对传统的人类中心主义,目的是给予人类终极关怀,最终达到人与自然的和平相处,构建和谐的生态环境;第三,生态批评除了关注人与自然之间的自然生态,还关注人与社会之间的社会生态和人与自我的精神生态。人类为追逐经济利益而造成了自然生态失衡,为了竞争,人与社会之间的平衡状态也被打破,造成了社会生态失衡。两者共同作用于人类的精神层面,使人类的内在精神发生异化,最终造成了人类精神生态的失衡。

对于生态批评的核心思想,众多生态批评研究者们说法不一,如"生态中心主义""生物中心主义""生态整体主义"。1981 年,蒂莫西·奥莱尔登将"生态中心主义"定义为:"生态中心主义倡导对自然敬畏、谦卑、负责任和关怀的美德;它强烈要求把技术对自然干扰减少到最低限度(但不是反技术);它反对所有只求巨大和非人性化的人造物质形式(特别是在城市里);它主张建立一套依据生态多样性和平衡性原则、有助于生态的长久持续和长久稳定的行为准则。"诸多学者为生态批评的前景考虑,对"生态中心主义"以及"生物中心主义"提出质疑,主要集中在"中心"二字上,认为"生态中心主义"最终会走向另一种极端,过分强调生态,导致人与自然的"二元论"。然而,值得读者注意的是,奥莱尔登给予"生态中心主义"的定义并没有讨论"中心"是什么的问题,换而言之,生态中心主义的倡导者们并没有想过再建立一个新的"中心",他们并不是想简单地、片面地提倡以"生态"为中心,只是习惯性借用了"中心"一词。"生态中心主义"这一术语确实有缺陷,但其本质要表达的是"生态整体主义"的思想。"生态整体主义"是以生态系统的整体利益为最高价值,生态批评是以生态整体性为主导的文学研究方式来取代以人类为中心的文学研究模式,揭示生态危机的本质是人类文化的危机,要解决生态危机,必须走出人类中心主义思想,打破二元论。

## 二、人类中心主义概述

尽管生态批评家们对生态批评理论的基础说法不一,但是他们达成了一个共识:要彻底解决人类所面临的生态危机,维护生态系统的稳定性,就一定要着眼于打破生态系统整体性和稳定性的根本原因——人类中心主义。

什么是人类中心主义?根据《韦氏国际英语词典》(第三版)记载,人类中心主义囊括了三个方面:人是宇宙的中心;人是一切事物的尺度;根据人类价值和经验解释或认识世界。人类中心主义的实质是:"一切以人为中心,或一切以人为尺度,为人的利益服务,一切从人的利益出发。"

人类中心主义思想的根源在于基督教教义和西方哲学。卡逊认为,人类肆无忌惮地剥夺着自然资源在于其宗教信仰。美国史学家林恩·怀特在《我们的生态危机的历史根源》一书中,毫无保留地将人类所面临的生态危机的矛头指向了基督教教义。人类虽然是由泥土做的,但上帝是按照自己的形象创造了男女,并赋予了人类管理的权利,上帝为创造人而创造了世界,人通过对所有事物命名而利用、主宰、统治世间万物。此外,西方某些哲学思想也应对人类中心主义负有不可推卸的责任。希腊哲学家普罗塔哥拉认为:"人是万物的尺度,是存在者存在的尺度,也是不存在者不存在的尺度。"普罗塔哥拉着重强调了万物中人的作用和价值。近代法国哲学家勒内·笛卡儿认为,人是自然界的主人和所有者。弗兰西斯·培根认为只有先征服自然,才能真正做到探索自然,他的名言"知识就是力量"更是从理论层面将人类中心主义在实践中发挥得淋漓尽致。

众多观点和实际生态危机足以证明,摒弃人类中心主义思想迫在眉睫。人类以自我为中心的发展已经突破了生态系统的极限,科技已无法为人类净化出新鲜的空气,无法彻底驱散弥漫在空气中的雾霾,无法制造出一个毫无污染的、可供人类居住的地球。然而,对于摒弃人类中心主义的可能性有些学者持怀疑态度。人类中心主义是一把双刃剑,以人类为中心的工业革命使社会经济高速发展,源于开发自然所带来的巨大财富使人类对自然的主宰、控制、征服达到了顶峰,我们不得不承认人类中心主义从某种程度上促进了世界发展,但这利益链条最终又损害了人类最基本的利益,严重污染了人类赖以生存的环境。试想一下,人类都难以生存,又何来经济利益?此外,人类中心主义在一定程度上也体现了人的社会性和特殊性,如何能够做到由人类自己去反对人类中心?事实上,要做到完全摒弃"人类中心主义"也不切合实际。生态批评实质上是对传统人类中心主义的批判。传统人类中心主义是指人类通过征服自然、剥削自然,不惜以打破生态平衡、造成生态危机为代价来谋求人类福利。而与其对立的观点,现代人类中心主义思想承认了人的社会性和特殊性,强调人的利益和价值,反对人类对自然的肆意掠夺,以长远利益谋求发展。

综上所述,人类要想解决生态危机,重新塑造人与自然和谐相处的环境,就要重新审视人类的文化传统,追溯造成生态危机的思想根源,彻底摒弃传统人类中心主义思想,挣脱人类中心主义的禁锢,打破人与自然的二元论。只有使人类认识到生态整体主义思想的重要性,才能建立起人与自然相融合的整体生态系统,达到"天人合一",维护生态系统的平衡性和稳定性,维持人类的可持续发展①。

---

① 王蕾:《生态批评——传统人类中心主义的终结者》,《安徽文学》(下半月)2016 年第 2 期,第 151–152 页。

## 三、生态批评在我国的兴起和发展

随着我国经济和现代科技的迅猛发展,生态危机越来越严重,因此以生态批评的方法分析文学作品应运而生。生态批评在我国的兴起和发展既具有理论基础又具有现实意义,其目的在于提高人类的生态意识①。

### (一)生态批评在我国的兴起

我国的生态意识可以追溯到农耕社会,由于我国社会经历了漫长的农业社会历史,传统的生态文化有着深厚的思想基础。农耕社会认为人与自然本为一体,是一种亲和关系。然而,到 20 世纪,我国的学者才将"生态批评"这一学术术语真正地运用于文学批评中去。我国的生态批评的发展与欧美生态批评的发展有着密不可分的联系。"生态批评"这一中文学术术语,是以翻译国外生态批评文献的形式出现的。最初出现于 2001 年,清华大学教授王宁编选的《新文学史 - I》中包含了利物浦大学乔纳森·贝特的《生态批评》。

总之,生态批评这一文学研究方法在全世界范围内的文学界的主要任务就是通过文学和文化研究来重新审视及探讨人类与自然的关系,打破人类中心主义的传统思想,使人类了解全球的生态境况,正视人类所面临的生存环境现状,从而提高人类的生态意识,认识到保护自然环境的重要性。

### (二)生态批评在我国的发展

生态批评在我国蓬勃发展,既有理论基础又有现实需求,已经有了一定的规模。越来越多的我国学者加入生态批评这一文学研究的领域中,代表人物有王诺、鲁枢元等。其中厦门大学中文系教授王诺是厦门大学生态文学团队的学术带头人,其团队主要研究两个方面:一方面是欧美主要语种、主要国家的生态文学的系统介绍;另一方面是对影响深远的生态文学作家和作品的深入研究。其团队已经出版的学术专著有《欧美生态批评:生态学研究概论》《英国生态文学》《俄罗斯生态文学》《美国生态文学》《德语生态文学》等。王诺教授在《欧美生态文学》一书中阐述了生态美学的思想基础,

---

① 王蕾:《简述生态批评在我国的兴起和发展》,《文学教育》(下半月)2015 年第 6 期,第 51 页。

对生态文学的思想及其生态审美进行了研究。苏州大学生态批评研究中心主任鲁枢元教授所著的作品有《文学的跨界研究：文学与生态学》《生态文艺学》等。鲁枢元教授将生态学分为三个分支：一是自然生态研究相对独立的自然世界；二是社会生态研究政治与经济生活；三是精神生态探究人类的内心世界与精神世界。鲁枢元教授不仅立足于本土的生态资源，也关注国际生态资源，并为建设有中国特色的生态批评理论做出了巨大的贡献。除此之外，张艳梅、蒋学志、吴景明共同编著的《生态批评》，陈小红编著的《什么是文学的生态批评》，薛小惠所著的《美国生态文学批评研究》以及王育烽所著的《生态批评视阈下的美国现当代文学》等也颇受读者的喜爱。这些作品为生态批评理论在我国的发展及不断完善做出了巨大的贡献①。

运用生态批评理论对文学作品进行分析，能够使人类对文化进行反思，揭露和批判人类中心主义，使人类正视所生存的生态环境的现状，唤醒人类的生态保护意识，从而建立人与自然和谐相处、生态平衡的社会。

## 第二节　英美文学中的自然生态思想及对我国生态文化体系建构的启示

### 一、英美文学中的自然生态思想及现实意义

当今，人类面临最严峻的挑战之一便是如何维持人与自然的和谐统一，即如何解决自然生态危机，保护自然生态环境，正确认识和处理人与自然之间的关系，反思其自身在自然界中的活动。文学是文学家对现实世界的体验、思考和表达。文学家在文学中描绘自然、赞扬自然、怜惜自然、拯救自然。凡此种种都有助于启迪和唤醒民众对自然生态的认识。

从政治逃离、无家可归，到踏上美洲这片热土，再到殖民地、美国的独立及现代经济的高度发达，美国文学家没有一刻不在表达和思考这个国家的人民与大自然之间的关系：从踏上这片热土之初的依赖自然、开发自然、对

---

① 王蕾：《美国生态文学的兴起和发展》，《青年文学家》2016 年第 6 期，第 72—73 页。

自然无私馈赠的赞美,到国家独立之初人与自然和谐相处、天人合一的描绘,再到工业化社会中的文明观及人类主宰万物的思想对破坏自然生态系统的批判。美国文学家以其独特的方式透析人与自然对立统一的关系,深思地球以及所有地球生命之命运之间的联系。因此我们有必要挖掘美国文学中的自然生态思想,探寻其对现实社会的意义。

(一)美国文学中的自然生态思想

1.热爱自然和开发自然的思想

1620 年,英国清教徒乘着"五月花"号来到美洲。刚踏上这片土地,他们就喜欢上了这片土地,坚信这一切都是上帝安排好的,是上帝的恩赐把他们送到美洲这块处女地上,并将新大陆的开发视为神的选民在世界上开创新时代的转机,移民的天职就是开发征服新大陆上的荒野。因此,在清教徒的思想影响下,早期的美国文学作品主要包括日记、游记、书信集、散文、诗歌等。一方面通过大量的自然环境描写,"纯情"地歌颂草长莺飞、牛羊遍野的自然之美,他们认为这片物产丰富的土地是一个创世纪的伊甸园。具有代表性的作品有约翰·史密斯的《新英格兰记》,作品通过对美洲自然环境的描绘呈现出这片土地是一个富饶的天堂,一片纯洁的圣土。早期的美国文学创作者们对自然存有热爱之情和敬畏之心,作品中表现出了人与自然的和谐共处。另一方面通过描绘荒野的广袤、荒凉,积极宣扬移民征服荒野的拓荒精神。代表人物布拉福德的《普利茅斯种植园史》赞美了移民在开疆拓土过程中表现出的勇敢、坚韧和不屈不挠的精神。面对这片象征着自由、纯朴、无尽希望的神圣土地,人们怀着满腔热情勇敢地、不畏艰辛地开发、改变和征服它,使之真正变为人类的伊甸园。作品的另一个特点是以广袤天然的大地神话激扬国家自尊,建构美国文化的基础。

2.回归自然的生态整体主义思想

生态整体主义思想认为人如植物、动物、山川、河流一样是自然整体中的一部分,人与自然互依互哺,人只有回归自然、融入自然才会获得灵魂的宁静与升华。18 世纪末期和 19 世纪初期,受英国诗人拜伦、雪莱和济慈为代表的浪漫主义思想的影响,被称为美国文学之父的欧文在其代表作《见闻札记》中描绘了具有美洲民族特色的自然景物和风土人情,在作品中他热情地歌颂自然的纯洁美好,在表达对自然热爱的同时,他并不单纯描写山河大瀑和幽谷密林,而是抒写了大自然给人以力量,人们渴望回到自然的怀抱中去,从中寻找心灵的慰藉。紧接着,大批的美国作家也开始对森林、平原、草原以及大海进行自然生态的书写,并将小说中的人物性格与这些自然景观融合映衬,描绘了大自然的美对人类精神的陶冶。在海明威的名作《乞力马扎罗的雪》中,作者热情地赞美大自然,各种自然景观在这部作品中都是那么色彩斑斓、丰富奇特。小说中的人物与树木、大鸟、雪山相互交融、互相映衬,使人舒适又惬意。海明威在小说中这样描述道:"他静静地躺了一会儿,接着越过那片灼热而炫目的平原,眺望着灌木丛的边缘。在黄色的平原上,有几只野羊显得又小又白,在远处,他看见一群斑马,映衬着葱绿的灌木丛,显得白花花的。这是一个舒适宜人的营地,大树遮阴,背倚山岭,有清洌的水。附近有一个几乎干涸的水穴,每当清晨时分,沙松鸡就在那儿飞翔,他沉醉了,他想留下来融入这片土地……"这几句描写使读者充分地领略到在那一刻人与自然的和谐,也体现了作者心向自然、回归自然的美好愿望。这些在库柏的《皮袜子故事集》、梭罗的《瓦尔登湖》以及后来马克·吐温的《哈克贝利·费恩历险记》中都得到了突出的表现。

19世纪中后期,代表美国生态文学兴起的超验主义在美国文学界盛行,其中爱默生和梭罗的著作促使美国生态文学的产生。爱默生的《自然》孕育了生态整体主义思想,认为"人类不过是自然整体中的一个成员,并且对自然生态系统负有最终的道德责任",以寻求一种心灵与自然的交融。爱默生赞美自然,认为自然是生命的共同体,提倡人类建立与自然和谐统一的思想。梭罗的散文集《瓦尔登湖》通过对大自然细致的描写和对自然意义的思考,强调人与自然万物的生态整体性。在梭罗眼中,人与自然"天人合一",自然是人类感知的对象、精神归宿。

3.对人类中心主义批判的思想

人类中心主义强调人是"宇宙之精华,万物之灵长",正是这一谬见使得人类狂妄自大,唯我独尊,凌驾于自然之上。正当人类大刀阔斧地改造自然、开发自然资源,让自然为人类所用,满足人类的自身欲望,并自豪地炫耀自己的丰功伟绩时,自然的报复也随之而来。进入20世纪,随着科技的迅猛发展,人们对自然资源进行了掠夺式的开发,导致资源的极大浪费和环境严重破坏。生态系统开始全面恶化,正向崩溃的边缘发展。在这种社会背景下,出现了以文学的形式挑战人类中心主义的自然生态中心主义。那些负有责任感的作家感到了巨大的危机,同时也激发了他们的革命精神,开始思考人类原有的思想道德观念和文化观念,从中认识到了自然以及整个生态环境对人类生存的重要性,并且开始重新思索人与自然的关系。如果说20世纪前的生态文学家是人类环境意识的启蒙者,那么20世纪的生态文学家就是一个被吹响了的唤醒人们生态意识的冲锋号，他们把人们对自然的认知引向一个新的高度。

马丁·海德格尔是最具影响力的作家之一，他主张诗意的挽救策略，认为文学在人与自然的共生共存上起着不可替代的作用。海德格尔认为文学是人类生存方式的审美体现，同时又是人类文化结构的重要组成部分，他呼吁消除人类中心主义思想，倡导自然共同体中的每一个成员都应该拥有平等的地位和权利，人要尊重自然、爱护自然，而不该肆意地破坏自然以满足自身的物质需求。有"美国生态伦理之父"之称的生态学家和环境保护主义者奥尔多·利奥波德所著的《沙乡年鉴》描写了乡野生活，对美国自然文学的写作传统产生了巨大影响。在书中，关于"食物链""生物群落"乃至某个特殊物种的知识，以及关于人与自然和谐相处的"土地伦理"的哲学思考，对推广环境保护思想、推动生态保护运动发挥了实质性的作用。美国荒野理论的权威罗德里克·纳什称此书为掀起了20世纪环境保护运动浪潮的"圣经"。如果说利奥波德是环境保护运动的启迪者，那么卡逊的《寂静的春天》就是一部引发了世界范围的环境革命、改变历史进程的巨作。她采用直接面对现实的手法，在书中运用大量的事实和科学依据，揭示了滥用杀虫剂对生态的破坏和对人类健康的损害，猛烈抨击了依靠科学技术来征服和开发自然的方式。美国前副总统阿尔·戈尔在《寂静的春天》的前言中拿它与一个世纪前促进美国废除农奴制革命爆发的《汤姆叔叔的小屋》相媲美，认为《寂静的春天》具有强烈的自然使命感和人类责任感，是生态文学发展过程中的一个里程碑。在众多的生态文学家中，极具传奇色彩的人物非爱德华·艾比莫属，他从小就酷爱自然和文学，十七岁只身旅行西部，自认为是一名大地主义者。生态防卫观和唯发展主义批判是艾比的两个重要生态思想，其影响深远。他的《沙漠独居者》《有意破坏帮》等都是极具影响力的著作，某种程度上改变了美国民众的价值观念和生活方式，唤醒了人们的生态意识，激起了人类保护地球家园的行动。在艾比看来，行动尤为重要，所以他不断地重复一句话："荒野的观念并不需要保护，它唯一需要的是荒野保护者。"

20世纪后期随着美国环境保护运动对文学研究的影响，文学界开始专门进行自然环境主题研究，发展具有生态意识的文学理论。其中最能体现美国文学环境主题研究成就的是伴随环境危机和生态环境保护运动而出现的"生态批评"。生态批评是在自然生态主义，特别是生态整体主义核心思想指引下，在支持环境保护主义实践精神指导下进行的有关于人类文化与自然世界之间关系的一种批评理论，重审和重评古往今来所有文学，进行文化批评,"探索人类思想、文化、社会发展模式如何影响甚至决定人类对自然环境的态度和行为",追溯生态环境危机的根源。

　　进入 21 世纪以来,随着自然生态环境的进一步恶化,大批美国文学家用他们的作品或婉约或激进地批判了人类对自然的无情及自然给人类的反击,例如,麦克·波伦的《植物的欲望:植物眼中的世界》和芭芭拉·金索夫的《自耕自食:奇迹的一年》两部作品运用自然秩序的意向揭露了在经济与科技这把双刃剑共舞的当下,工业文明导致的人与食物、食物与土地关系的疏离,批判人类中心主义价值观,拉响了生态环境危机的预警。

### (二)英美文学中的自然生态思想对当代社会发展的现实意义

　　文学是人类的精神食粮,是通过语言传递作者思想情感的工具,是反映社会生活的媒介。文学具有社会性、民族性、人民性、阶级性和真实性等特性。由此可见文学是一个时代发展精神层面的展现,同时它具有的特性也是对社会发展产生的弊端进行揭示与批评的力量。英美文学中的自然生态观对世界各国的读者产生了积极的影响,掀起了以英美文学界为主导的"生态运动",并在世界范围内形成一种新的无国界的、与全人类休憩相关的文化——"生态文化"。生态文学作家运用文学的特性,通过更具特色的生态文学把生态环境失衡及人类的生存危机呈现给大众,并对人与自然的关系进行深入的分析,使人们更加客观地认知自然,明白人类与自然是一个共同体,人是自然界不可分割的一部分,当人的心灵受到伤害,他可以回归自然,寻找慰藉,还原自我。自然可以陶冶情操、净化心灵的方式提高人的修养。人类不可能超越自然而独立存在,对大自然无情地破坏和无尽地索取只能置人类自身于水深火热之中。人在追求物质享受的同时必须要保护人类赖以生存的大自然,转变"以人为中心"的意识形态,确立以尊重自然、保护自然、融入自然和维护生态环境为宗旨的科学生态观,建立一种人与社会、人与自然一体化的、平衡的、平等的、互助的、相互依存的自然生态意识。热爱自然、关注生态自古便是世界文学的一大主题,并贯穿于浩瀚的历史长河之中,千百年来许多文人贤者对人与自然的关系都给予过关注。美国社会由殖民时期至今,在这四百余年跌宕起伏的发展中,文学以它独有的方式反映了人与自然的关系,为人类敲响了生命的警钟①。

―――――――――――

　　① 王蕾:《浅析美国文学中的自然生态思想及现实意义》,《辽宁工业大学学报》(社会科学版)2016 年第 18 卷第 6 期,第 71-73 页。

## 二、英美小说助推生态文化在我国的传播

近十年来(2005—2016年),被引进的作品中有四部以生态环境及公众健康为主题的作品:《死亡之手:超级大国冷战军备竞赛及苏联解体后的核生化武器失控危局》《众病之王:癌症传》《汤姆斯河:一个美国"癌症村"的故事》和《大灭绝时代:一部反常的自然史》。这四部作品在我国影响深远且全部都获得了普利策奖。据统计,这四部作品过去十年间在我国出版累计达三千万余册。从读者对生态题材作品的关注度以及文学评论界对描写生态环境的作品的关注度来看,人们对人与自然生态环境之间的关系越来越重视。

这四部获奖作品从不同的角度为读者剖析了造成生态危机的根源。《死亡之手:超级大国冷战军备竞赛及苏联解体后的核生化武器失控危局》从科技生态伦理的角度出发,揭露了人类的核噩梦,为读者展示了核武器失控的局面,使读者意识到科技是一把双刃剑,那些原本使人类引以为傲的科技产物,如今却向人类伸出了死亡之手。《众病之王:癌症传》和《汤姆斯河:一个美国"癌症村"的故事》均从医学的角度出发,直击医学界的攻坚难题——癌症。《众病之王:癌症传》阐述了癌症的起源和发展,以及人类与癌症的斗争史,并指出不良的饮食习惯、被污染的生活环境以及细菌病毒等感染是罹患癌症的诱因。《汤姆斯河:一个美国"癌症村"的故事》揭露了癌症集群出现的原因——化学工业污染物的肆意排放。该书同时详细介绍了流行病学的发展历程,并警示读者,化工企业的扩张已逐步蔓延至第三世界国家,将带来更大的灾难。2015年获奖的作品——《大灭绝时代:一部反常的自然史》从物种危机的角度出发,勾勒出人类的现实世界。作者伊丽莎白·科尔伯特指出,第六次物种大灭绝时代已经开启,人类的不当活动造成了气候变暖、土壤酸化、空气污染等问题,使读者清晰地认识到人类自身在物种灭绝时代中所扮演的角色,即人类就是新一轮物种灭绝的源头。

这四部生态题材的小说以真实的案例和精确的数据为依据,以作者深入的调查为基础,述说了令读者震撼、深思的生态问题,也让我国读者清晰地看到了生态环境的严峻状况,并引发全社会范围内的环境保护运动。

这些扣人心弦的非虚构文学作品能够走入我国读者的视野,都归功于翻译界及出版界的良苦用心。鉴于我国面临的生态危机,上海译文出版社设立"译文纪实"系列丛书,引入外国生态文学图书,引导国民认识生态危

机。正如"译文纪实"系列丛书的策划人张吉人主任所言:"随着工业化进程的加速和经济的发展,我国生态环境恶化与经济发展之间的矛盾日益激化,保护生态环境需要从人们的思想根源入手,使其正视生态危机,提高国民生态意识。之所以推出与生态主题相关的文学作品,最大的原因在于生态危机在我国日渐加剧,希望'译文纪实'系列图书能够引领读者关注国家的生态状况。"

### 三、文学作品《汤姆斯河:一个美国"癌症村"的故事》对中国生态文化体系建构的启示

美国纽约大学新闻系副教授、环境记者丹·费金耗时十年,亲临生态现场,以科学严谨的态度,于2013年出版了旷世之作《汤姆斯河:一个美国"癌症村"的故事》。这部作品荣获了2014年普利策最佳非虚构图书奖、蕾切尔·卡逊最佳环保图书奖。该书受到我国读者的广泛关注,出版的册数为上述四部书之首。该书主要叙述了癌症村的幕后黑手——汽巴-嘉基公司的化工厂出于对利益的追求,将工厂建在一个原本青山绿水的安静小镇——汤姆斯河镇。数年后,癌症在这个小镇肆虐。1995年,美国联邦政府斥巨资对汤姆斯河镇居民罹患癌症的现象展开调查,结果发现是化工厂排放的污染物导致水污染和空气污染,使癌症集群式地爆发。1996年,汽巴-嘉基公司结束了汤姆斯河镇的化工时代,并对当地居民做出相应的赔偿。不可否认的是,现代化学工业的发展为经济的繁荣做出了极大的贡献,然而,化学污染物的肆意排放也给人们的身心健康带来了危害。

《汤姆斯河:一个美国"癌症村"的故事》虽然讲述的是美国生态环境危机的故事,但其促使了世界各国特别是我国对生态危机的深刻思考。我国如何在做到发展经济的同时,构建生态文化体系,以提高国民保护生态环境的意识?《汤姆斯河:一个美国"癌症村"的故事》给了我们诸多启示[1]。

(一)企业管理层要有生态责任感

作者丹·费金在《汤姆斯河:一个美国"癌症村"的故事》中猛烈地抨击了汽巴-嘉基公司的恶劣行径,正是由于汽巴-嘉基公司管理层对生态环境

① 王蕾:《美国非虚构小说在中国的出版发行及对生态文化体系建构的启示——兼论〈汤姆斯河〉》,《出版广角》2017年第11期,第59-61页。

以及公众健康的漠视,才造成了汤姆斯河镇一系列悲剧的发生。化学排放物对水资源的污染使母体受到侵害,婴儿刚出生不久就被查出了肿瘤,不得不接受手术的治疗,这样的事件在汤姆斯河镇频繁发生,癌症在汤姆斯河镇屡见不鲜。汽巴-嘉基公司却对此视而不见,而其将化工厂选址在汤姆斯河镇的原因,竟然是"临近河流以便排放污水和处理废物"。随着居民对水质的质疑,居民与化工厂间的矛盾日益突出,处理化工厂激增的废弃物已经成为棘手的问题。然而,管理层并没有从解决污染问题的根本途径入手,只提出了一种简单粗暴的解决方案,"建立一条六千英尺长的排污管道,把废水排到莱茵河去",甚至还将一桶又一桶的废水直接倒入河流中。我国的化工行业起步较晚,大部分始于20世纪80年代。不可置疑的是,化工厂的建立为提高就业率和经济增长做出了卓越的贡献。然而,化学废弃物的违法排放也给我国的生态环境带来了前所未有的压力。我们赖以生存的基本物质环境遭到了污染破坏,水资源、土壤以及空气等都受到化工污染物的侵蚀,严重危害着人类及自然界其他物种的健康和生存。要想解决环境污染问题,必须从根源入手,着重提高化工企业管理层的生态意识和责任感,才能实现经济可持续发展的长远目标。

(二)政府部门要严格监控

丹·费金还将造成汤姆斯河镇悲剧的矛头指向了新泽西州政府,州政府不作为,对化工厂采取"完全沉默"的政策,对民众的呼声和质疑不闻不问,甚至还积极帮助化工厂阻挠民意。究其原因,化工厂是该地区经济增长的发动机,是不可忽视的经济支柱,政府为了创造出更多佳绩,不愿意结束这场经济盛宴。新泽西州的卫生、水务部门与汽巴-嘉基公司的利益勾结和幕后交易,使政府部门对汽巴-嘉基公司永远是有求必应,成了汽巴-嘉基公司的代言人和传声筒。政府不惜以民众的健康为代价,帮助汽巴-嘉基公司掩盖污染的事实,在当地居民闻到饮用水中含有化学合成物的味道之前,水务部门就知道了水有问题。然而,汽巴-嘉基公司以四万五千美元的赔偿价格与水务部门达成秘密协议,政府最终同意免于化工公司因过去或未来对汤姆斯河所造成的污染问题而追究所有责任和经济赔偿。如此,日渐严重的水污染问题在州政府的掩饰之下,慢慢地从公众的视线消失了。

我国政府必须吸取汤姆斯河事件的教训,不断完善相关的法律法规,对化工企业严格监控,一旦发现化工企业违法违规操作,立即责令整改,严惩不贷。此外,政府部门还应该尊重民众的知情权,及时通过媒体向民众通报存在的问题,避免出现更严重的后果。汤姆斯河事件发人深省,为了避免汤姆斯河的悲剧在我国重演,我国政府应该承担起严密监管的职责,为我国百姓的身心健康建立起安全屏障。

(三)广大民众要增强生态意识

在《汤姆斯河:一个美国"癌症村"的故事》中,与化工企业对生态破坏的漠视以及当地政府不作为的态度相比,普通民众日益高涨的生态意识为生态环境的修复增添了一线希望。在费城儿童医院癌症病区工作的女护士丽莎·博纳齐安、在美国环保局费城区办公室工作的劳拉·詹森以及在美国毒物与疾病登记处工作的斯蒂文·琼斯,这些人的共同努力促使新泽西州卫生部正式开始调查汤姆斯河镇儿童癌症数量日益增多的现象。在身为教师的琳达·吉利克的强烈要求下,州政府最终同意开展州-联邦环境调查计划,检测当地学校的饮用水,最终发现饮用水中含有来自土壤的辐射物质——镭。引起国家重视汤姆斯河镇污染问题的一系列推动力量,离不开当地居民自发组织的环保队伍,若不是民众与日俱增的生态意识,恐怕汤姆斯河的生态问题仍然被束之高阁。

《汤姆斯河:一个美国"癌症村"的故事》在我国的翻译出版,不仅为我国读者展示了生态环境给人类造成的危害,也为生态文化的传播开辟了新渠道。更重要的是,非虚构文学通过真实案例以及精确的调研数据,使读者能够认真反思生态危机的根源,也使读者认识到生态环境与人类是息息相关的。

我国文学翻译及出版界对美国小说特别是生态题材的作品在我国的广泛传播功不可没。这些书籍的出版及发行,开拓了国民的生态文化视野和增强了国民的生态文化意识,对保护生态环境、实现经济的可持续发展有深远的影响。只有政府、企业、民众三方共同努力,才能保持生态平衡,实现可持续发展,共建美好家园。


# 第三节　电影《耻》中的后殖民生态批评


电影《耻》是根据库切的同名小说《耻》改编的。

在影片《耻》中反映了后殖民多重生态危机现象,其中不乏深刻的生态批评①。

## 一、自然生态批评

自然生态批评反映在人与土地、人与动物之间的关系方面。对于土地而言,其作为自然生态环境的重要组成部分,土地所有权的霸占成为统治权力的最直观呈现。在影片中,土地和动物问题似乎都是一种隐喻,是故事情节发展背后所流露的。在后殖民时代,南非的土地改革不仅代表土地的再分配,而且代表一种对土地的传统文化态度的扭转。传统自给自足式的经济社会环境下,土地成为人们世世代代赖以生存的基础。在殖民者侵占土地前,南非的土地是公有的,这个国度也是自由、平等的,无地契、无买卖、无地租,也为广大原著人民带来了强烈的归属感、安全感与依赖感。殖民者入侵后,到处都是肆无忌惮的掠夺、占取,法律所规定的土地所有权,使得所有土地都集中在少数的入侵者手中,作为其征服、主宰的工具。原本属于自然的土地,被围上了围栏,人们对于土地的态度也逐步转变,甚至在殖民者离开后,土地对于南非人民而言也不再是神圣、不可侵犯的财富,而成为人们争夺、霸占与买卖的所有物。如影片中,佩特鲁斯一直流露出对露茜土地的觊觎,并采取了一系列卑鄙的手段,就是为了将其土地占为己有。最终他的目的达到了,露茜也试图利用土地换取他的庇护,过上所谓的"平静生活"。

关于人与动物的关系,影片《耻》中也有描述,特别是对狗的描述,库切也被认为是采用一种"独特的方式为动物权利予以辩护"。露茜是热爱动物的代表之一。在她的眼中,生活就是这样,有人、有动物,并认为所有生命体都有平等的生存权利。但并非所有人都如此认为,卢里刚到来时,对动物福利站十分不屑,在他看来,人、动物层次不同,他对于动物的喜欢只是出于他喜欢吃肉,物种主义思想根深蒂固,但是,当悲剧发生之后,卢里对动物的命运产生了同情,眼睁睁地看着两只羊死在屠刀下,甚至发出了感慨:"自出生日起,就注定死在屠刀下……羊何时老死过?"而这种对于动物的残害,这种"唯我独尊"的思想严重损害了人与自然之间的关系,日后也势必会危及自身。

---

① 王蕾:《后殖民生态批评视角下对影片〈耻〉的审视》,《电影评介》2017 年第 2 期,第 71-73 页。

## 二、社会生态批评

南非在后殖民时代时期社会问题层出不穷,有种族斗争、暴力冲突、土地纠纷、各种犯罪以及生存危机等。在影片《耻》中,大致有三种人际关系存在:父女间关系、男女间关系、白人殖民后裔和本土黑人间关系。生态文化的不健康导致一系列冲突和隔膜的产生。

### (一)种族仇恨充斥影片之中

在《耻》中,受到种族主义思想的影响,白人占据着话语权,黑人却以一种落后的形象出现,被边缘化、被统治,由此引发了黑、白人种族、文化间的怀疑、仇恨。这种种族隔离,使得黑人长期以来受到压迫,无论是物质上的贫困,还是精神上的折磨,都使黑人对白人后裔满怀仇恨,在影片中甚至进行了不择手段的报复。露茜试图融入黑人,也热爱这片土地,她想在此和黑人邻居友好地生活下去,但这种愿望最终却换来无尽的伤害,天真的她从未受到黑人的真心接纳,反而沦为报复的对象。

### (二)父女之间冲突的呈现

卢里是一个大学副教授,具有体面的工作与较高的社会地位,生活在大城市中,属于"文明之子"。但露茜却在父权制下选择了抗争,一直以来顺从的她选择与父亲不同的生活方式。她在一个小镇上,经营着一家农场,养花养狗,与黑人邻居友好相处。卢里对于女儿的这种生活方式显然很不满意,看着她的印花衫、赤裸着的双脚,他认为女儿不再是过家家玩农场的女孩,而是成了一个十足的乡下女,他甚至瞧不上女儿的朋友与工作,希望露茜可以选择高层次的生活方式。观念的差异使得父女二人日渐疏远,隔阂日趋加深。在暴力事件后,二人之间的冲突迅速加剧。卢里要求露茜报警,但露茜却忍受了下来,他劝女儿离开,重新生活,露茜却选择了留下,甚至将农场作为自己的嫁妆,与夺走自己土地的黑人结婚生子。这件事对卢里是一个重大的打击,女儿的选择又给了卢里沉重一击,他无力保护女儿,只能眼睁睁看到女儿出卖了所有财产、尊严,向他一直以来鄙视的黑人寻求庇护,这无疑是对他白人至高权利的否定。

### (三)丑恶的性关系

薇尔·普拉伍德在西方"理性中心文化"中对"男权中心主义"和"人类中心主义"进行了归结与批判,这种文化观念具有特权性,交织在种族主义、殖民主义和性别主义中间,给殖民地环境和生态带来巨大的影响。文化人出身的卢里骨子里带有男权中心主义和白人与生俱来的优越感。在卢里眼中,黑人女性的地位要比自己低下,但与他发生过性关系的女性(女学生梅拉妮、妓女索拉娅、动物保护站义工贝芙·肖)均为黑人,不和谐、不平等的关系永远存于卢里和她们之间。直到他看到了女儿被强暴的事件后,他开始反思他对梅拉妮所做的事的残忍,及其对梅拉妮和其家人带来的伤害。于是电影中,卢里选择忏悔,他向梅拉妮的父亲坦白了自己的所作所为,并向梅拉妮的母亲、妹妹虔诚跪下,祈求她们的原谅。但影片中梅拉妮家人对他始终心怀芥蒂,无法彻底释然。

## 三、精神生态批评

长期的殖民主义与种族隔离制度,引发了畸形的自然、社会生态,生活在这种时空下的白人、黑人,也无可避免地产生了精神扭曲。白人难以摆脱"白人至上主义"的优越感,而长期受到压迫的黑人,由于积攒的仇恨、愤怒,使其日趋偏执、暴力、丧失应有的同情感。

南非种族隔离制度被废除以后,卢里任教的大学撤销了原来的古典语言和现代语言学系,而他也被调到传播学系。卢里在备课、批改作业和授课过程中十分认真、努力,但仍不能改变学生们不喜欢他课程的局面。在学校的转型期间,卢里深深感受到自我的不适应性,过去的英国文学课程是那么经典,现如今却沦落到被边缘化的地步,这让知识分子出身的卢里难以接受,并感到非常失望。角色转变的被迫性和课程设计的变动性,让这些白人知识分子们在后种族隔离时代很难适应生活。究其深层次原因,是卢里内心依然无法接受白人至上观念的转变,不愿意正视种族隔离制度废除之后白人地位的滑落,无法忍受殖民文化的边缘化。虽然,卢里并不能代表帝国主义者,但后殖民政策对他的影响不可谓不深刻。他自身所教授的白人文学也进一步加深了其对于白人文化的认同,以及对黑人及其文化的鄙夷。实质上,卢里在高校所传授的知识,正是殖民主义扩张的一部分。他以文化传播的方式,参与了欧洲的海外殖民扩张,打造出了所谓的"情感结构",为帝国的殖民统治与实践提供支持。无法适应这种转变的卢里,很难在高校中继续找到精神的依托,因此,他选择了离开,与女儿露茜共同住在乡下。虽然是白人后裔,露茜却不留恋繁华的城市与优越的生活,选择与黑人为邻,在南非这片土地上自给自足地生活。卢里身在其中也感受到了安宁与安逸,获得了短暂的精神安宁。但仅仅是短暂的平静之后,有如伊甸园一般的童话就被打破了。卢里与露茜的帮工黑人佩特鲁斯第一次见面,就感受到了来自帮工的狡诈目光。卢里提醒女儿:"他不像是好人。"并力劝女儿脱离这里的生活,去开普敦或移民荷兰。这里可以看出,卢里虽然谈不上一个种族主义者,但对于黑人的态度始终是排斥、鄙视的。多年的殖民统治使得这种思想根深蒂固地扎根在了他的潜意识中。

在影片中,白人卢里对黑人的偏见存在,而以佩特鲁斯等暴徒为代表的黑人,对于白人更加仇视。露茜就是这样一个种族仇恨下的牺牲品,尽管她选择和睦、友好地与黑人相处,甚至努力试图融入黑人中,但依然未受到真心的接纳,甚至成了仇恨的发泄目标。因此,佩特鲁斯等选择过激报复,对露茜的侵犯映射了其精神的扭曲。让露茜难以置信的是,暴徒对她的仇恨,并不是关于她个人,只是由于她是白人,他们排斥所有白人及其文化,并试图暴力驱逐她,即使种族隔离制度被废除,但种族隔阂不会消散。露茜所向往的白人、黑人友好相处的社会只是难以实现的乌托邦。

影片《耻》所呈现的后殖民生态问题使人不得不深思,如何实现人与人、人与自然、人与动物的友好相处?站在后殖民生态批评视角下对这部影片加以审视,似乎才能理解卢里和女儿露茜的经历与选择。影片所提倡的通过宽容、理解实现不同肤色人种之间、人与动物、人与自然间的和谐相处理念,对于如今这个世界而言依然具有十分重要的现实意义。也许会有更多的人选择像露茜、卢里等一样,积极、努力地消除种族隔阂,打破人与自然之间的对立,促进各种族间真正实现和谐、融合。

# 参 考 文 献

[1] 李维屏.英美现代主义文学概观[M].上海:上海外语教育出版社,1998.

[2] 刘惠玲.冷峻中的超越:英美后现代主义文学研究[M].银川:宁夏人民出版社,2007.

[3] 张晓平.英美文学教学研究[M].长春:吉林人民出版社,2019.

[4] 张慧荣.后殖民生态批评视角下的当代美国印第安英语小说研究[D].苏州:苏州大学,2014.

[5] 都晓庭.后殖民生态批评视域下的奈保尔作品研究[D].徐州:中国矿业大学,2020.

[6] 王蕾.地方意识与生态文明建设:从后殖民生态批评视角解读奈保尔的动物书写[J].作家天地,2022(8):39-41.

[7] 王蕾.科技生态伦理观视角下解读《寂静的春天》[J].山西青年,2020(14):226-227.

[8] 王蕾.冯内古特作品中后现代生态思想探析[J].湖北开放职业学院学报,2020,33(9):186-187.

[9] 王蕾.生态批评视角下欧内斯特·海明威作品中矛盾生态观的解读[J].青年文学家,2020(14):126-127.

[10] 王蕾,郭璐璐.琳达·霍根小说中环境正义观的阐释[J].青年文学家,2019(14):122-123.

［11］　王蕾.战争 土地 未来:后殖民生态批评视阈下库切自然生态观的解读［J］.辽宁工业大学学报(社会科学版),2017,19(4):74-76.

［12］　王蕾.美国非虚构小说在中国的出版发行及对生态文化体系建构的启示:兼论《汤姆斯河》［J］.出版广角,2017(11):59-61.

［13］　王蕾.库切小说的后殖民生态批评解读:基于动物伦理观的探讨［J］.西昌学院学报(社会科学版),2017,29(2):82-85.

［14］　王蕾.后殖民生态批评视角下对影片《耻》的审视［J］.电影评介,2017(2):71-73.

［15］　王蕾.浅析美国文学中的自然生态思想及现实意义［J］.辽宁工业大学学报(社会科学版),2016,18(6):71-73.

［16］　王蕾.解读《查泰莱夫人的情人》中人物的生态意识［J］.才智,2016(33):210.

［17］　王蕾.从生态批评视角解读《查泰莱夫人的情人》的自然生态观［J］.青年文学家,2016(27):123.

［18］　王蕾.《寂静的春天》科技生态伦理观解读［J］.青年文学家,2016(14):94.

［19］　王蕾.美国生态文学的兴起和发展［J］.青年文学家,2016(6):72-73.

［20］　王蕾.生态批评:传统人类中心主义的终结者［J］.安徽文学(下半月),2016(2):151-152.

［21］　王蕾.简述生态批评在中国的兴起和发展［J］.文学教育(下半月),2015(6):51.

［22］　王蕾.《达洛维夫人》中意识流写作技巧的分析［J］.青年文学家,2013(20):32.

［23］　刘红.维·苏·奈保尔著名短篇《曼门》的后殖民主义解析［J］.文学界(理论版),2010(11):81-82.

［24］　郝徐姜,高超.地方意识与后殖民主义:从后殖民生态批评视角解读《世间之路》［J］.名作欣赏,2019(3):131-133.

［25］　欧宇龙.穷人的生态困境与环境正义诉求:后殖民生态批评视角下的《人们都叫我动物》［D］.深圳:深圳大学,2018.